Carlo Lucarelli
Freie Hand für De Luca
Der trübe Sommer

SERIE

PIPER

Zu diesem Buch

Eine norditalienische Stadt im April 1945, kurz vor dem Einmarsch der Alliierten. Wenige Stunden vor dem Zusammenbruch wird Commissario De Luca mit der Lösung des Mordes an dem Lebemann und Frauenhelden Vittorio Rehinard beauftragt. Doch etwas an der Sache ist faul, denn die faschistischen Machthaber lassen bei der Ermittlung »Freie Hand für De Luca« ... Nur wenige Monate später sind die Faschisten bereits besiegt, und »Der trübe Sommer« führt De Luca auf eine Reise nach Rom. Ein Gewitter liegt in der Luft, als er unterwegs zum Tatort eines mehrfachen Mordes gebeten wird – die gesamte Familie Guerras liegt erschlagen in ihrem Garten. Doch nicht nur das Mißtrauen der Dorfbewohner und De Lucas eigenes dunkles Geheimnis lassen die Ermittlungen zu einer schwierigen Gratwanderung werden ...

Carlo Lucarelli, geboren 1960, unterrichtet an der von Alessandro Baricco gegründeten Schule für Kreatives Schreiben in Turin. 1990 veröffentlichte er seinen ersten Roman, »Freie Hand für De Luca«, es folgten die De-Luca-Romane »Der trübe Sommer« und »Der rote Sonntag«, ausgezeichnet mit dem renommierten Premio Mistery. Außerdem erschienen »Der grüne Leguan«, »Schutzengel«, »Der Kampfhund« und zuletzt »Autostrada. Geschichten im Schrittempo«.

Carlo Lucarelli
Freie Hand für De Luca
Der trübe Sommer

Zwei Commissario-De-Luca-Romane in einem Band

Aus dem Italienischen von
Susanne Bergius und Barbara Krohn

Piper München Zürich

Von Carlo Lucarelli liegen in der Serie Piper vor:
Der trübe Sommer (3490)
Der rote Sonntag (3604)
Freie Hand für De Luca / Der trübe Sommer (Doppelband, 3762)
Freie Hand für De Luca (5693)
Autostrada (Piper Original 7033)

Taschenbuchsonderausgabe
Februar 2003
© für »Freie Hand für De Luca«:
1990 Sellerio Editore, Palermo
Titel der italienischen Originalausgabe:
»Carta Bianca«
© der deutschsprachigen Ausgabe:
1998 Rio Verlag und Medienagentur AG, Zürich
© für »Der trübe Sommer«:
1991 Carlo Lucarelli
Titel der italienischen Originalausgabe:
»L'estate torbida«, Sellerio Editore, Palermo
© der deutschsprachigen Ausgabe:
2000 Piper Verlag GmbH, München
Umschlag / Bildredaktion: Büro Hamburg
Isabel Bünermann, Julia Martinez /
Charlotte Wippermann, Katharina Oesten
Foto Umschlagvorderseite: Michael Gesinder / photonica
Foto Umschlagrückseite: Hans Günter Contzen
Gesamtherstellung: Clausen & Bosse, Leck
Printed in Germany   ISBN 3-492-23762-2

www.piper.de

Freie Hand für De Luca

SERIE
PIPER

Die Beamten und Vertreter der Polizeikräfte wachen über die Aufrechterhaltung der öffentlichen Ordnung, die Unversehrtheit und den Schutz von Personen und Eigentum. Zur Verhütung von Straftaten im allgemeinen sammeln sie Beweismaterial zu diesen und gehen dann zur Aufklärung und im Rahmen des Gesetzes zur Verhaftung von Verbrechern über.

(Art. 1 der Statuten der *Pubblica Sicurezza*, 1931)

– Die Republik muß ein gutes Ende nehmen. Wenn die Regierung ins Exil geht, muß an die zurückbleibenden Faschisten gedacht werden. Larice, wieviel Vertrauen haben Sie in die Polizei?
– Wenig, Duce.
– Das habe ich mir gedacht.

(Gespräch zwischen Mussolini und Larice, 24. April 1945)

Erstes Kapitel

Die Bombe explodierte mit ungeheurem Krach genau in dem Augenblick, als der Trauerzug die Straße überquerte. De Luca warf sich instinktiv zu Boden und hielt sich die Hände schützend über den Kopf. Ein Mauerblock stürzte auf den Bürgersteig herab und bedeckte ihn mit Staub. Alles schrie wild durcheinander. Ein Sergeant der Republikanischen Garde hob die Maschinenpistole und schoß eine nicht enden wollende, ohrenbetäubende Salve über ihm ab. Eine Kaskade kaputter Dachziegel hagelte auf die Straße.

«Bastarde!» schrie der Sergeant, «Hurensöhne!»

«Bastarde!» brüllten alle und schossen – die Republikanische Garde, die Schwarze Brigade, der Kampfverband Decima MAS und die Polizei. Nur De Luca lag mit dem Gesicht im Staub auf dem Boden, die Finger in den Haaren verkrampft. So verharrte er eine Ewigkeit, und erst, als alle zu schießen aufgehört hatten und nur noch das Stöhnen der Verwundeten zu hören war, raffte er sich wieder auf die Knie, klopfte seinen Mantel ab und stand auf.

«Das werden sie uns büßen!» schrie ihm ein Unterführer ins Gesicht und packte ihn am Kragen seines Mantels, «Rache, jetzt haben wir freie Hand!»

«Freie Hand, ja», sagte De Luca, während er sich aus dem hysterischen Klammergriff befreite, der ihm fast die Kleider vom Leib zerrte, «sicher, gewiß doch …», und ohne sich nochmals umzusehen, entfernte er sich eilig und seufzend. Seine Lippen schmeckten nach Staub. Ein Knie tat ihm weh. Ich hätte mich nicht aufhalten lassen sollen, dachte er und bog um die Ecke, als die metallenen Bremsen der ersten Lastwagen kreischten und die Deutschen heruntersprangen, um die Straßen zu sperren.

Er zog sich den Regenmantel enger um die Schultern und steckte die Hände in die Manteltaschen. Der Frühling schien sich zu verspäten, es war immer noch kalt. Er bog um die nächste Straßenecke und zählte die Hausschilder an den Fassaden, bis zur Nummer 15. Auf der ersten Stufe des Eingangs drehte er sich noch einmal um, um sich der Hausnummer zu vergewissern, Via Battisti 15, dann betrat er entschlossen das Gebäude. Er kam an einem schmiedeeisernen Fahrstuhl mit einer imposanten Gittertür vorbei und blieb vor der Portiersloge stehen. Sie war jedoch unbesetzt. Er stieg einen Treppenaufgang hoch, der weiß und blank wie aus Marmor war. Wirklich ein herrschaftliches Gebäude. Wie im Kontrast dazu strich er sich mit der Hand über das stoppelige Kinn. Höchste Zeit, sich zu rasieren. Im ersten Stock kam ihm ein Mann entgegen. Er war dick, trug einen schweren Mantel und hatte das breite Gesicht eines Polizeibeamten.

«Was ist passiert?» fragte er ängstlich, «dieser Krach da draußen …»

«Ein Attentat», sagte De Luca. «Man hat bei der Beerdigung von Tornago eine Bombe geworfen. Aber jetzt ist alles wieder unter Kontrolle …»

«Ach so …», der Mann schüttelte den Kopf, als wolle er etwas sagen, aber dann machte er einen Schritt nach vorne und stemmte De Luca, der gerade entschlossen auf eine Tür zuging, eine Hand auf die Brust, stoppte ihn mit ausgestrecktem Bein und stieß ihn derart zurück, daß es De Luca im Nacken schmerzte.

«Na, na, mein Lieber! Wo willst du denn hin?»

De Luca schloß die Augen, was kurz die Falten der Schlaflosigkeit glättete, die sein Gesicht überzogen. Mit einer Geste der rechten Hand bedeutete er «einen Moment», und mit der linken zog er einen Ausweis aus der Manteltasche, den der Gorilla sofort, noch bevor er ihn gelesen hatte, erkannte. Der Dicke erblaßte. Den Arm zum Gruß erhoben schlug er die Hacken zusammen.

«Entschuldigen Sie, Herr Kommandant ... wenn Sie mir das gleich gesagt hätten ...»

De Luca nickte und steckte den Ausweis wieder weg. «Macht nichts», sagte er, «aber nenn mich nicht Kommandant, ich bin nicht mehr in der Muti, ich bin Kommissar. Ich kümmere mich um diesen Fall. Wer ist da drin?»

«Polizeimeister Pugliese, von der Mordkommission. Und seine Mannschaft.»

«Niemand von den Behörden, Journalisten, Verwandte ...?»

«Nur die Quästur.»

«Gut. Laß niemanden rein ... außer mir natürlich. Laß mich durch, bitte.»

«Entschuldigen Sie. Zu Befehl, Herr Kommandant!»

«Kommissar, nicht Kommandant, Kommissar.»

«Ach ja, entschuldigen Sie. Zu Befehl, Herr Kommissar!»

De Luca seufzte, während der Gorilla zur Seite trat und ihm die Tür öffnete.

Im Gegensatz zu der Vorstellung, die er sich von diesem Appartement gemacht hatte, trat er in einen ziemlich engen und kleinen Gang. Auf der einen Seite befand sich ein kleiner Tisch mit geschwungenen Beinen, darauf ein weißes Telefon; auf der anderen ein Kleiderständer und Stiche an den Wänden. Am Ende des Flures standen im von einer Türöffnung eingerahmten Zimmerausschnitt, wie in einem Gemälde, zwei Männer. Gelassen ließen sie ihn näher kommen. Der eine war klein, hatte eine Habichtnase und trug einen schwarzen Hut, der andere war mager, jung und trug eine Brille.

«Was ist passiert?» fragte der Kleine mit starkem süditalienischen Akzent, «eine Bombe?»

«Ein Attentat», wiederholte De Luca, «Handgranaten an der Beerdigung von Tornago.»

«Nur Handgranaten?» staunte der Magere, «es schien, als sei die Front bis hierher vorgerückt!»

«Sie haben den Kopf verloren, und dann haben alle drauflos geschossen.»

Der Magere nahm die Brille ab und schüttelte den Kopf. «Bestimmt ist dabei die Leiche entkommen. Sie sind so heruntergekommen, daß sie sich nun schon gegenseitig umbringen … Mittlerweile ist es sogar gefährlich, bei der Beerdigung eines hohen Parteifunktio…» Er stockte, da der Kleine, der De Luca mit halbgeschlossenen Augen beobachtete, ihn in den Oberarm gekniffen hatte.

«Ich kenne Sie», sagte der Kleine. «Sie sind einer aus der Politik. Ist das hier Ihr Fall? Den überlassen wir Ihnen gerne … Komm, Albertini, gehen wir …»

De Luca hob einen Arm und hielt sie mit einem tiefen Seufzer an der Türschwelle auf.

«Wie oft muß ich das heute wohl noch wiederholen?» stöhnte er, «ich bin nicht mehr in der Politik, ich bin Kommissar De Luca im Amt der Quästur. Man hat mich gestern von der Brigade Ettore Muti, Sondereinheit der Politischen Polizei, hierher versetzt. Ich habe zwar noch keine Ausweise, aber wir arbeiten zusammen. Man hat mir den Fall übertragen. In Ordnung?»

Der Mann mit der Habichtnase nahm den Hut ab und verbeugte sich. «Wir stehen zu Ihrer Verfügung», sagte er. Der mit der Brille, Albertini, erwiderte hingegen nichts mehr.

De Luca betrat den Raum. Genau neben ihm zu seiner Rechten lag ein Mann mit dem Gesicht nach oben auf dem Boden, einen Arm längs der Wand nach oben gebogen. Er trug einen blauen Morgenrock aus Seide und hatte eine breite Wunde auf der Brust, dunkel und klebrig, in der Höhe des Herzens. Unter dem Saum des blutbefleckten Morgenmantels war eine weitere

Verletzung an der Leiste zu erkennen. De Luca betrachtete den Toten lange, dann sah er sich um: Die Wände waren voll von Büchern, auf dem Schreibtisch stand eine Glaslampe, die Sessel in der Mitte des Zimmers, der niedrige Tisch, die Lampe, die Spiegel, der Teppich, alles war in perfekter Ordnung. Wirklich ein vornehmes Haus.

«Wer ist das?» fragte er und wandte sich wieder dem Toten zu.

«Er hieß Rehinard», sagte der Kleine. Albertini schwieg weiter.

«Ein Deutscher?»

«Er stammte aus Trient. Italienischer Staatsbürger.»

«Kennen Sie ihn?»

«Nein, ich habe seine Brieftasche gefunden. Hier.»

Vom Korridor her drang ein Geräusch, aber De Luca drehte sich nicht um.

«Das ist einer meiner Männer, er durchsucht die anderen Zimmer», erklärte der Kleine. «Das Appartement ist groß, vier Zimmer mit Bad und Küche. Außer ihm war niemand da. Wollen Sie sich jetzt die Brieftasche ansehen?»

De Luca nahm sie entgegen; sie war schwer und aus handgearbeitetem Krokodilleder. Dann ging er zu dem kleinen Tisch in der Mitte des Zimmers. Er setzte sich in einen Sessel und leerte den Inhalt der Brieftasche auf die Glasplatte neben zwei Gläser. Dabei bemerkte er, daß der Rand des einen Lippenstiftspuren trug.

«Papiere», erklärte der kleine Typ, während De Luca sie untersuchte. «Parteiausweis, Geld und einige Visitenkarten.»

Auf einer sehr eleganten Visitenkarte stand mit geprägten, verzierten Buchstaben «Graf Alberto Maria Tedesco», auf einer schlichteren und flacheren in Kursivbuchstaben «Sibilla» und eine Telefonnummer. De Luca nahm die Karte des Grafen in die Hand, wie um sie zu wiegen, dann ließ er sie wieder zu den anderen fallen.

«Wo ist die Hausangestellte?» fragte er.

11

«Bitte?»

«Die Hausangestellte, das Dienstmädchen, die Aufwartefrau ... wie nennt ihr sie?»

Der Kleine sah ihn verwundert an und zog die Augenbrauen über den schmalen Augen zusammen. «Es gibt keine Hausangestellte», sagte er.

«In einem solchen Haus, das so sauber und so ordentlich aussieht? Bei einem alleinstehenden Mann, wie aus den Papieren zu entnehmen ist?» De Luca erhob sich und ging durchs Zimmer, «es scheint mir hier alles zu ordentlich für eine Hausangestellte zu sein, die nur für einige Stunden kommt. Es sei denn, sie ist gerade eben erst gegangen. Oder vielleicht handelt es sich ja auch um einen Hausangestellten ... eines der Zimmer wird ihm gehören, es müßten seine Sachen drin sein. Gibt es eures Wissens in der Quästur nichts über diesen Typen?»

«Nichts, an das ich mich erinnern könnte, und ich merke mir alles. Aber wahrscheinlich findet sich bei Ihnen eher etwas ... ich meine ...»

«Ja, in der Tat, aber es ist wenig.» De Luca erinnerte sich an die Karteikarte aus gelber Pappe. Rehinard Vittorio, Mitglied der Faschistischen Republikanischen Partei. Sonst nichts.

Genau deswegen erinnerte er sich an sie. «Ist der Arzt schon gekommen?» fragte er.

«Noch nicht, aber wir haben ihn rufen lassen.»

«Und Polizeimeister Pugliese?»

«Ich bin Pugliese.»

«Ah.» De Luca blieb wieder vor der Leiche stehen. Mit der Fußspitze schob er den Saum des Morgenrocks beiseite, der dem Toten die Beine bedeckte. Albertini drehte sich um. Pugliese hingegen trat näher und beugte sich, die Hände auf die Knie gestützt, nach vorne.

«Eifersucht?» fragte er.

De Luca zog die Schultern hoch. «Vielleicht», murmelte er.

«Eine Frau war jedenfalls hier, das kann noch gar nicht lange her sein. Ich würde sagen, eine Blonde, nach der Farbe des Lippenstifts am Glas dort zu urteilen ... die Tatwaffe ist nicht da, stimmt's?»

«Nein, bis jetzt haben wir sie noch nicht gefunden, weder Dolch noch Messer.»

«Und einen Brieföffner?»

«Einen Brieföffner?» Wieder sah Pugliese ihn schief an.

«Wahrscheinlich. Es ist das einzige, was auf diesem wirklich gut ausgestatteten Schreibtisch fehlt, und da liegen ja auch geöffnete Briefe mit dem heutigen Datum.» De Luca ging zum kleinen Tisch zurück und ließ sich in einen Sessel fallen. Er näherte sein Gesicht dem Glas mit dem vom Lippenstift beschmutzten Rand und roch daran. Alkohol. Um diese Tageszeit? Seltsam. Das andere Glas hingegen war leer. Plötzlich überfiel ihn eine Müdigkeit, die ihn gähnen ließ. Seit einer Woche geschah ihm das ständig, immer im ungeeignetsten Augenblick und nie nachts im Bett, wenn er im Dunkeln an die Decke starrte oder sich, ins Laken gewickelt und mit zugekniffenen Augen, von einer Seite auf die andere wälzte.

«Wer hat euch gerufen?» fragte er.

«Der Portier, er hat den Toten gefunden», antwortete Polizeimeister Pugliese. «Er kam hier vorbei und sah die Tür sperrangelweit offenstehen, da ging er hinein und hat alles entdeckt. Seine Frau hat uns angerufen.» Ein fast kahlköpfiger Mann mit einem leichten Brillengestell kam herein und hielt inne. Zuerst sah er De Luca an und dann Pugliese, der mit einer kurzen Kopfbewegung nickte.

«Drüben gibt's nichts», sagte der Kahle. «Nur das Bad und eines der Zimmer sind bewohnt, die anderen stehen leer.»

«Gibt es kein anderes Zimmer – ich weiß nicht, mit Frauensachen in den Schubladen ... oder so was?» fragte De Luca, und Pugliese lächelte, als der Kahlköpfige den Kopf schüttelte.

«Nichts, nur ein Schlafzimmer mit männlichen Utensilien, Kleidern, Badezimmersachen, Schuhen …»

«Flecken im Bett?»

«Wie bitte?»

«Physiologische Flecken, auf dem Laken.»

«Ach so … nein, nichts. Alles ordentlich, auch das Bett ist gemacht.»

«Haare auf den Haarbürsten?»

Der Kahle warf Pugliese einen irritierten Blick zu.

«Blond, glatt und lang, wie die des Herrn dort am Boden.»

De Luca nickte und ließ sich gegen die Lehne des Sessels fallen. Der Kopf sank ihm zwischen die Schultern und grub sich in den Kragen des Regenmantels. Er streckte die Beine aus, stemmte die Absätze in den Boden und wäre beinahe eingeschlafen, in eine Wolke weißen, staubbedeckten Stoffes gehüllt, die in der Mitte durch sein schwarzes Hemd geteilt wurde. Sein stoppeliges und faltiges Gesicht sank langsam auf die Brust.

«Geht es Ihnen gut?» fragte Pugliese. «Sie haben so eine ungesunde Gesichtsfarbe.»

«Ich leide unter Schlaflosigkeit», murmelte De Luca, «und nicht nur darunter … aber keine Bange, ich schlafe nicht ein, ich habe bloß nachgedacht. Wir müssen nur noch den Portier vernehmen und herauskriegen, was dieser Rehinard für ein Typ war, wen er gewöhnlich traf und wer heute früh hier reingekommen ist. Und ob er ein Dienstmädchen hatte. Ich kann einfach nicht glauben, daß er keines gehabt haben soll.»

Pugliese nickte energisch. «Sehr gut. Und dann?»

De Luca sah ihm ernst in die Augen.

«Nichts dann. Was wollt ihr denn sonst noch tun? Wir haben hier einen ziemlich wohlhabenden Typen, der Parteimitglied war und in Verbindung zu Tedesco stand … ihr wißt, wer Tedesco ist, nicht wahr? Außenministerium … Einen, der auf eine ziemlich schmutzige Art umgebracht worden ist. Glaubt ihr, daß man jetzt

14

noch irgendeine Ermittlung durchführen kann? Oder daß es überhaupt irgend jemanden interessiert, jetzt, wo die Amerikaner vor Bologna stehen? Ich hänge mich auf, wenn sie uns weitermachen lassen.»

Pugliese lächelte und breitete die Arme aus, während De Luca die Hände auf die Armlehnen stützte und mit einem Ruck schwankend aufstand. «Zu Befehl», sagte er und folgte ihm mit dem Hut in der Hand Richtung Tür. Er blieb vor dem Fahrstuhl stehen, hatte den Finger schon fast auf dem Knopf, doch dann mußte er sich mit seinen kurzen Beinen beeilen, um De Luca einzuholen, der bereits auf halber Höhe der Treppe war.

«Kommandant!» keuchte er, «uh, verdammt ... entschuldigen Sie, Kommissar, ich vergesse es immer wieder! Hören Sie, Kommissar, wenn wir beim Portier sind, zeige ich ihm meinen Ausweis, wenn Sie erlauben. Wenn die Leute Ihren Ausweis sehen, bekommen sie Angst und reden nicht mehr.»

De Luca antwortete nicht. Bei der Portiersloge klopfte Pugliese mit den Knöcheln gegen das Glas, aber De Luca öffnete gleich die Tür, trat ein und wurde fast erschlagen vom Kohlgeruch und der abgestandenen Luft, die ihn die Nase rümpfen ließen und ihm den Magen umdrehten. Auf einem Strohstuhl vor einem warmen Ofen saß eine Frau mit weißen Haaren und einem Rosenkranz in der Hand. Sie wirkte viel älter, als sie wohl war.

«Guten Tag», begrüßte De Luca die Alte, die ihn mit offenem Mund anstarrte, «ich suche den Portier.» Pugliese trat in das kleine Zimmer und schob einen Vorhang zur Seite, der den Rest der Wohnung abtrennte. In einem Topf auf dem Gasherd kochten Kohlköpfe.

«Ich weiß nichts», sagte die Alte. «Mein Mann ist nicht da, und ich weiß nichts.»

«Aber Sie kennen den Herrn von oben, oder?» fragte De Luca. Die Alte zog die Schultern hoch.

«Mein Mann kennt sie alle, ich nicht», sagte sie.

«Er schien ein sehr anständiger Herr gewesen zu sein», sagte Pugliese schmeichelnd. Die Alte drehte sich mit einem Ruck zu ihm um. Der Rosenkranz klapperte.

«Anständig? Bei all den Frauen, die er zu jeder Tages- und Nachtzeit empfing? Man sieht, daß ihr keine Ahnung von den Leuten habt.»

«Was soll das schon sein, ein paar nette Mädchen empfangen, heutzutage ...»

«Heutzutage gibt es keine anständigen Mädchen mehr! Daran ist der Krieg schuld ... Auch heute morgen sind zwei gekommen, eine war diese Blondine, hübsch, aber ganz sicher verrückt und seltsam, die Tochter eines Grafen, sagte mein Mann ... und die andere war eine kleine Dunkelhaarige mit Brille, die war auch eigenartig ... aber ich weiß nichts, ich sehe nur ab und zu etwas von hier aus, weil ich alt bin und Schmerzen in den Beinen habe, die ...»

«Ist schon gut», schnitt De Luca ihr ziemlich schroff das Wort ab, und Pugliese schüttelte hinter seinem Rücken den Kopf. «Haben Sie heute früh außer den beiden Frauen noch jemanden hinaufgehen sehen?»

«Nein, aber mein Mann vielleicht ...»

«Das haben wir schon gehört. Wo ist Ihr Mann?»

«Er ist zum Einkaufen aus dem Haus gegangen, nachdem die Polizei eingetroffen war.» Sie zeigte auf Pugliese.

De Luca sah ihn an, und dieser zog die Schultern hoch.

«Er wird zurückkommen», meinte er.

«Hoffen wir's», sagte De Luca. Er drehte sich um und wollte gerade gehen, als die Alte wieder zu reden begann.

«Eine anständige Person!» keifte sie, «bei dem herrschenden Elend, wo das Brot jetzt fünfzehn Lire das Kilo kostet, wenn man überhaupt welches findet, und er schmiß das Geld zum Fenster hinaus! Wer weiß, woher es kam, und überhaupt ... er hatte es auch mit den Deutschen.»

«Mit den Deutschen?» fragte Pugliese. Er warf De Luca, der die Alte ansah, einen Blick zu.

«Sicher. Das hat mir mein Mann gesagt, weil ich nichts davon verstehe, aber oft kam ein Soldat, ein Offizier, und er hatte rote Kragenspiegel mit diesen …» Sie zeichnete mit einem mageren, spitzen Finger zwei parallele Zeichen in die Luft, und Pugliese wandte sich mit einer Grimasse ab.

«Na dann gute Nacht», sagte er, «SS.»

«Um so besser», sagte De Luca, «dann sind wir bald fertig. Sagen Sie, noch etwas … hatte der Herr eine Hausangestellte? Ein Dienstmädchen …?»

«Oh ja, Assuntina.» De Luca ließ sich von einem kleinen müden Lächeln übermannen. «Eine aus dem Süden, eine Evakuierte. Sie blieb immer bei ihm, auch wenn sich das nicht gehört, wenn es nach mir ginge … Aber vor drei Tagen ist sie verschwunden.»

De Luca wandte sich wieder um, und dieses Mal hielt ihn niemand zurück. Er verließ die Portiersloge zusammen mit Pugliese, der ihm über die Eingangsstufen bis zur Tür hinterhereilte. Draußen hielt eine Patrouille der Republikanischen Garde Leute an, indem sie die Maschinenpistolen auf sie richtete. Ein Mann in Zivil, der alle Ausweise kontrollierte, deutete De Luca gegenüber einen Gruß an, den dieser jedoch nicht erwiderte.

«Was machen wir jetzt?» fragte Pugliese und setzte sich den Hut auf.

«Wir gehen in die Quästur und erstatten Bericht. Wir sagen ihnen, daß ein zwielichtiger Typ, Parteimitglied und Freund von der SS und der Tochter des Grafen Tedesco, – nebenbei gesagt, nur ein Mitglied des diplomatischen Corps der Republik und ein persönlicher Freund des Marschalls Graziani – umgebracht und kastriert worden sei, von wer weiß wem und mit einer Waffe, die verschwunden ist. Schön wär's, wenn es bloß ein armes eifersüchtiges Dienstmädchen gewesen wäre, die seit drei Tagen nicht mehr

17

in seinem Haus gewesen ist, in dem aber alle Betten heute früh gemacht worden sind. Und das alles basiere auf der Zeugenaussage eines Portiers, der beschlossen hat, zum Einkaufen zu verschwinden, obwohl er die Polizei und ein Verbrechen im Haus hat. Was glauben Sie, was der Quästor dazu sagen wird?»

«Was der Quästor dazu sagen wird?» wiederholte Pugliese mit einem ironischen Lächeln.

«Das, was ich gleich sagen werde.» De Luca fischte seinen Ausweis unter dem Regenmantel hervor und zeigte ihn einem Milizsoldaten, der mit drohender Miene auf sie zukam. «Verpiß dich, Junge», sagte er. «Das geht dich nichts an. Laß die Finger davon.»

Zweites Kapitel

«Die Finger davon lassen? Bist du verrückt, De Luca, was sagst du da?»

Der Quästor erhob sich aus seinem Sessel, ging um den Schreibtisch herum und pflanzte sich vor De Luca auf, der unbequem und steif wie ein Angeklagter auf einem Holzstuhl saß und mit vor der Brust verschränkten Armen auf den Boden blickte.

«Ich sage dir, da ist ein Verbrechen begangen worden, ein großes Verbrechen, wir können das nicht einfach auf sich beruhen lassen … du hast alles darangesetzt, um in die Quästur versetzt zu werden, und nun kommst du mir mit so einem Unsinn? Das sieht dir gar nicht ähnlich …»

De Luca erwiderte nichts und hielt die Augen weiterhin starr auf den Boden gerichtet. Hinter ihm saß Vitali, Sekretär der Faschistischen Partei, lässig in einem Sessel; ein Bein hing über der Armlehne, und er ließ einen blitzblanken Stiefel lasch baumeln. Schweigend und mit einem schmalen Lächeln auf den dünnen Lippen beobachtete er De Luca. Der Quästor kehrte wieder hinter seinen Schreibtisch zurück. Er setzte sich jedoch nicht hin, sondern blieb stehen. Er war eine stattliche Erscheinung, seine Hände steckten in den am Ansatz seines runden Bauches angebrachten Westentaschen. An der Wand über ihm hing das kriegerische Kinn des Duce.

«Wenn es etwas gibt, das dir Angst macht», bemerkte er väterlich, «wenn jemand Druck auf dich ausübt oder darauf drängt,

19

die Gerechtigkeit im Dunkeln zu lassen, so ist es eben genau unsere Aufgabe …»

«Es ist der ausdrückliche Wille des Duce», unterbrach ihn Vitali ohne aufzustehen, «und auch unserer natürlich, daß die Polizei ihre Arbeit durchführen kann, ohne in Dingen, die sie zu erledigen hat, behindert zu werden. Daß sie Diebe und Mörder verhaftet und daß das italienische Volk weiß, daß im faschistischen Italien auch in schwierigen Zeiten das Gesetz immer noch Gesetz ist! Bei uns ist es nicht so wie im Süden, wo Neger und Badoglio-Anhänger das Sagen haben … ein so wichtiger Fall wie dieser dient dazu, den Leuten zu zeigen, daß die Polizei präsent ist und aufpaßt!»

Der Quästor machte mit der Hand eine Geste und nickte bedeutsam, wie um auszudrücken, daß ihm diese Worte aus der Seele gesprochen waren. Er setzte sich wieder in den Sessel, der unter seinem Gewicht knarrte.

«Drücken Sie sich deutlich aus», sagte De Luca, «was wollen Sie von mir?»

Der Quästor lächelte. «Du bist einer der besten Detektive der Polizei, du warst es, bevor du zur Muti gingst, und du bist es auch jetzt noch … also finde den Mörder.»

«Natürlich diskret …»

«Ganz im Gegenteil, Kommissar.» Vitali erhob sich mit dem für die faschistische Uniform typischen Stoffrascheln und ließ seine Stiefel hinter De Lucas Rücken knirschen. «Ganz im Gegenteil. Sie werden breites Echo in den Zeitungen finden, und jedes Mittel steht Ihnen zur Verfügung … jegliche Unterstützung der Partei.» Er schritt ebenfalls um den Schreibtisch und blieb neben dem Quästor stehen. Er war klein und nervös und hatte mit Brillantine straff zurückgekämmte, rabenschwarze Haare. De Luca sah beide lange schweigend an, dann nickte er.

«Ich habe verstanden», sagte er, «ich finde heraus, wer Rehinard umgebracht hat. Und dann?»

«Dann verhaftest du ihn. Du legst ihm Handschellen an und bringst ihn ins Gefängnis ... das ist dein Beruf, oder?»

«Auch wenn er ein Graf ist?»

«Auch wenn er ein Graf ist.»

«Auch wenn er ein Deutscher ist?»

Vitali schnitt eine Grimasse und verzog die dünnen Lippen. «Einen Deutschen natürlich nicht ... aber das versteht sich doch von selbst.»

«Versteht sich doch von selbst ...», pflichtete der Quästor ihm bei. «Aber jetzt Schluß mit dem Gerede, und mach dich an die Arbeit. Du kümmerst dich ausschließlich um diesen Fall. Du bist sogar mit einem Auto ausgerüstet und mit so vielen Männern, wie du nur willst ... der Verbandsführer hat die Miliz für jede gewünschte Unterstützung zur Verfügung gestellt.»

Vitali schlug mit einem heftigen Knallen die Hacken seiner funkelnagelneuen Stiefel zusammen, senkte den Kopf und nahm Haltung an.

«Kommissar De Luca!» brüllte er, «das faschistische Italien schaut auf Sie! *Saluto al Duce!*»

Albertini stand auf der Straße vor dem Eingang des Hauses in der Via Battisti und riß die Augen auf, als er De Luca in einem Auto ankommen sah, dem ein Lastwagen voller Milizionäre folgte. Mit metallenem Bremsenkreischen hielt der Wagen auf dem Bürgersteig. De Luca stieg aus und machte dem Unterführer ein Zeichen, worauf dieser herbeieilte.

«War der Arzt schon da?» fragte er Albertini.

«Er war da und ist auch schon wieder weg. Er hat mit Polizeimeister Pugliese gesprochen.»

«Gut. Ist der Brieföffner aufgetaucht?»

«Der Brieföffner? Ach so, die Tatwaffe … nein, keine Spur. Entschuldigen Sie bitte, Kommissar, aber wer sind diese Leute?»

«Sie sind da, um uns zu helfen», sagte De Luca, «maximale Zusammenarbeit.»

Er zeigte dem Sergeanten den Eingang: «Stellt alles auf den Kopf und bringt mir die Tatwaffe, und wenn ihr sie nicht im Haus findet, dann sucht in den Straßen. Ich will sie heute abend haben. Ist Pugliese noch oben?»

«Eben, nein … ich habe hier draußen auf Sie gewartet, um es Ihnen mitzuteilen. Pugliese wartet bei Rosina auf Sie.»

«Bei Rosina?»

Albertini lächelte. «Das ist eine Trattoria, gleich da vorne, die dort … Kommen Sie, ich begleite Sie.»

Sie überquerten die Straße und betraten die Trattoria durch einen speckig aussehenden Schilfrohrvorhang. Drinnen hatte es einige wenige Tische mit großkarierten Tischtüchern und eine Theke aus Chrom. Ein schwerer Geruch nach Frittiertem hing in der Luft. Alle Tische waren besetzt, und in einer Ecke saß Pugliese vor einem Glas Rotwein. Als er De Luca sah, stand er auf, schob ihm einen Stuhl zurecht und schenkte ihm ein Glas Wein ein.

«Kommen Sie, Kommissar, ich habe schon auf Sie gewartet.»

«Was machen Sie hier?» fragte De Luca schroff.

«Es ist Mittag, und um zu arbeiten, muß man essen, oder? Hier ißt man gut und günstig, und außerdem gibt es ein funktionierendes Telefon … Glauben Sie mir, Kommissar, ich bin schon seit sieben Jahren hier und habe meine Arbeit immer von hier aus erledigt.»

De Luca zögerte, dann zuckte er mit den Achseln und setzte sich. «Das sind nicht gerade meine bevorzugten Methoden», murmelte er, während Pugliese ihm das Glas zuschob.

«Ich kenne Sie», sagte Pugliese und bedeutete Albertini, sich zu setzen. «Sie sind einer, der sich nie ausruht, immer angespannt

22

ist … Sie erinnern mich an den armen Kommissar Lenzi, tüchtig, effizient, aber mit einem Magengeschwür!»

De Luca nahm das Glas und betrachtete den dunklen Wein darin, der den Glasrand färbte. «Was ist ihm passiert? Diesem Lenzi, meine ich, ist er an dem Geschwür gestorben?»

Pugliese seufzte und wies ein Mädchen an, Albertini ein Glas zu bringen.

«Er war ein zerstreuter Mensch», sagte er, «tüchtig, aber zerstreut … Nach dem 8. September hat er ein paar Fehler gemacht und endete an der Wand. Die Deutschen.»

De Luca nickte. «Ich verstehe», sagte er leise, «aber ich glaube nicht, daß ich wie er bin. Ich bin Polizist.»

Das Mädchen kam mit einem Glas, und Albertini drehte sich nach ihrem Hintern um, als sie sich wieder entfernte. Pugliese beugte sich dazu sogar hinter dem Tisch hervor. «Das ist ein weiterer Grund, warum ich gerne zur Rosina komme», meinte er, aber De Luca schien an etwas ganz anderes zu denken.

«Ist der Portier zurück?» fragte er. Albertini schüttelte den Kopf.

«Wir haben ihn nicht gesehen», antwortete er, «und seine Frau beginnt sich langsam Sorgen zu machen. Sie sagt, daß er immer mittags nach Hause gekommen sei, seitdem sie miteinander verheiratet sind, außer damals, als sie ihn nach Caporetto einberufen hätten.»

«Dann müssen wir ihn suchen lassen.»

Pugliese runzelte die Stirn. «Wieso? Was hat Ihnen der Quästor gesagt?»

«Er hat gesagt, daß wir den Mörder von Rehinard finden sollen.»

«Merkwürdig.»

«Es ist unser Beruf.»

«Natürlich, aber … ich meine … verdammt, Kommissar, Sie wissen genau, was ich sagen will!»

«Ich weiß, es ist tatsächlich sonderbar. Und so wie ich die Sache sehe, ist es sogar gefährlich. Sie wollen etwas, das die Leute ablenkt. Aber ich traue dieser Schlange Vitali nicht. Wir genießen sogar die Aufmerksamkeit der Presse.»

«Um Gottes Willen, auch noch den Namen in den Zeitungen! Na großartig …»

Das Mädchen kam mit zwei Tellern Spaghetti zurück, einen stellte sie vor De Luca, den anderen schob sie Pugliese hinüber, dann entfernte sie sich wieder mit schlurfenden Schritten. Albertini blickte ihr hinterher.

«Ich habe auch für Sie etwas bestellt, Kommissar, aber wenn Sie es nicht wollen, gebe ich es wieder zurück.»

De Luca schüttelte den Kopf. Er hatte nicht gefrühstückt, aber wie immer, wenn er sich zu Tisch setzte, verging ihm der Hunger, genauso wie abends der Schlaf, um sich dann im unmöglichsten Moment wieder bemerkbar zu machen. Im Augenblick war ihm sogar richtiggehend schlecht. Er nahm den Teller und schob ihn zu Albertini hinüber, der sich mit einem Kopfnicken bedankte, dann zog er den Mantel aus und legte ihn vorsichtig auf den Stuhl neben sich, da in der Tasche die Pistole steckte. Er trank einen Schluck Rotwein und wartete mit verzogenem Gesicht auf das Brennen im Magen, woraufhin er dann hartnäckig noch einen Schluck trank.

«Wir müssen den Portier suchen lassen», sagte er. Pugliese seufzte, während er ein Riesenknäuel Spaghetti um die Gabel wickelte.

«Sie haben schlechte Angewohnheiten, Kommissar.»

«Es ist merkwürdig, daß er einfach so verschwunden ist», fuhr De Luca fort, «das gefällt mir ganz und gar nicht. Danach müssen wir das kleine Dienstmädchen finden. Und wir müssen zur Faschistischen Partei gehen, um alle Informationen über diesen Rehinard einzuholen.»

Über Albertinis Gesicht huschte ein Lächeln, das er hinter der

Serviette versteckte. «Gehen Sie dorthin, Kommissar? Denn wenn ich dorthin gehe, um nach gewissen Dingen zu fragen, werfen sie mich mit Fußtritten wieder raus ...»

«Wir haben freie Hand, oder? Maximale Zusammenarbeit hat Vitali uns zugesichert ... und wenn sie nicht mitmachen, um so besser, dann sind wir früher fertig. Was hat der Arzt gesagt?»

Pugliese warf De Luca einen flehenden Blick zu, doch der trank gerade mit geschlossenen Augen noch einen Schluck Wein.

«Ausgerechnet jetzt wollen Sie das wissen? Also gut ... Auf den ersten Blick, über den Daumen gepeilt, ist Rehinard an der Stichwaffenverletzung ins Herz gestorben, die ihn sofort getötet hat. Der zweite Stich, der in die Leiste, ist ihm später zugefügt worden und war eigentlich überflüssig. Er dürfte vor vier oder fünf Stunden umgebracht worden sein, später nicht, am Morgen also ... Was die Uhrzeit betrifft, liegt Doktor Martini immer richtig. In ein paar Tagen wird er Ihnen mehr sagen können. Aber warum essen Sie nichts, statt all den Wein auf nüchternen Magen zu trinken? Mögen Sie die Spaghetti lieber ohne Soße?»

De Luca hob eine Hand und starrte auf das Glas.

«Sobald du fertig gegessen hast», sagte er zu Albertini, «läufst du zur Partei und fragst nach Rehinard, auf Wunsch von Kommissar De Luca, Befehl von Vitali. Dann rufst du in der Quästur an und läßt einen Haftbefehl ausstellen für ... wie heißt der Portier?»

«Galimberti, Oreste Galimberti.»

«Für den, an alle Polizeiämter, die Kommissariate, Republikanische Garde, Politische Polizei, alle, auch an die Muti.»

Albertini leerte den Rest des Glases, warf dem Hintern des gerade vorbeigehenden Mädchens noch einen letzten Blick nach und verließ das Lokal.

«Auf wen können wir uns in Ihrer Mannschaft verlassen?» fragte De Luca nach einer Weile. Pugliese schenkte in das hingehaltene Glas Wein nach.

«Auf alle», sagte er, «es sind alles anständige Jungs und ehrliche Patrioten.»

«Das meinte ich nicht. Hier ist etwas faul, Pugliese …»

«Ach so, wenn Sie aufgeweckte und diskrete Jungs meinen, dann gibt's da Albertini, auch wenn er manchmal ein Hitzkopf ist, und Ingangaro, der Kahlköpfige, der heute früh da war. Und auch Marcon, der Wachposten, der ist zwar nicht besonders pfiffig, aber er macht seine Arbeit gut.»

«Gut.» De Luca betrachtete den rötlichen Schatten, der das Glas an der Stelle färbte, wo er getrunken hatte. «Setzen Sie Ingangaro auf das Dienstmädchen an. Er soll die Evakuierten kontrollieren, eine Runde durch das Haus machen und nach Rehinard fragen.»

«Wird gemacht. Und wir? Was machen wir? Trinken wir einen richtigen Kaffee?»

«Auf jeden Fall. Dann rufen wir Tedesco an und bitten um einen Termin für heute … Moment mal, wie kommen die hier zu richtigem Kaffee?»

«Aber Kommissar, entspannen Sie sich denn nie? Trinken Sie Ihren Wein aus und lassen Sie mich nur machen, denken Sie nicht darüber nach …»

Drittes Kapitel

«Ja?»

«Kommissar De Luca und Polizeimeister Pugliese, Polizei. Wir haben einen Termin beim Grafen.»

«Einen Moment.» Das Dienstmädchen zog den Kopf wieder zurück und schloß die Tür. De Luca zog den Regenmantel enger um den Hals und hob den Kopf, um die still daliegende Fassade des Palazzo, der sich vor ihnen erhob, zu betrachten. Einen Augenblick später öffnete sich die Tür wieder und zeigte einen alten Mann.

«Ja?»

«Kommissar De Luca und Polizeimeister Pugliese, Polizei. Wir möchten zum Grafen, wir haben einen Termin.»

Der Mann öffnete die Tür weit und trat zur Seite, um sie hineinzulassen. Sie betraten eine riesige Empfangshalle mit einer großen Freitreppe, als der alte Mann plötzlich sagte «warten Sie bitte einen Moment» und wieder verschwand. De Luca biß die Zähne zusammen.

«Jetzt werde ich gleich sauer», murmelte er, und Pugliese lächelte. Eingetaucht in einen klösterlichen Schatten blieben sie zurück, warteten eine Minute, zwei Minuten, fast drei, dann hallte das trockene Geräusch weit entfernter Schritte in der fast schon absurden, totalen Stille des Palazzos wider, und ein junger Priester trat aus einer Salontür. Es war, als befänden sie sich wirklich in einem Kloster. Der Priester näherte sich ihnen mit raschen Schritten, das Gewand wehte um seine Fußknöchel über schwarzlackierten Schuhen.

27

«Ja?» fragte er.

«Polizei. Kommissar De Luca und Polizeimeister Pugliese. Wir möchten den Grafen sprechen.»

Als würde er nachdenken, nickte der Priester mit niedergeschlagenen Augen. Ein Bärtchen umrahmte sein schmales Gesicht. Er trug eine Brille, die nicht ausreichte, um ihn älter erscheinen zu lassen.

«Sicher, sicher …», murmelte er, dann hob er kurz die Augen zu De Luca. «Darf ich den Grund Ihres Besuches wissen? Ich bin Don Vincenzo Peroni, Privatsekretär seiner Exzellenz des Grafen, der gerade äußerst beschäftigt ist.»

«Wie ich schon am Telefon erklärte», sagte De Luca, «geht es um einen Mord. Ein Mitarbeiter des Grafen ist ermordet worden, und wir möchten gerne einige Informationen über ihn und die Beziehung erhalten, die die beiden verband. Er hieß Vittorio Rehinard.»

Don Vincenzo nickte immer noch mit gesenktem Blick. Er schien über jedes gehörte Wort nachzudenken.

«Signor Rehinard arbeitet seit vierzehn Tagen nicht mehr für seine Exzellenz, und seit mindestens einem Monat hat er dieses Haus nicht mehr besucht. Wie Sie sicher wissen, kümmerte sich Signor Rehinard um die Beziehungen zwischen dem Büro Seiner Exzellenz und dem Heiligen Stuhl. Ein tüchtiger Mitarbeiter, aber in letzter Zeit beklagte er sich über gesundheitliche Probleme und hatte deshalb vor, sich zur Ruhe zu setzen.»

«Sehr interessant», sagte De Luca. Diese weiche und langsame Stimme, die sich über jedes Wort legte und es bedeutungsvoll in die Länge zog, begann ihm auf die Nerven zu gehen, «aber ich möchte dies doch vom Grafen selbst hören.»

Ich … möchte … dies … doch … vom … Grafen …, Don Vincenzo nickte bei jedem Wort.

«Seiner Exzellenz tut es leid, Ihnen einen Termin gegeben zu haben, den er leider nicht einhalten kann. Eine unerwartete Verpflichtung, Sie wissen, Staatsangelegenheiten …», er legte einen Finger an den Mund und nickte bedeutsam. De Luca richtete die Augen gen Himmel. Pugliese war sich sicher, einen Fluch auf seinen Lippen zu lesen. Auch Don Vincenzo sah ihn, mit seinen hellen, gleichmütig wirkenden Augen.

«Was scheren mich plötzliche Verpflichtungen!» knurrte De Luca mit einem *schscheeren*, das aus einer Rede Mussolinis zu stammen schien. «Dies ist die offizielle Ermittlung der Quästur in einem Mordfall! Wenn der Herr Graf nicht mit uns sprechen will, lasse ich ihn morgen früh in die Zentrale zitieren!»

Don Vincenzo zuckte zusammen, mehr noch als bei dem Fluch, und hörte auf zu nicken.

«Sie wissen nicht, was Sie da sagen! In die Quästur! Das ist unmöglich … aber wenn Sie darauf bestehen, werde ich sehen, was sich machen läßt. Vielleicht möchte Seine Exzellenz Sie empfangen … oder wird sich besser erklären können als ich.» Er sagte die letzten Worte im gewohnten weichen Ton, aber sie klangen dennoch wie eine Drohung. Mit einer raschen Bewegung wandte er sich um, wobei sich das Priestergewand um seine Beine wickelte. Als er es wieder geordnet hatte, trat er einen Schritt vor und bedeutete ihnen, ihm zu folgen. Er öffnete eine Tür und ließ sie in ein Zimmer eintreten, das eine Bibliothek zu sein schien.

«Wenn Sie bitte warten möchten …», sagte er, dann schloß er die Tür und ließ seine Schritte im Salon widerhallen.

«Gott im Himmel!» fluchte De Luca. «Ich lasse den noch wirklich in die Quästur kommen, und zwar in Begleitung von Wachen!»

«Denken Sie nicht an so was, Kommissar, schon vorhin mit dem Priester … sonst machen Sie noch einen falschen Schritt.»

«Schön wär's! Dann nehmen sie mir diesen Fall ab! Ich wünsche mir nichts anderes, Pugliese!»

«Denken Sie nicht an so was … Schauen Sie lieber diese Sachen hier an.»

Pugliese blickte sich um und zeigte mit dem Hut auf die Wände voller Bücher. Es war ein ziemlich großes Zimmer, das durch ein mit dem Rücken zur Tür stehendes Sofa geteilt wurde. Durch das von einem schweren Vorhang geschlossene Fenster drang nur wenig Licht. Pugliese näherte sich einer Bücherwand, um die Titel zu lesen.

«Oh, welche Heiterkeit …», meinte er, «‹Erziehung zum Tod›, ‹Das Martyrium des Heiligen Sebastian›, ‹Mystik des Kreuzes› … sehen Sie sich das Bild da an … oh Gott!»

Überrascht hatte Pugliese einen Sprung entlang dem Bücherregal gemacht, wobei ihm der Hut aus der Hand gefallen war. Er starrte auf das Sofa, während De Luca es umschritt und ebenfalls mit offenem Mund innehielt. Auf dem Sofa saß unbeweglich, mit halbgeschlossenen Augen und übereinandergeschlagenen Beinen ein Mädchen. Sie hatte die Arme regungslos längs ihrer Hüften liegen, die Handflächen waren nach oben gedreht und das kurze Kleid war ihr über die Knie gerutscht. Ihre blonden Haare waren zu einer Pagenfrisur geschnitten, mit Fransen in der Stirn. Sie war sehr hübsch, zierlich, blaß. Ein Schuh fehlte ihr. Für einen Augenblick sah De Luca ihr auf die Brust, um zu sehen, ob sie atmete, dann bemerkte er, wie sie sich langsam bewegte. Er glaubte, daß sie schlafe, aber sie öffnete den Mund.

«Ihr stört mich», murmelte sie.

«Wie bitte?» fragte Pugliese.

«Ihr stört mich. Laßt mich allein, bitte, geht raus.»

De Luca kam näher und beugte sich vor, um die leicht hervortretenden Augen unter den halbgeschlossenen Lidern zu betrachten und bemerkte dabei die roten Lippen. Ein sattes Rot. Wie das auf dem Glas.

«Wir warten auf den Herrn Grafen», sagte er, «man hat uns hierher geführt. Wir wußten nicht, daß jemand hier ist. Wir …»

Das Mädchen öffnete die Augen, sah De Luca an und drehte dann, ohne sich zu bewegen, den Kopf zur Seite in Richtung

Pugliese. Sie hatte grüne Augen, ein mattes Grün, und einen sonderbaren weichen Blick, wie von jemandem, der eben aufgewacht ist oder der sich gerade betrinkt.

«Ich sitze gern im Halbdunkeln», sagte sie, «alleine, um nachzudenken. Es entspannt mich, und ich schlafe fast ein. Machen Sie das nie?»

«Oh sicher», erwiderte Pugliese, nachdem er De Luca einen Blick zugeworfen hatte, «sehr oft. Das ist ein schöner Zeitvertreib.»

«Setzen Sie sich neben mich, bitte.» Das Mädchen klopfte mit der Hand auf den schweren Samt des Sofas. «Wo ist mein Schuh?»

Pugliese sah sich um und erblickte die Spitze eines schwarzen Schuhs unter dem Vorhang. Er hob ihn auf und setzte sich, für einen Moment verlegen. Sie nahm ihm den Schuh ab, behielt ihn aber in der Hand. De Luca lehnte sich vor ihr mit den Schultern an die Stirnseite des Kamins.

«Sie sind Sonia Tedesco, die Tochter des Grafen?»

«Und wer sind Sie?»

«Kommissar De Luca.»

«Sind Sie hier, um mich zu verhaften?»

«Haben Sie denn etwas Verbotenes getan?» entgegnete Pugliese. Sonia zog die Schultern hoch. Sie trug ein schwarzes, sehr sommerliches und ziemlich enganliegendes Kleid, das ihre Arme bedeckte, aber Hals und Schultern freiließ.

«Kennen Sie Vittorio Rehinard?» fragte De Luca. Sie hob das Kinn, um ihn unter den gesenkten Augenlidern hervor anzusehen.

«Sie sind mir unsympathisch», sagte sie, dann wandte sie sich zu Pugliese und berührte mit der Fingerspitze seine Nase – ein kleiner Finger mit rundem Nagel. Pugliese errötete. «Sie hingegen sind mir sympathisch. Ich werde es Ihnen sagen. Ich kannte Signor Rehinard.»

«Kannten Sie ihn schon lange?»

«Seitdem ihn Papa kennt.»

«Wann haben Sie ihn zum letzten Mal gesehen?»

«Vielleicht, als er das letzte Mal hier war, letzten Freitag.»

«Und heute früh sind Sie nicht zu ihm gegangen?»

«Ich stehe nie vor Mittag auf.» Sonia Tedesco streckte ein Bein Richtung De Luca aus und hielt ihm den Schuh hin, ohne ihn anzusehen. «Würden Sie mir bitte den Schuh anziehen?» bat sie ihn. «Ich friere am Fuß.»

«Mit Vergnügen», sagte De Luca und seufzte. Er warf Pugliese, der rückhaltlos lächelte, einen Blick zu. Er bückte sich und ergriff mit einer gewissen Zartheit ihre Fessel, zog ihr den Schuh an, worauf sie blitzschnell das Bein hob und ihn mit der Fußspitze berührte – sie streifte ihn nur ganz leicht unter dem Regenmantel etwas unterhalb des Gürtels, eine kurze Bewegung, die Pugliese nicht bemerkte.

«Was war dieser Rehinard denn für ein Typ?» fragte Pugliese, während De Luca, überrascht und verlegen, Sonia anstarrte und sich fragte, ob sie das wirklich mit Absicht getan hatte.

«Ein schöner Mann», sagte Sonia, «sehr schön. Aber auch sehr dumm. Er gefiel allen.»

«Gefiel er Ihnen auch?»

Sonia zog wieder die Schultern hoch. «Er gefiel allen. Auch Valeria.»

«Wer ist Valeria?» wollte De Luca wissen, aber in diesem Augenblick öffnete sich die Tür der Bibliothek, und ein großer Mann mit wirren grauen Haaren und einer unordentlichen Locke, die ihm in die gerunzelte Stirn fiel, betrat den Raum.

«Ich bin äußerst verärgert …», begann er ruhig, dann machte er einen Schritt nach vorne und bemerkte sofort Sonia, die auf dem Sofa saß. «Was machst DU denn hier?» zischte er mit vibrierender Stimme. «Dies hier sind keine Frauenangelegenheiten! Laß uns sofort allein!»

Ohne etwas zu sagen, stand Sonia mit einem leichten Lächeln auf den Lippen auf und blies eine rebellische Locke aus ihrem Gesicht. Mit langsamem und wogendem Gang, der ihr Kleid über den Hüften spannte, verließ sie das Zimmer. Als sie an De Luca vorbeiging, berührte ihn etwas sanft über seinem Regenmantel, auf Schritthöhe, leicht, aber doch stark genug, um ihn instinktiv gegen die Wand zurückweichen zu lassen. Um seine Verlegenheit zu verbergen, hustete er in die geschlossene Hand. Unmittelbar nachdem Sonia das Zimmer verlassen hatte, ging der Graf auf ihn los.

«Es ist unerhört!» schrie er und schlug mit der Faust auf den Tisch. «Ich bin ein persönlicher Freund des Duce, und man schuldet mir etlichen Respekt. Ich verbitte mir, von zwei Schergen der Quästur wie ein Verbrecher behandelt zu werden!»

«Herr Graf, vielleicht haben wir…», begann De Luca, aber er konnte nicht zu Ende sprechen.

«Ist ein Offizier der Polizei eigentlich nicht dazu angehalten, sich zu rasieren? Was für ein Vorbild sind Sie Ihren Untergebenen? Raus hier, sofort!» Er öffnete die Tür der Bibliothek und hielt sie weit offen. De Luca begann zu zittern, allerdings nicht vor Angst. Eine kalte Wut durchzog ihn bis zum Haaransatz.

«Wir gehen sofort», sagte er, sich nur mühsam beherrschend, «aber ich teile Ihnen mit, daß Sie sich morgen früh zum Verhör in der Quästur einzufinden haben. Ich schicke Ihnen zwei Wachen, und wenn es nötig ist, lasse ich Sie mit Handschellen abführen. Guten Tag!» Dann stürmte er mit geballten Fäusten und zusammengebissenen Zähnen hinaus, gefolgt von Pugliese, die wütende Stimme des Grafen im Ohr.

«Ich werde jemanden anrufen, der Ihnen schon den Kopf zurechtrücken wird, Sie Scherge. Sie werden es schon sehen!»

Draußen wurde der Himmel schon grau, und es roch feucht und metallisch nach Regen. De Luca zog den Regenmantel enger um sich, steckte die Hände in die Taschen und ging entschlossen auf das Auto zu. Pugliese rannte ihm hinterher. De Luca sagte nichts, bis er sich gesetzt hatte, dann ließ er jedoch die Fäuste wie einen Hammer auf das Lenkrad fallen.

«Die verarschen uns doch alle», knurrte er, «angefangen von diesem Priester! Aber ich bringe sie alle hinter Gitter, und dann lasse ich sie Blut spucken!»

Pugliese ließ mit einigen Schwierigkeiten den Motor an – sie hatten zwar ein schönes Auto zum Repräsentieren, aber natürlich war es kein neuer Wagen mehr.

«Denken Sie mal nach, Kommissar», sagte er und fuhr los, «mit dem Lärm, den Sie veranstaltet haben, wird Ihnen morgen der Fall weggenommen, und Sie werden in die Paßabteilung gesteckt.»

«Schön wär's!»

Pugliese schüttelte den Kopf. «Ich glaube nicht, daß Sie so denken, ich lerne Sie allmählich besser kennen. Sie sind jemand, der etwas auch zu Ende bringen muß, wenn er es angefangen hat, und der sich ärgert, wenn nicht alles aufgeht, vor allem, wenn man versucht, etwas vor Ihnen zu verbergen. Was sagen Sie zu der kleinen Sonia?»

De Luca rutschte auf dem Sitz umher, denn die Erinnerung wühlte ihn auf, obwohl er es nicht wollte und an anderes zu denken hatte. «Bestimmt das, was Sie auch sagen. Trüber Blick, langsame Reflexe, blaß und dieses Timbre in der Stimme … Morphium?»

«Bestimmt. Ich hätte gerne ihre Arme gesehen …»

«Und dann ist da noch die Geschichte mit dem Freitag ... Warum behauptet dieser Priester, daß sie Rehinard schon seit einem Monat nicht mehr gesehen hätten, wenn er doch am Freitag bei ihnen zu Hause war? Und warum sagt mir Sonia, daß sie nie vor Mittag aufsteht, wenn sie doch heute früh bei Rehinard war, denn sie muß die Blondine sein, die die Portiersfrau gesehen hat ... Und wer ist diese Valeria? Sie haben recht, Pugliese, irgend etwas ist an diesem Fall faul, aber er interessiert mich.»

«Das freut mich. Und was machen wir jetzt?»

«Wir gehen in die Via Battisti zurück. Ich will mit der Alten sprechen, bevor wir weitermachen.»

Der Lastwagen der Republikanischen Garde stand noch immer auf dem Bürgersteig. Ein Unterführer saß rauchend auf dem Trittbrett und hatte die Hände auf die um die Schulter gehängte Maschinenpistole gelegt. Albertini und Marcon unterhielten sich nicht weit davon entfernt, und als sie das Auto kommen sahen, traten sie schnell heran. Marcon öffnete die Tür von De Luca und hielt sie am Griff fest, Albertini hingegen wandte sich an Pugliese.

«Sie suchen immer noch nach der Waffe», sagte er, «sie ist nirgends zu finden. Wir haben die ganze Wohnung durchwühlt, und es sind ein Haufen Sachen aufgetaucht, eine Agenda voller Adressen von wichtigen Leuten, Fotografien von diesem Rehinard in allen Altersstufen ...» Man merkte ihm an, daß er im Begriff war, etwas Wichtiges zu sagen, ein angedeutetes Lächeln zitterte in seinem Mundwinkel.

«Na komm schon, Albertini», ermunterte ihn Pugliese, «was willst du uns sagen?»

Albertini lächelte nun übers ganze Gesicht. Er steckte eine Hand in die Manteltasche und zog ein Päckchen aus Zeitungspapier heraus, das auf einer Seite geöffnet war.

«Sehen Sie sich das an, Polizeimeister. Das war unter dem Bett an ein Bein gebunden, und ich habe es zufällig gefunden, bei all dem Durcheinander, das die von der Republikanischen Garde machen … von wegen uns helfen! Das ist Morphium.»

«Donnerwetter», staunte Pugliese, nahm das Päckchen und wog es abschätzend in seiner Hand, «und es ist sogar eine ganze Menge … Was unser Rehinard so alles anstellt …»

«Sehr interessant», sagte De Luca nachdenklich und lehnte sich ans Auto, «wirklich sehr interessant. Das ist noch etwas, was Rehinard und Sonia verbindet … wo hat er es wohl her?»

«Ich habe hineingeschaut», fuhr Albertini fort, immer noch zu Pugliese gewandt. «Einige Päckchen sind unbeschriftet, aber ein paar tragen die Schriftzüge der englischen Armee, wie die, die mit dem Fallschirm abgeworfen werden.»

«Eigenartig», sagte Pugliese.

«Eigenartig», wiederholte De Luca, «aber trotzdem muß sie ihm jemand gegeben haben. Ich kann mir nicht vorstellen, daß jemand wie Rehinard auf einen Abwurf der Engländer wartet.»

«Das kann ich mir auch nicht vorstellen», sagte Albertini, der zwischen De Luca und Pugliese hindurchschaute. «Ich war im Parteibüro, um mich zu informieren. Es ist zwar kaum zu glauben, aber sie waren äußerst nett. Da war ein ziemlich redseliger Beamter, der mir alles erzählte. Die Karteikarte hat er mir jedoch nicht gezeigt.»

Albertini zog ein Notizbuch aus der Manteltasche und blätterte eine Seite auf.

«Rehinard Vittorio», las er vor, «geboren am 22. November 1920 in Trient, war in der Faschistischen Republikanischen Partei, in die er dank der direkten Unterstützung des Grafen Alberto Maria Tedesco am 15. Juli 1944 eingetreten war. Er hatte einen Auftrag: Er war Sekretär des Büros, das für die Beziehungen zur Kirche und im speziellen zur Diözese zuständig ist. Man hat ihn jedoch weder dort noch in der Partei je gesehen. Dem Typ gefielen die Frauen sehr, oder besser gesagt, er gefiel den Frauen. Sie liefen ihm hinterher, und nach den Worten des Beamten ließ er sich aushalten, da er jedesmal, wenn dieser ihn gesehen hatte, gut angezogen war und dicke Autos fuhr. Er besuchte regelmäßig den Spiritistenzirkel ...»

«Spiritisten?» De Luca fiel die Visitenkarte wieder ein, die er in der Brieftasche Rehinards gefunden hatte. *Sibilla.*

Albertini nickte, während er in seinem Notizbuch nachschaute.

«Sie nennen es so. Es ist eine Gruppe von Leuten, die sich bei Tedesco trifft, der auf alles Mystische und Okkulte richtig versessen ist. Sie halten Sitzungen ab und solches Zeug ... aber es ist wichtig, weil sich dort, wie mir der Typ gesagt hat, oft Leute treffen, die nicht zu Tedescos Clan gehören, wie zum Beispiel Signora Alfieri.»

«Alfieri?» De Luca runzelte die Stirn, «die Frau des Professors? Noch ein Regierungsmitglied ...»

«Genau», Albertini war so in Fahrt, daß er sich De Luca zuwandte, «und er gehört zu einer Abspaltung, die derjenigen Tedescos völlig entgegengesetzt ist.»

«Es heißt Strömung, lieber Albertini», korrigierte ihn Pugliese.

«Wie Sie wollen ... Jedenfalls gibt es sonst nichts über Rehinard, keine disziplinarische Maßnahme, keinen Verweis ...»

«Und vorher? Vor dem 15. Juli?»

«Vorher? Nichts, er war nicht in der Nationalen Faschistischen Partei, er war nirgends, auf keiner Seite. Offiziell begann das Leben Vittorio Rehinards vor einigen Monaten.»

De Luca seufzte und zog die Schultern hoch. Er nahm Pugliese das Päckchen Morphium ab und steckte es in die Tasche. «Ich habe nicht den Eindruck, daß uns all das besonders viel weiterhilft», sagte er wie zu sich selbst. «Ein Drogenhändler, der persönlicher Ränkeschmied des Grafen zu sein scheint ... und dann noch ein Regierungsmitglied wie der Professor, ein Freund von Farinacci ... ich sehe das Paßbüro immer deutlicher vor mir. Vom Portier weiß man nichts?»

Albertini schüttelte den Kopf. «Bisher nicht. Ingangaro kümmert sich darum», sagte er, «er hat da so eine eigene Idee.»

De Luca ging vom Auto aus auf das Haus zu. Das Päckchen Morphium in seiner Tasche wog so schwer, daß es ihm den Regenmantel ausbeulte und er es Marcon gab. Als er eintrat, stieg plötzlich eine so heftige Übelkeit in ihm hoch, daß seine Hand unwillkürlich an den Magen fuhr. Er dachte daran, daß er noch nichts gegessen hatte. Die Übelkeit wurde noch stärker, als er das enge Kabuff der Portiersloge sah und sich an den unerträglichen Geruch von Kohl und Muffigkeit erinnerte. Einen Augenblick lang wollte er umkehren, aber dann nahm er all seinen Mut zusammen und öffnete die Tür.

«Signora», begann er und zögerte das Einatmen hinaus, «ich würde gerne noch einige weitere Fragen stellen.» Aber der kleine Raum war leer.

«Signora Galimberti», wiederholte er und ging auf den Vorhang zu, der den Rest der Wohnung verbarg. Nun mußte er doch Luft holen und unterdrückte ein Stöhnen, während sein Magen rebellierte. Er schob den Vorhang zur Seite, und plötzlich war seine Übelkeit schlagartig vorbei. Signora Galimberti lag am Boden unter einem Stuhl, zusammengerollt wie ein trockenes Blatt. Ihr Schädel war eingeschlagen.

«Oh Gott», murmelte Pugliese hinter ihm. De Luca trat in das Zimmer, bückte sich und streckte die Hände zu ihr aus – zögerte jedoch, wußte nicht, was er anfassen sollte und stand wieder auf.

«Es ist sinnlos», sagte er, «sie ist tot, jemand hat ihr den Kopf zertrümmert. Kompliment, ihr habt sie euch vor euren Augen totschlagen lassen, bei versammelter Mordkommission und einer ganzen Abteilung der Republikanischen Garde.» Albertini antwortete nicht, er stand unbeweglich im Türrahmen, steif und grün im Gesicht.

«Wenn du kotzen mußt, geh raus», sagte ihm De Luca und

verließ ebenfalls das Zimmer. Dabei stieß er mit Marcon zusammen, der gerade reinkam. De Luca ging zur Treppe und setzte sich auf eine Stufe, die Ellbogen auf die Knie und das Kinn in die Hände gestützt. Er erinnerte sich wieder daran, daß er sich rasieren sollte.

«Der Mörder muß sie ebenfalls gesehen haben», sagte Pugliese, «es ist höchste Zeit, daß wir den Portier finden.»

«Richtig.»

De Luca schloß die Augenlider und die Müdigkeit einer ganzen Woche legte sich so schwer auf seine Augen, daß er meinte, er würde auf der Stelle einschlafen, trotz allem, trotz der zwei Morde im Verlaufe eines einzigen Tages, die beide auf seinen Schultern lasteten.

«Wir werden diese Idioten der Republikanischen Garde verhören müssen», sagte er, «aber ich hänge mich auf, wenn jemand irgend etwas bemerkt hat, bei dem Glück, das wir haben. Ich will den Portier haben. Und ich will das Dienstmädchen.»

Er atmete tief ein, um seine Kräfte zu sammeln, dann entriß er sich mit einem schmerzhaften Ruck den Stufen und stand wieder auf.

«Sie bleiben hier», wies er Pugliese an, «erledigen Sie, was zu tun ist. Ich gehe.»

«Sehr gut, Kommissar, schlafen Sie eine Weile.»

«Ich gehe nicht nach Hause», De Luca entfernte sich Richtung Tür. «Ich werde mir aus der Hand lesen lassen.»

Viertes Kapitel

Es sah nicht wie bei einer Hexe aus. Es hatte eher den Anschein einer Praxis, elegant, ein bißchen anonym, sehr sauber. Nur ein sepiafarbener Druck mit Sternzeichen verlieh dem Raum eine atmosphärische Note.

Steif saß De Luca allein auf einem Sofa und starrte mit verschränkten Armen auf eine bunte Glastür. Er hatte seine Visitenkarte einem kleinen, dunkelhäutigen Mädchen gegeben – auch sie sah sehr gewöhnlich aus – und wartete darauf, daß sie zurückkam. In diesem unbeweglichen Schweigen, das kaum durch den beginnenden Regen unterbrochen wurde, der jetzt an die quadratischen Fensterscheiben knapp über ihm trommelte, überkam ihn wieder die Müdigkeit und ließ ihn taumeln. Er bog den Kopf zurück, lehnte den Nacken an die weiße, etwas kalte Wand und stieß die ganze Luft aus seinen Lungen. Er fühlte sich schmutzig, staubig und zerknittert und hatte Lust auf ein Bad, um in der Badewanne einzuschlafen, sich im Wasser aufzulösen und durch den Abfluß wegzurutschen.

Statt dessen mußte er hier warten, versunken in einen leichten, prickelnden Nebel unter dem Ticken der aufs Glas fallenden Regentropfen, und all dies, um eine alte Zigeunerin zu treffen mit großen Ohrringen und trübem Blick. Mit geschlossenen Augen gähnte er schmerzhaft, und als er sie wieder öffnete, nahm er wie durch einen Schleier wahr, daß sich die Glastür öffnete und Sonia Tedesco heraustrat.

«Sieh mal einer an», sagte De Luca überrascht. Sonia hob das Kinn und blickte ihn an. Sie sah sehr hübsch aus mit ihrer schwarzen Baskenmütze, die sie quer auf den blonden Haaren trug, dem grauen, um die Schultern gelegten Cape und dem Kleid, das ihr bis unter die Knie reichte.

«Sind Sie hier, um mich zu verhaften?» fragte sie.

«Haben Sie denn etwas Verbotenes getan?» gab De Luca zurück. Sie kräuselte ihre roten Lippen zu einer Grimasse.

«Das haben Sie schon mal gefragt, Sie langweilen mich ...»

Mit wogenden Schritten kam sie näher. De Lucas Blut floß schneller. Sonia hob ein Bein und legte ihr Knie auf seine, dann beugte sie sich vor, streichelte ihm mit ihrer kleinen kalten Hand über das Gesicht und sah ihn unter halbgeschlossenen Augenlidern an, gleichgültig, mit rotem, leicht geöffnetem und unbeweglichem Mund.

«Ich tue immer Verbotenes», sagte sie, schob das Knie nach vorne und berührte ihn erneut, wobei er wieder, ohne daß er es wollte, zusammenzuckte. Sie lächelte mit leicht verzogenen Lippen und zog sich von ihm zurück.

«Ciao, Polizist», verabschiedete sie sich, aber nach ein paar wogenden Schritten auf ihren hohen Absätzen blieb sie stehen. «Am Morgen», sagte sie, während sie ihr Cape umwarf, «habe ich diese Hexe, Littorios Mutter, gesehen, als ich das Haus verließ.»

«Wie bitte?» De Luca erhob sich vom Sofa. «Was hast du gerade gesagt?» Aber sie war bereits hinausgegangen. Er wollte ihr gerade auf der Treppe hinterherlaufen, als ihn das dunkelhäutige Mädchen von der Glastür aus rief.

«Die Signora kann Sie jetzt empfangen. Wenn Sie mir bitte folgen wollen ...»

Die Hexe trug keine Ohrringe und hatte auch keinen trüben Blick. Sie war nicht einmal alt. Sie trug einen schwarzen Rollkragenpullover und hatte ein eigenartiges, spezielles Gesicht, hohe Wangenknochen und leicht schräge Augen von undefinierbarer Farbe, grüne, vielleicht braune, mehr war nicht zu sagen. Die roten Haare fielen ihr in langen Locken in die Stirn. Schwer zu sagen, ob sie schön war. De Luca stellte sich diese Frage, während er in das Zimmer trat, das wie das Wartezimmer ein anonymer, eleganter Salon war. Aufmerksam sah sie ihn an, die Ellbogen auf die Tischplatte und das Kinn in die übereinandergelegten Hände gestützt.

«Ich habe etwas … Mysteriöseres erwartet», sagte De Luca, «ausgestopfte Uhus, schwarze Tücher …»

«Das ist meine Wohnung», sagte sie, «ich arbeite nie hier. Ich gehe zu den Leuten, die mich sehen wollen.» Sie hatte eine weiche, etwas tiefe Stimme, die sich ab und zu in einem leichten Akzent hob, der ihre Vokale heller klingen ließ. Es schien venezianisch zu sein, vielleicht auch friaulisch. «Sind Sie Kommandant De Luca?»

«Kommissar, ich bin jetzt Kommissar. Das ist eine alte Visitenkarte. Sind Sie … Sibilla?»

«Valeria Suvich, das ist mein richtiger Name. Was wollen Sie von mir?»

Valeria … De Luca lächelte. «Das sollten Sie doch wissen, sind Sie nicht Hellseherin?»

Aber Valeria lächelte nicht. Sie deutete auf einen Stuhl am anderen Ende des kleinen quadratischen Tisches, strich sich die Haare aus der Stirn und fixierte ihn, während er sich setzte. Sie machte ihn verlegen. «Ich habe Ihnen doch gesagt, daß ich nie zu Hause arbeite», sagte sie, «nur außerhalb.»

«Und was machen Sie?»

«Ich sage die Zukunft voraus. Ich lese sie in den Händen, in den Sternen, in den Karten, im Kaffeesatz …»

«Und was sehen Sie?»

«Alles, was die Leute wollen.»

«Dann sind Sie eine Betrügerin?»

«Nein. Wollen Sie etwas trinken?»

De Luca nickte. Das brünette Mädchen war eilig und ohne zu grüßen gegangen, da in einigen Minuten die Ausgangssperre begann. Sie hatte eine Flasche und zwei Gläsern auf einen kleinen runden Tisch gestellt, den Valeria, nachdem sie sich auf dem

Stuhl umgedreht hatte, unter gefährlichem Klirren näherzog. Sie goß etwas, das wie Portwein aussah, in ein Glas ein und reichte es De Luca, dann schenkte sie sich selbst ein. De Luca nahm einen Schluck und biß die Zähne zusammen, da sein Magen sofort wieder zu brennen begann.

Instinktiv blickte er auf Valeria, die gerade einen Schluck trank, und die Spur des Lippenstiftes, die sie am Rand ihres Glases hinterließ. Er war sehr hell, zu hell.

«Was wollen Sie über Vittorio wissen?» fragte Valeria nach einem Augenblick des Schweigens.

«Sehen Sie, daß Sie doch Hellseherin sind?» sagte De Luca, erntete aber wieder kein Lächeln. «Alles, was Sie wissen. Kannten Sie ihn gut?»

«Ich sah ihn jeden Freitag bei Tedesco. Beim Spiritistenzirkel. Wir haben Karten gelegt, spiritistische Sitzungen abgehalten … Vittorio war skeptisch, machte immer Witze, und der Graf regte sich darüber auf. Ich war natürlich das Medium …»

«Wer kam an diesen Freitagen?» De Luca trank seinen Portwein aus, und Valeria beugte sich über den Tisch, um ihm nachzuschenken.

«Viele. Manche kamen und gingen, andere waren immer dabei, wie der Graf und seine Tochter Sonia. Und dann war noch Vittorio da.»

« Und Signora Alfieri?»

«Auch Silvia, ja. Machmal kam ihr Mann, aber dann war der Graf nicht da. Vittorio kam aber immer, und oft unterhielten sie sich lange, vorher oder nachher.»

«Nahmen Sie Drogen? Sie können es mir ruhig sagen, wenn Sie wollen, gewisse Dinge gehen mich nichts an …»

«Nein. Das sind zu kostspielige Tricks; ich beschränke mich darauf, in den Augen der Leute zu lesen. Nur Sonia trank viel, sie war immer betrunken.»

Gedankenverloren hob De Luca das Glas und leerte es in

einem Zug. Eine warme Welle stieg ihm zu Kopf und ließ ihn erröten, während der Alkohol seine Zunge löste. Die ersten Worte kamen etwas benommen aus seinem Mund, aber er konnte sie doch kontrollieren.

«Hatte Signor Rehinard, soviel Sie wissen, eine Beziehung zu einer Frau?»

Valeria lächelte, aber es war ein eigenartiges Lächeln, das nur ihre Unterlippe bewegte. Es ähnelte eher einer bösen Grimasse als einem richtigen Lächeln.

«Er hatte mit allen Frauen Affären. Es gibt keine Frau aus guter Familie, mit der er nicht zusammen gewesen ist. Er war sehr schön und faszinierend und auf eine reizende Art eitel ... er gefiel allen Frauen.»

«Ihnen nicht?»

Valerias Lächeln verschwand sofort wieder, und ihre Lippen schlossen sich.

«Vielleicht. Wer weiß. Aber ich glaube nicht, daß Sie das interessiert.»

Sie wollte De Luca wieder Portwein einschenken, aber er hinderte sie daran, indem er die Flasche mit zwei Fingern anhob.

«Was ist das, ein Zaubertrank?» fragte er, «oder versuchen Sie, mich betrunken zu machen? Sie haben es fast geschafft, dabei habe ich Ihnen noch viele Fragen zu stellen ...»

«Warum interessieren Sie sich so sehr für diese Geschichte?»

«Es ist nicht so, daß sie mich interessiert, es ist mein Beruf. Ich bin Polizist. Ich wäre gern Hellseher wie Sie, der in die Zukunft schauen kann und weiß, was passiert ...»

«Ich kann in den Augen lesen, habe ich Ihnen gesagt.»

«Ah ja? Und was lesen Sie in meinen?»

Valeria stützte wieder ihr Kinn in die Hände und sah ihm mit einem dermaßen intensiven Blick in die Augen, daß er verwirrt seinen Blick senkte. Endlich lächelte sie, dieses Mal wirklich.

«Angst», sagte sie.

«Angst?» De Luca unterdrückte ein Schauern. «Und wovor? Lassen wir diese Dummheiten … erzählen Sie mir lieber, was die kleine Gräfin Tedesco wollte. Wenn ich Sie das fragen darf, natürlich.»

«Dürfen Sie nicht, aber ich werde es Ihnen trotzdem sagen. Ich bin für sie wie eine Tante, sie erzählt mir von all ihren Angelegenheiten und Problemen. Sie hat Schwierigkeiten mit ihrem Verlobten, Alberto De Stefani.»

De Luca schnaubte verärgert. «Der Sohn des Unterstaatssekretärs vom Innenministerium, wie könnte es auch anders sein. Was für eine komplizierte Geschichte. Ich weiß nicht mehr, in welche Richtung ich mich bewegen soll.»

Valeria lächelte wieder und zog eine Augenbraue zu einem derart ironischen Blick hoch, daß De Luca sich auf den Arm genommen fühlte. Er überlegte kurz und entschied sich dafür, daß sie schön war. Eigenartig, daß man über so etwas nachdenken mußte. Er sah ihr in die Augen, die von diesem sonderbaren Lächeln leuchteten und eine magnetische rote Farbe annahmen, wie das Rot ihrer Haare, wenn sie sich im gedämpften Licht der kleinen Lampe bewegte.

«Versuchen Sie gerade mich zu hypnotisieren?» fragte De Luca, als ihn plötzlich ein herzzerreißender und angsterfüllter Schrei auffahren ließ und ihn derart lähmte, daß er einige Sekunden mit offenem Mund und weit aufgerissenen Augen dasaß, bis er das kontinuierliche und künstliche Kreischen einer Sirene von der Straße draußen erkannte. Valeria hatte ihren faszinierenden Ausdruck vollkommen verloren, war aufgesprungen und hatte dabei ein Glas umgestoßen.

«Mein Gott!» flüsterte sie. «Alarm! Ein Bombenangriff!»

Sie schien so erschrocken, daß De Luca eine Hand ausstreckte und sie beim Arm nahm.

«Beruhigen Sie sich», sagte er, «gehen wir in den Luftschutzraum. Wo ist er? Im Keller?»

Valeria antwortete nicht. Die weitgeöffneten Augen aufs Fenster gerichtet und mit zitternden Lippen stand sie vor Schreck vollkommen gelähmt da. Ein dumpfes Brummen ließ erst die Luft draußen, weit weg, vibrieren, dann die Fensterscheiben und die Wände. Es wurde immer stärker und kam immer näher, wurde zu einem kontinuierlichen Dröhnen, dicht, dumpf und schwer. Als Valeria das Gesicht in ihren Händen vergrub, nahm er sie in die Arme, drückte sie fest an sich und strich ihr mit der Hand über die Haare, den Nacken, ließ ihr Stöhnen an seiner Schulter ersticken. Der Lärm wurde intensiver, war jetzt ganz nah; alles bebte, Fensterscheiben, Balken, Nippes. Valeria klammerte sich an ihn, ihre Fingernägel gruben sich durch den Regenmantel in seinen Rücken. Sie hörten ein paar vereinzelte Schüsse der Fliegerabwehr, nur ein paar, die neben jenem anschwellenden Donner so lächerlich wie ein Schluckauf klangen. Dann schwoll der Lärm langsam wieder ab, so wie er gekommen war, wurde immer schwächer, ein entferntes Summen, immer weiter weg. Dann nichts mehr. Auch Valeria, die das Gesicht immer noch an De Lucas Schulter preßte, hörte langsam auf zu zittern, gewärmt von seinem keuchenden Atem.

«Sie sind vorbeigeflogen», sagte er leise. «Sie flogen woanders hin, vielleicht nach Deutschland.» Valeria rührte sich nicht.

«Entschuldigen Sie», murmelte sie.

«Sehen Sie», sagte De Luca, «auch Sie haben Angst. Wie ich.»

Valeria hob das Kinn und sah ihn mit trockenen, rötlich schimmernden Augen an, das Gesicht ganz nah an seinem, die noch leicht zitternden Lippen halbgeöffnet. Sie neigte ein wenig den Kopf, schloß die Augen und küßte ihn. Erst berührte sie seinen Mund nur leicht mit ihren warmen Lippen, dann preßte sie ihre Lippen fast mit Gewalt auf seine, streichelte sein Gesicht, seine Schläfen und seinen Nacken mit ihren langen, weichen Händen, während er sie an sich drückte. Sie schob ihn zurück, ohne ihn loszulassen, und er fand sich auf dem Sofa wieder; sie lag über ihm, küßte und streichelte ihn, dem sein Regenmantel im Weg war. Valeria richtete sich auf, sah De Luca mit ihren eigenartigen, schrägen Augen an, kreuzte die Arme hinter dem Rücken und zog den Pullover aus – schön war sie, mit entblößter Brust, schön waren die weißen Schultern und der Hals, die roten Locken, die ihr in die Stirn fielen. Sie beugte sich vor, drückte sich an ihn, und er fühlte ihre brennende Haut. Er sog ihren starken und süßen Duft ein und verlor sich darin, vollkommen hypnotisiert, gefesselt und aufgelöst in einem heißen Strudel, der alles verbrannte, Angst und Müdigkeit, Beklemmung und Schmerz, immer intensiver, immer schneller, bis zum Schluß.

Er erwachte plötzlich und wußte nicht, wo er war, so wie es ihm als Kind geschehen war, wenn ihm schien, völlig verkehrt im Bett zu liegen und er, verloren in der Dunkelheit der Nacht, nicht mehr wußte, wo die kleine Kommode mit der Lampe stand. Er lag aber immer noch bäuchlings auf dem Sofa ausgestreckt. Valeria saß neben ihm, auf einen Ellbogen gestützt, den Kopf gegen die Hand gelehnt, und sah auf ihn herab. Sie trug einen Morgenrock, den eine Sicherheitsnadel vorne zusammenhielt, die Haare hatte sie im Nacken hochgebunden. Sie war schön. De Luca schloß die Augen.

«Wie sonderbar», sagte er.

«Was gibt's da Sonderbares? Wir sind beide erwachsen.»

«Das meinte ich nicht, ich wollte … naja, ich weiß nicht, was ich sagen wollte.» Er drehte sich auf den Rücken und rückte auf dem Sofa nach hinten, bis er seinen Kopf auf ihre Beine legen konnte. Er fühlte wieder ihre Wärme und roch jenen süßen Duft.

«Ich muß eingeschlafen sein», sagte er. Lächelnd nickte sie.

«Du hast geschlafen wie ein Stein, wie einer, der seit Jahren nicht mehr geschlafen hat. Ich bin sogar ein paarmal aufgestanden, aber du hast mich nicht gehört. Aber du warst unruhig, du hast im Schlaf gesprochen.»

«Ach ja? Was habe ich denn gesagt?»

«Etwas, das mit *rot* aufhörte.»

«*Rot?* Eigenartig ... Vielleicht habe ich von der Arbeit geträumt.»

Valeria strich ihm die zerzausten Haare aus der Stirn. Sie beugte sich vor und küßte ihn schnell auf die Lippen.

«Ich weiß, was du für ein Mensch bist», sagte sie.

«Ach ja? Was bin ich denn für einer?»

«Du bist einer, der sich versteckt.»

«Der sich versteckt?»

«Du bist ein Mensch, der immer an seine Arbeit denkt und sogar nachts davon träumt, einer, der immer beschäftigt ist, der immer läuft, ohne je anzuhalten.»

«Und das heißt, sich verstecken?»

«Natürlich. In diesem Durcheinander wissen wenige, wer sie wirklich sind und was sie tun. Deswegen hältst du so sehr an deiner Rolle fest, du, der du eine hast – wo du nur kannst, mußt du dir sagen, ich bin ein Polizist, ich bin ein Polizist. Auf diese Weise mußt du nicht an die immer näher rückende Front denken oder an die Lebensmittelkarten. Das mache ich auch.»

«Interessant. Und weiter?»

«Du bist einsam, aber das macht dir nichts aus, solange dich deine Arbeit vom Denken abhält. Und auch hierin ähneln wir uns ein bißchen.»

«Also gut. Und wie hast du all das herausgefunden?»

«Ich kann in den Augen lesen. Ich habe es in deinen Augen gelesen, und ich weiß, daß du Angst hast.»

«Das hast du mir schon gesagt. Wovor soll ich Angst haben?»

«Daß sie dich umbringen.»

De Luca lächelte, aber es war ein Lächeln, das ihm erst kurz auf den Lippen bebte, bevor es sich über das ganze Gesicht ausbreitete. Valeria bemerkte es.

Sie küßte ihn noch einmal, dann hob sie seinen Kopf und stand auf.

«Ich gehe Kaffee machen, richtigen Kaffee», sagte sie.

De Luca faltete die Hände im Nacken und schloß die Augen. Er war fast wieder eingeschlafen, als sie zurückkehrte, aber der Duft des Kaffees weckte ihn sofort. Er richtete sich auf und nahm die Tasse, die sie ihm reichte, während sie noch den Kaffee umrührte. Er trank einen Schluck und verbrannte sich dabei die Lippen.

«Der Zucker fehlt», sagte er und verzog dabei das Gesicht. Valeria setzte sich neben ihn und schlug die Beine übereinander, wobei der Saum ihres Morgenmantels seitlich hinunterrutschte und ein rundes Knie entblößte.

«Der ist alle», entgegnete sie, «den Löffel habe ich nur zur Zierde in die Tasse gestellt.»

De Luca lächelte, streichelte ihr Gesicht und fuhr ihr mit den Fingern durch die Haare. Sie beugte den Kopf seitlich gegen seine Hand und drückte sie gegen ihre Schulter. Sie verharrte in dieser Stellung und blickte ihn schräg an.

«Du bist wirklich eine Hexe», sagte er.

«Mehr als du denkst», erwiderte sie, und De Luca wollte sich gerade zu ihr neigen, zu ihren Lippen, als ihm plötzlich ein Gedanke durch den Kopf schoß und ihn zusammenfahren ließ. Ungewollt brüsk zog er seine Hand zurück.

«Die Kragenspiegel», sagte er, «Großer Gott, die Kragenspiegel sind *rot!*»

Mit einem Schluck trank er seinen Kaffee aus, stand auf und zog sich an, während Valeria ihm überrascht zuschaute.

«Vielleicht hast du recht», sagte er, bevor er ging, und küßte sie auf das nackte Knie, «ich träume tatsächlich von der Arbeit, wenn ich schlafe.»

Fünftes Kapitel

Er war so früh in der Quästur, daß die Manifeste, die jemand heimlich an der gegenüberliegenden Mauer angebracht hatte, von den Patrouillen der Republikanischen Garde noch nicht entdeckt und entfernt worden waren. Für eine Weile waren er und die Wachposten die einzigen im Gebäude. In der leeren, staubigen Stille der staatlichen Büros fühlte sich De Luca derart unwohl, daß er irgend etwas tun mußte. So las er den ärztlichen Untersuchungsbericht, der auf dem Tisch lag. Er überflog die fachlichen Details und hielt bei der Hypothese inne, daß der Täter eine *nicht besonders große, aber kräftige Person gewesen sein müsse, die leicht nach links versetzt vor dem Opfer gestanden habe.* Bis jetzt waren alle Personen, die er kennengelernt hatte, *nicht besonders groß.* Sonia Tedesco zum Beispiel. Eine undurchsichtige Geschichte mit Sex und Drogen ... sie war zu Rehinard gegangen, das war unterdessen klar, hatte ein bißchen getrunken und dann, zack-zack, ein paar Messerstiche. Oder die Dunkelhaarige mit der Brille, wer weiß, vielleicht eine eifersüchtige Geliebte, die die Tedesco aus dem Haus hatte kommen sehen, ein Streit und ... Oder ... De Luca schüttelte den Kopf, es gab zu viele Lücken, zu wenig Fakten, um an eine Lösung denken zu können. Das Dienstmädchen fehlte immer noch. Sie mußte einiges wissen, auch wenn sie die letzten drei Tage nicht mehr dort gearbeitet hatte. Dann fehlte der Portier, der bestimmt etwas wußte, wenn sie ihn nicht auch schon umgebracht hatten wie seine Frau. Und es fehlte der verdammte Brieföffner. Und der SS-Mann. Heiliger Himmel. De Luca rutschte auf dem Stuhl hin und her, so daß das Holz ungeduldig knarrte, und sah auf die Uhr. Draußen auf dem Gang hallten Schritte, und ab und zu knallte eine Tür. Es kam Leben in die Quästur.

Der erste, der eintraf, war Pugliese. Er trug einen hellen, sommerlichen Anzug mit einer Blume im Knopfloch und ein Paar ziemlich elegante, zweifarbige Schuhe. Doch mit seinem Hut und vor allem mit seinem feingeschnittenen, spitzen Gesicht sah er trotzdem wie ein Polizist aus. Eine Zeitung unter den Arm geklemmt, begrüßte er De Luca begeistert.

«Oh, Kommissar! Sie sind ja ein Frühaufsteher ... Haben Sie schon die Zeitung gelesen? Wir sind berühmt geworden ... Sie haben es geschafft, die Sozialisierung auf die zweite Seite zu verbannen.»

Er schlug die Zeitung auf und hielt sie De Luca auseinandergefaltet hin, der sie sofort packte. Auf der Titelseite stand eine übertrieben große Schlagzeile über drei Spalten hinweg, «Das Geheimnis der Via Battisti», darunter ein Artikel voller blutiger Details. In einem Portrait wurde Vittorio Rehinard als «intriganter Freimaurer, ein Degenerierter, der sich dem Laster und okkulten Praktiken hingegeben hat», beschrieben. Vollkommen unverschleiert wurde auf den Grafen Tedesco angespielt und vor allem auf seine Tochter, deren Beziehung zu Rehinard «von der wachsamen Polizei genauestens untersucht» würde. Es stand dort sogar zu lesen, daß der Fall Kommissar De Luca anvertraut worden sei, «dem brillantesten Detektiv der Republikanischen Quästur».

«Absurd!» knurrte De Luca, «hier hat jemand schwer übertrieben! All diese makabren Einzelheiten, Verdächtigungen herausragender Persönlichkeiten ... sie haben alle Richtlinien der Partei zur Wiedergabe von Tötungsdelikten mißachtet!»

Pugliese lächelte und kniff sich ins Kinn. «In der Tat, seit den Zeiten Girolimonis hat man keine solchen krimihaften Artikel mehr in der Zeitung lesen können … Das ist der Gnadenschuß für unseren Fall. Ich wette, daß er uns noch heute morgen weggenommen wird und die Zensur die Zeitung beschlagnahmt.»

Albertini trat in das Büro. Auch er hatte eine Zeitung unter den Arm geklemmt.

«Habt ihr das gelesen?» fragte er und wedelte damit. Als er die Zeitung auf dem Tisch bemerkte, schien er enttäuscht.

«Wir haben es gelesen», sagte Pugliese, «bald werden wir allesamt Filmstars.»

De Luca faltete die Zeitung zusammen und schob sie zur Seite. Diese ganze Propaganda ärgerte ihn und machte ihm gleichzeitig Angst.

«Denken wir über die ernsten Dinge nach», sagte er. «Von wegen brillanter Detektiv, ich bin ein richtiger Idiot. Und Sie auch, Pugliese.»

«Ich, Kommissar?»

«Die Kragenspiegel, Pugliese, die Kragenspiegel. Die Portiersfrau hat von den Kragenspiegeln eines SS-Manns gesprochen, die haben aber schwarze Kragenspiegel!»

Pugliese runzelte verständnislos die Stirn. «Ich weiß, Kommissar, ich habe viele gesehen.»

«Sogar zu viele», sagte Albertini.

«Allerdings!» De Luca schlug mit der Faust auf den Tisch. «Aber die Portiersfrau hat gesagt, daß er *rote* hatte! Rote, verstehst du?»

Pugliese schlug sich gegen die Stirn und gab sich dann sehr theatralisch eine schallende Ohrfeige. «Oh Gott, das stimmt! Ich erinnere mich auch … die roten Kragenspiegel! Die italienische SS hat rote Kragenspiegel!»

«Eben. Jetzt kann man ihn leicht finden, den Bastard, es gibt wenige italienische Offiziere in der SS und noch weniger hier in der Stadt … Albertini, das ist deine Aufgabe, geh zur Legion und erkundige dich danach. Das ist ein Befehl von De Luca, dem brillantesten Kommissar der italienischen Polizei.»

Albertini schien nicht gerade begeistert zu sein, er verzog das Gesicht und sah Pugliese an, der ihm zunickte. De Luca merkte vor lauter Aufregung nichts davon.

«Wir haben auch eine Neuigkeit für Sie, Kommissar», sagte Pugliese, während er den Mantel auszog und ihn sorgfältig am Türhaken aufhängte. «Ingangaro hat bei einem Rundgang durch alle Stockwerke des Hauses den Namen des Dienstmädchens herausgefunden. Sie heißt Assuntina Manna.»

«Oh, endlich! Und wo ist sie?»

Pugliese zog die Schultern hoch. «Aber Kommissar, man nennt diese Leute Evakuierte, weil sie eben kein Zuhause haben, und es ist schwierig, sie zu finden. Aber Ingangaro ist jetzt zum Fürsorgeamt und zum Arbeitsamt gegangen. Früher oder später findet er sie bestimmt.»

Jemand klopfte an die Tür, und sie drehten sich um. Auf der Schwelle erschien eine Wache mit der Mütze in den Händen.

«Herr Kommissar,» sagte der Mann, «der Quästor wünscht Sie sofort zu sprechen.»

De Luca breitete die Arme aus und schüttelte den Kopf. «Sehen Sie?» sagte er. «Fall adieu. Schade … dabei begann ich gerade, ihn liebzugewinnen.»

Das Lächeln des Quästors entblößte einen Goldzahn. Elegant gekleidet, in einem maßgeschneiderten Nadelstreifenanzug, erwartete er De Luca auf der Schwelle zu seinem Büro.

«Kommissar!» begrüßte er ihn herzlich, nahm ihn am Arm und begleitete ihn zu einem Stuhl vor seinem Schreibtisch. Vitali war ebenfalls im Büro. In Uniform saß er in einem Sessel und ließ wieder ein Bein über die Armlehne baumeln. Es schien, als habe er sich seit dem ersten Mal überhaupt nicht bewegt. Der Quästor begab sich hinter den Schreibtisch, setzte eine dicke Brille auf und begann die maschinengeschriebenen Berichte, die vor ihm über einer auseinandergefalteten Zeitung lagen, durchzublättern, während er «gut, gut …» murmelte. Über diesen sonderbaren Empfang verblüfft, war De Luca stehen geblieben.

«Wie Sie gesehen haben», sagte Vitali, während er seine Mütze mit dem Adler auf einer Fingerspitze herumwirbelte, «verfügen Sie über die volle Unterstützung und Mitarbeit der gesamten nationalen Presse. Nur wer die faschistische Gerechtigkeit fürchtet und heimlich einen Verrat plant, kann versuchen, Sie zu behindern. Aber die Polizei hat die Pflicht, das entschlossenste ‹Ich pfeif' drauf› jedem ins Gesicht zu schreien» – und er schrie es wirklich – «der in irgendeiner Weise versucht, politischen Druck auf die Gerechtigkeit auszuüben! Habe ich recht, Quästor?»

«Sehr recht», pflichtete der Quästor ihm bei. «Aber setzen Sie sich doch, De Luca, und klären Sie uns über die Situation auf. Ihre Berichte gehen eindeutig in eine Richtung, scheint mir …»

«Es gibt mehr als nur eine», erwiderte De Luca und begann zu erzählen, was ihm kurz vorher in seinem Büro durch den Kopf gegangen war. Aber als er bei Sonia Tedesco angekommen war, unterbrach ihn der Quästor, und deutete mit der Brille auf ihn.

«Genau!» sagte er, «das ist die richtige Spur. Die kleine Gräfin Tedesco ist eine Art Verrückte, eine junge, gewissenlose Person, die in der ganzen Stadt von Bett zu Bett hüpft und die ihren Vater mehr als einmal in Verlegenheit gebracht hat.»

«Der aber sicher nicht allein ihretwegen als Trottel dasteht», ergänzte Vitali, und der Quästor lachte.

«Scheint es Ihnen nicht auch offensichtlich, daß genau sie die Person ist, die wir suchen?»

De Luca nickte nachdenklich, während er nach geeigneten Worten suchte, die am besten ausdrücken konnten, was er meinte. Eine leichte Unruhe, die an Angst grenzte, ließ ihn unbehaglich auf dem Stuhl hin und her rutschen.

«Sicher führen verschiedene Indizien zu ihr ...», sagte er, «aber gleichzeitig gilt es, andere Fakten zu berücksichtigen. All das Morphium, das wir in Rehinards Haus gefunden haben. Woher hat er es? Wem gab er es? Doch wohl nicht alles Sonia Tedesco ... Auch seine Beziehungen zum Spiritistenzirkel sind noch sehr unklar ...»

«Degenerierte, Kanaillen und Freimaurer», sagte Vitali. Der Quästor nickte ernst.

«Es waren viele Leute im Zirkel», fuhr De Luca fort, «zum Beispiel Signora Alfieri ...»

Der Quästor ließ die Brille fallen, und Vitali sprang auf. «Silvia Alfieri?» fragten sie gleichzeitig, dann riß Vitali mit einer Geste das Wort an sich.

«Das schließe ich kategorisch aus! Auf keinen Fall!» sagte er. «Professor Alfieri ist ein berühmter Mann, seit jeher Faschist und Regierungsmitglied ... und dann erst Silvia! Eine Frau, die dem Vaterland einen Sohn geschenkt hat, der an der russischen Front gefallen ist und einen weiteren, der in der SS dient!»

De Luca fuhr auf, so daß der Stuhl knarrte. «Was sagen Sie da?» fragte er. Vitali lächelte, zufrieden über die Wirkung seiner Worte.

«Der junge Littorio», erläuterte er, «ist das Beispiel dafür, wie die Familie Alfieri für die Ideale der Italienischen Sozialen Republik kämpft! Hören Sie auf, De Luca, das hier ist – wie sagt ihr Detektive noch? – eine falsche Spur. Bleiben Sie lieber Tedesco auf den Fersen ... wissen Sie, daß er gestern nachmittag hier angerufen und von uns verlangt hat, Ihnen den Fall wegzunehmen? Ich bin kein Polizist, aber gewiße Dinge rieche ich», er faßte sich an die Nase und schnüffelte in der Luft herum, «ich rieche

sie! Es riecht nach wahnsinniger Eifersucht, Orgien, Freimaurer-
riten … das ist die richtige Spur!»

«Die richtige Spur!» wiederholte der Quästor.

De Luca starrte sie an und bekam eine Gänsehaut. Langsam
nickte er.

«In Ordnung», sagte er, «in Ordnung.»

Pugliese steckte gerade alle Kopien der Berichte in einen blauen
Umschlag. Ingangaro half ihm dabei. Auch eine Zeitung legte er
dazu.

«Hier», sagte er, als De Luca ins Büro trat, «wenn Sie mir
sagen, wem ich das geben soll …»

«Wir geben nichts raus», sagte De Luca, «im Gegenteil!» Nachdenklich sah er Ingangaro an. «Tu mir einen Gefallen, ich habe
noch nicht gefrühstückt … hol mir einen Cappuccino und irgendwas zu essen …» Er gab ihm Geld und schob ihn hinaus. Dann
wandte er sich Pugliese zu, der ihn ernst beobachtete und dabei die
Lippen zu einem besorgten Ausdruck nach vorne geschoben hatte.

«Was ist passiert, Kommissar?» fragte er.

«Wir stecken in der Scheiße», antwortete De Luca. Er setzte
sich an den Schreibtisch, ließ sich gegen die Lehne fallen, schloß
die Augen und schlug die Hände vor das Gesicht. «Sie benutzen
uns. Wir werden aufgerieben in einem politischen Kampf zwischen der Clique des Professors und derjenigen Tedescos. Vitali
benutzt uns als persönliche Waffe, um Tedesco in den Dreck zu
ziehen … das Verbrechen ist ihnen scheißegal.»

Pugliese pfiff leise. «Mist!» murmelte er, «solche Geschichten
haben mir noch nie gefallen. Genau deshalb habe ich mich ge-
weigert, in den Geheimdienst Mussolinis einzutreten, weil ich
gewisse Unannehmlichkeiten vermeiden wollte.»

«Mir gefallen sie auch nicht.» De Luca öffnete die Augen. «Bei dieser Geschichte sind wir wie Soldaten im Krieg, Pugliese, und Sie wissen doch, was mit Soldaten geschieht, die nicht aufpassen? Sie werden getötet.»

Pugliese senkte den Kopf und fuhr sich mit einer Hand über die von Brillantine glänzenden Haare. Bei dieser langsamen und befangenen Geste sah er wirklich wie ein Rabe aus.

«Wir setzen ein paar Leute auf Tedesco an», sagte er entschlossen und in einem Ton, der mehr nach einem Befehl als nach einem Ratschlag klang. «Wir lassen Signorina Sonia beschatten, von irgendwelchen Männern, was weiß ich, die dann Bericht erstatten. Wollten Sie nicht noch den Grafen verhören? Zitieren Sie ihn her, möglichst in Begleitung einiger Wachen, wir machen es so, wie sie es wünschen. Ausgerechnet jetzt, wo Ingangaro den Portier gefunden hat ...»

De Luca hob ruckartig den Kopf.

«Galimberti? Und wo ist er?»

«Nah und doch weit weg, Kommissar. Er hält sich in dieser Straße auf, Haus Nummer 21.»

«Ja und? Was ist dort?»

«Da sitzt die Gestapo, Kommissar. Er wurde gestern festgenommen.»

De Luca biß sich auf die Lippen und rieb sich das Kinn. Seufzend dachte er an die Gestapo, an den Quästor, an den Verbandsführer ... *auf Tedesco beharren, auf Tedesco beharren.*

«Gehen wir», sagte er und stand auf. «Setzen Sie jemanden auf den Grafen an. Wir verfolgen unterdessen unsere eigene Spur.»

Bei der Gestapo ließ man sie im Gang auf einer äußerst unbequemen Holzbank warten. Aus einem anliegenden Büro drang schnell wie ein Maschinengewehr das ununterbrochene Klappern einer Schreibmaschine. Überhaupt herrschte mit all den Soldaten, die ein und aus gingen, eine große Geschäftigkeit im ganzen Gebäude. Pugliese schien nervös. Steif saß er da, den Hut in der Hand, ab und zu fuhr er sich mit den Fingern in den Kragen unter den Knoten der schwarzen Polizistenkrawatte. Nach ungefähr zehn Minuten hörte das Klappern plötzlich auf. Die Tür des Büros ging auf, und ein Gefreiter bedeutete ihnen einzutreten. Er schloß die Tür hinter ihnen, setzte sich wieder an die Schreibmaschine und faltete die Hände über der Tastatur zusammen. Ein Oberleutnant in schwarzer Uniform mit Armbinde und silbernen Kragenspiegeln lehnte am Tisch mit einer Visitenkarte von De Luca in der Hand. Er betrachtete sie einen Augenblick lang mit seinen blauen Augen, bevor er zu sprechen anfing.

«Darf ich bitte Ihren Ausweis sehen?» fragte er mit jenem deutschen Akzent, den man von den amerikanischen Vorkriegsfilmen her kannte. De Luca reichte ihm seinen Ausweis. Ein weiterer Moment des Schweigens.

«Sie sind also der berühmte Kommissar De Luca», sagte der Oberleutnant. «Ich heiße Dietrich. Freut mich, Sie kennenzulernen.» Wieder derselbe Akzent wie in den Filmen.

«Gleichfalls, sehr erfreut», erwiderte De Luca. Er zögerte mit seiner Frage, in Verlegenheit gebracht durch jenen kalten, wäßrigblauen Blick, mit dem ihn der andere schweigend anstarrte. Auch der Gefreite sah ihn so an, regungslos.

«Ja?» sagte der Oberleutnant, und De Luca zuckte zusammen.

«Uns ist zu Ohren gekommen, daß Sie gestern einen Mann verhaftet haben», begann er entschlossen. Mit den Deutschen mußte man sich sehr entschlossen geben, das wußte er. «Erst gestern. Oreste Galimberti. Dieser Mann ist sehr wichtig für eine Untersuchung der Republikanischen Quästur, und wir möchten ihn verhören. Nur einige Fragen stellen.» Er hatte ihn eigentlich um dessen Auslieferung bitten wollen, aber dann war er doch zu der Überzeugung gelangt, daß dies aussichtslos gewesen wäre.

«Eine Untersuchung der Quästur?» fragte der Oberleutnant.

«Ja. Ein Mordfall.»

«Aber Sie haben doch einen Ausweis der Brigade Ettore Muti, der Sondereinheit der Politischen Polizei, *nicht wahr?*» Die letzten Worte sagte er auf deutsch.

De Luca holte tief Luft. «Das stimmt, ja, aber ich bin jetzt bei der Quästur. Wenn Sie eine Genehmigung brauchen oder wenn Sie möchten, daß ich den Quästor anrufe, mache ich das sofort.» Er bluffte, ließ es Dietrich jedoch nicht merken. Der sah ihn weiterhin schweigend an. Er lehnte mit dem Hintern am Tisch, die langen Beine steckten in schwarzen Stiefeln. De Luca spürte, wie er langsam die Geduld verlor, ein gefährliches Gefühl, das ihn kalt erschauern ließ. Auch Pugliese neben ihm bewegte sich unmerklich und berührte ihn dabei leicht am Arm.

«Das ist nicht nötig», sagte der Oberleutnant plötzlich. «Ich freue mich, Ihnen helfen zu dürfen. Vor dem Krieg war ich auch bei der *Kriminalpolizei.*» Wieder flocht er ein deutsches Wort ein. Er sagte etwas zum Gefreiten, der sofort mit einem Ruck aufsprang und ihm ein Register in schwarzem Einband brachte. Der Oberleutnant nahm es und blätterte einige Seiten um.

«Wie sagten Sie? Galimberti, mit ‹g› wie Gas … Galimberti, Galimberti, Galimberti Oreste, ja. Verhaftet am 17. April 1945 um elf Uhr, wird aufgrund anonymer Denunziation terroristischer Aktivitäten verdächtigt. Ja, den haben wir.»

De Luca hielt den Atem an, sein Herz klopfte. «Darf ich ihn sehen?» fragte er.

«Sie dürfen, ja. Ah, Moment … ich sehe gerade, daß sein Name *vernichtet* ist» – er benutzte das deutsche Wort – «sein Name steht auf der Abschußliste. Er ist nicht mehr hier bei der Gestapo.»

De Luca ballte die Fäuste, noch eine Minute länger, und er würde anfangen zu schreien.

«Und wer hat ihn jetzt?» zischte er. «Haben Sie ihn der Muti übergeben? Oder der Decima MAS? Sie können es mir ruhig sagen, ich …»

«Das ist eine vertrauliche Information», sagte der Oberleutnant und fuhr mit dem Finger an der Linie in seinem Register entlang, «aber ich kann eine Ausnahme machen für einen … wie sagt ihr hier? … *Collega*. Übrigens», ein Lächeln entschlüpfte ihm, «was für ein Zufall, er kommt gerade eben hier vorbei.»

Er zeigte auf das gegenüberliegende Fenster, das sich auf den Hof hin öffnete. De Luca drehte sich um und rannte zusammen mit Pugliese ans Fenster.

«*Ein Unfall*», erklang es wieder auf deutsch aus dem Mund des Oberleutnants, «*ein Unfall* … so etwas passiert manchmal.»

Auf dem Hof waren zwei SS-Soldaten in Lederschürzen dabei, die Leiche eines alten Mannes auf einen Lastwagen zu laden. Er war zuvor eindeutig gefoltert worden.

«Und was machen wir jetzt?» Pugliese saß im Auto auf dem Fahrersitz, seine Hände lagen regungslos auf dem Steuerrad. Neben ihm hatte De Luca sein Kinn tief in den Mantelkragen vergraben und blickte finster vor sich hin.

«Was wir machen?» fragte er gereizt, «ist das alles, was Ihnen dazu einfällt?»

«Nein, ich frage Sie nur, weil Sie der Chef sind», antwortete Pugliese beleidigt, «ich weiß sehr wohl, was wir zu tun haben. Wir verhaften Sonia Tedesco und setzen dem Ganzen ein Ende.»

De Luca drehte sich zu ihm und sah ihn an. Seufzend vergrub er sich wieder in den Regenmantel.

«Das wäre einfach», sagte er.

«Aber wir mögen keine einfachen Sachen, nicht wahr?»

«Genau. Wenn sich Galimberti nur nicht so hätte hereinlegen lassen … Denn ich glaube nicht, daß der Anruf, der ihn ausgerechnet jetzt denunziert hat, Zufall war. Es gibt zwar sechzehn verschiedene Polizeien in der Republik, und alle verhaften irgendwelche Leute, aber ich glaube trotzdem nicht an einen Zufall. Er hätte uns viel erzählen können, zum Beispiel, welche der Frauen am Morgen zuletzt bei Rehinard gewesen war, denn meiner Meinung nach muß es eine Frau gewesen sein. Rehinard konnte Dutzende von Feinden gehabt haben, aber das sind keine Leute, die auf diese Weise, fast zufällig, töten, mit einem auf dem Schreibtisch gefundenen Brieföffner. Die hätten ihn verschwinden lassen wie Galimberti, oder sie hätten ihn auf offener Straße erschossen. Und Sex spielt auch eine Rolle. Darauf weist der zweite Messerstich hin. Sonia Tedesco oder die Frau des Professors, die alle zu decken versuchen. Oder auch eine andere, von der wir nichts wissen.» Valeria fiel ihm ein, nur für einen kurzen Moment, aber lange genug, um den Kopf zu schütteln, wie um eine lästige Mücke zu verscheuchen. Nein, Valeria nicht. Warum nicht?

«Es fehlen zu viele Hinweise», sagte er laut, aber er sprach zu sich selbst.

«Es fehlen uns Informationen über die Frau von Alfieri», sagte Pugliese, «aber angesichts der augenblicklichen Lage werden wir sie nie bekommen. Wenn wir Fragen in diese Richtung stellen, werden es sofort alle erfahren, vom Quästor bis zum Duce höchstpersönlich, und dann gute Nacht.»

De Luca biß sich nervös auf die Lippen. Schon seit einigen Minuten ging ihm ein Gedanke durch den Kopf, den er zwar verscheuchen wollte, der ihn jedoch nicht mehr losließ. Seine Bemühung, den Verdacht von Valeria abzulenken, ohne seine Polizistennatur zu verraten, ließ den Gedanken erst recht hochkommen.

«Das übernehme ich», sagte er düster. «Ich weiß schon, wo ich die Informationen herhole.»

Sechstes Kapitel

An den geschwärzten und bröckeligen Mauern des alten Bauernhauses war kein Verputz mehr zu erkennen. Es stand fast auf dem Land, in einer Gegend, die die Stadt noch vor dem Krieg erreicht und in Peripherie umgewandelt hatte. So schwarz, massiv und quadratisch wie es war, erinnerte es an ein Kloster. Abseits der anderen Häuser stand es am Ende einer bürgersteiglosen Straße voller Schlaglöcher. An der einen Wand, weit von der Tür, war in roten, zerlaufenen Buchstaben zu lesen: «Mörder, seht euch vor!»

De Luca ließ das Auto in einer Kurve weit vor dem Haus halten, um den Wachposten, der sie mit umgehängtem Maschinengewehr von der Tür aus beobachtete, nicht herunterzubemühen. Er stieg aus und wies Pugliese an, zurückzufahren. Mit entschlossenen Schritten überquerte er die staubige Straße. Die Hände außerhalb der Taschen vom Körper weghaltend, näherte er sich der heruntergekommenen Fassade, dem halbgeöffneten Tor und den abbröckelnden Stufen. Die Vertrautheit mit dem Ort milderte die Angst, die schwer auf ihm lastete. Nur ein vages Gefühl von Unbehagen versteckte sich irgendwo zwischen Magen und Herz.

«Guten Tag, Kommandant», begrüßte ihn der Wachposten, der ihn erkannt hatte, mit ausgestrecktem Arm. De Luca antwortete nicht, sah ihn nicht einmal an, sondern trat direkt durch das Tor ein, während sich der Wachmann umdrehte, um ihn zu beobachten, unentschlossen, ob er ihn aufhalten sollte oder nicht.

Drinnen hatte sich ebenfalls nichts verändert. Auch bei offenen Fenstern blieb es dunkel, und es roch wie immer nach einem Gemisch aus Staub und Alkohol. Geschlossene Türen aus altem Holz mit neuen Schlössern. Spärliches Tippen eines ungeübten Zweifinger-Maschinenschreibers, tip, tip, tip. De Luca stieg die Treppe hoch, streifte das Geländer dabei leicht, begegnete jemandem, der ihn mit einem Kopfnicken grüßte, und blieb dann vor der Tür eines Büros stehen, die aussah wie alle anderen. Von weit her, aus dem unteren Stockwerk, hallte so etwas wie ein Schrei. De Luca klopfte.

«Herein», antwortete eine Stimme mit leicht sardischem Akzent. Ohne zu zögern trat De Luca ein, mit der bestimmten Art, wie er es schon Hunderte von Malen zuvor getan hatte.

«Ich bin's», sagte er. Von seinem Schreibtisch sah Hauptmann Rassetto überrascht auf, die Hand mit der Schreibfeder war ihm in der Luft steckengeblieben. Er war mager, hatte dunkle Haut, seine lockigen Haare waren nach hinten gekämmt und er trug einen schmalen Oberlippenbart. Seine tiefschwarzen, engstehenden Augen verliehen dem Gesicht den scharfen Ausdruck eines Falken.

«Na so was», sagte er, und der Adamsapfel hüpfte an seinem mageren Hals zwischen dem spitzen Kinn und dem Kragen der Uniform auf und ab. «Ich war mir sicher, dich nie wieder zu sehen.» Er stieß mit dem Stiefel einen Stuhl unter dem Schreibtisch hervor, den De Luca an der Lehne auffing, bevor er zu Boden fiel. Lächelnd sah Rassetto ihn an, wobei er seine spitzen Wolfszähne entblößte.

«Ich höre, daß du Erfolg hast. Du bist berühmt geworden. Wer weiß, vielleicht befördern sie dich sogar, womöglich wirst du noch Quästor anstelle des anderen da. Was gibt's, hattest du Heimweh nach deinem alten Büro?»

«Mir gefällt's in der Quästur», erwiderte De Luca. «Es ist eine interessante Arbeit.» Er wollte eigentlich «sauber» sagen, unterließ es dann jedoch.

Rassetto nickte. Er klopfte mit dem Füllfederhalter gegen seine strahlend weißen Zähne, dann stand er auf und ging, die Daumen in den Gürtel geklemmt, zum Fenster. «Weißt du, daß man zwei Bomben in den Hof geworfen hat?» bemerkte er fast zerstreut. «Sie werden immer unverschämter, immer arroganter. Vorgestern haben sie Foschini umgebracht, genau hier draußen. Du erinnerst dich doch an Foschini, oder?»

De Luca schwieg. Rassetto kehrte zum Schreibtisch zurück und wühlte in den Papieren, die auf dem Tisch lagen. Er zog ein gelbes Blatt hervor und ließ es zu De Luca hinüberflattern, der es geschickt auffing, als es bereits leicht zu Boden segelte.

«Vielleicht interessiert dich das», sagte Rassetto, während er wieder ans Fenster trat.

De Luca las. Es war ein Kommuniqué des Nationalen Befreiungskomitees mit einer Namensliste, die mit Rassettos Namen begann. An fünfter Stelle stand sein eigener.

«Erstaunt dich das?» fragte Rassetto, ohne sich umzudrehen. «Hast du geglaubt, du seist draußen, nur weil du hier die Kopfarbeit gemacht hast? Oder weil du dich versetzen ließest?»

«Ja, das erstaunt mich allerdings. Ich bin Polizist», antwortete De Luca. Rassetto drehte sich um und zeigte sein kantiges Lächeln.

«Wir etwa nicht?» fragte er und stützte sich dabei mit den Händen auf den Schreibtisch. «Hör zu, De Luca, du warst immer anständig und hast gute Arbeit geleistet. Deswegen habe ich deine Anfrage unterstützt, als du in die Quästur zurück wolltest. Aber mach dir keine Illusionen, glaub nicht, daß deine Unschuld wiederhergestellt ist, nur weil du jetzt Hühnerdiebe jagst. Du hast doch die Verfügungen des Regionalen Befreiungskomitees von Norditalien über die Behandlung gelesen, die für die *Mörder* der Schwarzen Brigade vorgesehen ist?»

«Aber ich bin doch in der Quästur.»

«Nochmal ... wie kannst du bloß so naiv sein? Wenn das alles hier ein schlechtes Ende nimmt, wenn die *Banditen* unseren Platz einnehmen, stehen wir innerhalb einer Stunde an der Wand, ich in der Mitte, du auf der einen Seite und Valente, der Zahnarzt, auf der anderen, wie Jesus mit den zwei Schächern. Aber ich pfeif' drauf», er richtete sich auf, steckte die Daumen in den Gürtel, «weil wir gewinnen werden. Was willst du von mir? Willst du in der Partei Karriere machen? Brauchst du einen Ausweis als Faschist der ersten Stunde?»

De Luca schüttelte sich und konzentrierte sich wieder auf seinen Fall. Er ließ das Flugblatt zwischen die anderen Blätter zurückgleiten und zwang sich, es nicht mehr anzusehen. «Du mußt mir einen Gefallen tun», bat er. «Ich sitze in der Scheiße. Ich brauche Informationen über Alfieri. Ich weiß, daß es hier in der Kartei eine Akte über ihn gibt.»

Rassetto starrte eine Weile ins Leere. Etwas schien ihn abzulenken, aber De Luca wußte, daß er überlegte. Wenn er so nachdachte, mit diesem sonderbaren kleinen Lächeln, brütete er immer etwas Gefährliches aus.

«Einverstanden», sagte er endlich, «ich gebe dir die Informationen. Alfieri geht mir auch auf die Eier. Aber du mußt mir dafür die ganze Geschichte erzählen und mich in allem, was das betrifft, auf dem laufenden halten.» De Luca nickte. «Also hör zu. Fabio Alfieri ist ein eiserner Faschist, ein Freund von Farinacci und den Deutschen. Er ist Antisemit von der Schule des Preziosi, einer der unnachgiebigsten. Aber er treibt ein doppeltes Spiel. Über die Kurie steht er für die Deutschen in Kontakt mit dem Befreiungskomitee, er hält sich alle Türen offen, die ihm nützen könnten. Ab und zu schleust er sogar einen Juden raus oder einen wichtigen Roten und bereitet sich so auf das Danach vor, der Bastard. Sein Sohn Littorio, ein Musterfaschist und SS-Offizier, fungiert als Vermittler. Er fährt zweimal im Monat nach Verona, in Zivil. Seine Frau hingegen geht jeden Freitag zu Tedesco. Tedesco ist der große Gegner von Alfieri, eher Konservativer als Faschist. Auch er ist ein Wendehals, allerdings setzt er auf die Engländer. Alle diese Herren bereiten sich darauf vor, die Hosen runterzulassen, und jeder will sich am besten absichern. Ekelhaft.» Rassetto fletschte die Zähne und machte ein grimmiges Gesicht, dann setzte er wieder sein gefährliches Lächeln auf. «Jedenfalls hat Signora Alfieri in letzter Zeit mehrere Nächte außer Haus verbracht, ich habe sie beschatten lassen. Sie war in der Via Battisti, die Hausnummer habe ich vergessen. Schönes Durcheinander in der Familie, was? Jetzt bist du an der Reihe.»

De Luca erzählte alles, wobei er jedoch mehr zu sich selbst sprach. Er erzählte von Sonia und von Vitali, der ihn unter Druck setzte, vom Portier, vom Morphium und von dem verschwundenen Hausmädchen. Nur Valeria ließ er aus. Er hatte so schnell gesprochen, daß er schließlich fast keuchte – unter dem vergnügten Blick Rassettos.

«Das ist wirklich ein nettes Bordell», sagte dieser, «herzlichen Glückwunsch.»

«Danke.»

«Bitte. Und denk daran, wenn du zu uns zurück willst, bist du jederzeit willkommen.»

«Danke», wiederholte De Luca und stand auf. Er verließ das Büro mit der flüchtigen Erinnerung an jenes gelbe Blatt, das sich trotz seiner Bemühungen, es zu ignorieren, in seine Gedanken drängte. Aus dem unteren Stockwerk drang wieder ein undefinierbarer ferner Schrei.

Es war schon kurz vor der Ausgangssperre, als er in die Stadt zurückkam. Die Nacht brach bereits herein. De Luca hatte Pugliese nicht angerufen, um sich abholen zu lassen. Er zog es vor, allein, düster und schweigsam, die Hände in den Taschen, durch die sich allmählich leerenden Straßen zu gehen, zwischen den aus Sicherheitsmaßnahmen gelöschten Straßenlaternen. Es war warm, der Sommer hielt endlich Einzug, und ein lauer Wind, der in staubigen Böen daherkam, ließ die Falten des offenen Mantels an seinen Beinen kleben.

De Luca dachte nach. Er war völlig vertieft in einen Haufen Gedanken, die aufeinanderprallten, sich überlagerten und sich seinem Versuch, sie zu ordnen, entzogen. Der gelbe Zettel, Sonia, Silvia, Valeria … Er hatte Valeria an diesem Tag zweimal erfolglos anzurufen versucht, daher entschloß er sich, zu ihr zu gehen, obwohl der letzte Anruf erst zehn Minuten her war. Er würde vielleicht vor ihrem Haus auf sie warten, denn er wollte sie unbedingt sehen, wenn auch nur, um zu reden oder um sich von ihren schrägen Hexenaugen mit dem roten Schimmer anblicken zu lassen.

Er ging schneller und horchte passiv auf das gleichförmige Geräusch seiner Schritte. Ein über die Lenkstange gebeugter Radfahrer, der eilig in die Pedale trat, überholte ihn. In einiger Entfernung vor ihm bog gerade der Schluß einer Patrouille um die Ecke, ohne ihn zu bemerken. De Luca griff unter den Regenmantel, um seinen Ausweis zu zücken, falls er angehalten würde, doch als er ihn herauszog, fiel er ihm aus der Hand. Mit einem verärgerten Seufzer bückte er sich, um ihn wieder aufzuheben, als ihm ein Mann in einem kurzen Mantel auffiel, der hinter ihm abrupt vor einem leeren Schaufenster stehengeblieben war und sich einen Schuh zuschnürte. Sein Herz begann schneller zu schlagen. Er drehte sich um und ging angespannt weiter. Weiter vorn verschwand links etwas sich schnell Bewegendes um die Ecke. De Luca versteifte sich und legte seine Hand auf die Pistole in der Manteltasche. Er zwang sich dazu, sich nicht umzudrehen, so daß ihm allmählich die Halsmuskeln schmerzten. Er beschleunigte seinen Gang und horchte auf den Rhythmus der Schritte hinter ihm. Als er den Radfahrer erblickte, der weiter vorn angehalten hatte und seine Kette überprüfte, hatte er keine Zweifel mehr, und ein eisiger Schauer kroch ihm über den Rücken und ließ ihn in seinem Regenmantel erschaudern. Er bog jäh nach rechts in die erstbeste Straße ein und rannte los, so schnell er konnte. Hinter sich hörte er einen Pfiff und das Geräusch schneller Schritte, die ihn verfolgten, während er wieder nach rechts abbog und dann nach links, ohne zu wissen, wohin er lief. Er kam auf einen kleinen Platz und fühlte sich verloren. Neben ihm war nur eine lange Häuserreihe mit geschlossenen Türen und vor ihm nur eine offene Straße zu sehen. Während die Schritte immer näherkamen, sah er sich keuchend um, bis er über sich den vertrauten Balkon von Valerias Wohnung erkannte. Er stemmte sich gegen die Tür, die nachgab und dumpf gegen die Mauer schlug, und rannte, sich am Geländer festhaltend, die Treppe hinauf. Er erreichte Valerias Wohnung und hämmerte mit geballten Fäusten verzweifelt gegen die Tür.

«O Gott, mach, daß sie zu Hause ist!» dachte er laut.

Er hörte zu hämmern auf und lauschte mit offenem Mund und angehaltenem Atem. Von der Treppe her waren Schritte zu hören, Sohlen, die den Marmorboden streiften. Er zog die Pistole aus der Tasche und hämmerte mit der anderen Hand wieder gegen die Tür.

«Ich komme, ich komm' ja schon!» hörte man eine von den Schlägen übertönte Stimme hinter der Tür, «wer ist denn da?»

De Luca hörte zu klopfen auf. Er entsicherte die Pistole, und die Schritte hielten in vorsichtigem Schweigen inne.

«Mach auf!» schrie er an der Tür, «ich bin's, mach auf!»

Valeria öffnete die Tür und De Luca stieß sie zur Seite und stürzte hinein.

«Mach zu!» flüsterte er keuchend. Sie öffnete den Mund, dann sah sie die Pistole und erschrak. Sie schloß sofort die Tür und hängte die Kette vor. De Luca nahm sie am Arm und zog sie weit weg durch die Glastür bis ins Wohnzimmer. Auch die Wohnzimmertür schloß er und stemmte einen Stuhl dagegen, während Valeria ihn mit aufgerissenen Augen ansah.

«Was ist denn los?» fragte sie ihn, «was ist geschehen?»

«Telefon», sagte De Luca nur. Sie zeigte auf den kleinen Tisch neben dem Fenster. Er nahm den Hörer ab und wählte eine Nummer, ohne die Pistole aus der Hand zu legen. Während er wartete, spähte er vorsichtig aus dem Fenster. Der Mann im kurzen Mantel stand an eine Mauer gelehnt auf der Straße.

«Pugliese? Gott sei Dank, ich dachte schon, ich würde Sie nicht erreichen! Ich brauche Hilfe, drei Männer verfolgen mich, sie wollen mir das Fell überziehen. Rufen Sie jemanden und kommen Sie sofort!» Er gab ihm die Adresse und legte auf, während er nochmals einen Blick aus dem Fenster warf. Der Mann im Mantel sprach mit dem mit der Jacke, und sie blickten zur Wohnung herauf. Valeria kam näher, nahm De Luca am Arm und sah ebenfalls aus dem Fenster.

«Wer sind die?» fragte sie.

«Leute von Tedesco, glaube ich. Oder von Alfieri.»

«Vielleicht auch Partisanen.»

De Luca drehte mit einem angespannten Ruck ein wenig den Kopf, dann schaute er gleich wieder aus dem Fenster.

«Nein, ich glaube nicht … ich weiß es nicht. Ich denke nicht.»

«Setz dich. Sie steigen sicher nicht durchs Fenster.»

Sie schob ihn zum Sofa und setzte sich neben ihn, fast kniend. Mit dem Handrücken streichelte sie ihm über die Wange.

«Du zitterst ja», sagte sie. De Luca legte die Pistole weg. Er biß sich nervös auf die Lippen.

«Ich hatte Angst», sagte er, «es hat nicht viel gefehlt.»

Sie kam näher und legte ihm mütterlich einen Arm um die Schultern, so daß er seinen Kopf zur Seite neigen mußte, aber er war zu angespannt, stand auf und lief im Zimmer hin und her.

«Ich möchte dich etwas fragen», sagte er, ohne sie anzusehen, «warst du gestern morgen bei Rehinard?»

«Warum fragst du mich das?»

«Weil ich es wissen will. Warst du am Morgen bei ihm?»

Valeria seufzte. «Ja. Ich war bei ihm. Aber ich habe ihn nicht umgebracht.»

«Warum bist du dorthin gegangen?»

«Weil ich ihn kannte, ich ging oft zu ihm.»

«Warum?»

«Was soll das? Ist das ein Verhör?»

«Ja, das ist es.» De Luca sah sie an, wie sie im Morgenmantel aufrecht auf dem Sofa saß und ihn nun mit kalten Augen anstarrte. Er konnte ihrem Blick nicht standhalten und begann wieder auf und ab zu gehen.

«Warst du mit ihm zusammen?»

«Das geht dich nichts an.»

«Doch, es geht mich etwas an! Rehinard ist ermordet worden, und ich bin Polizist!»

Valeria fuhr auf, eine rote Locke fiel ihr in die Augen. «Wenn du dich abreagieren mußt, weil du Angst gehabt hast, dann tu das bei jemand anderem», zischte sie, «ja, ich war mit ihm zusammen. Er war sehr schön, ich bin eine erwachsene und freie Frau. Ich war auch mit dir zusammen, oder? Muß ich das auch rechtfertigen?» Sie wandte ihm den Rücken zu. De Luca sah schweigend zu Boden. Er starrte auf den Saum des Morgenmantels, der um die nackten Knöchel ihrer runden Fersen flatterte, die die Pantoffeln entblößten.

«Als du zu ihm gegangen bist», fragte er ruhig und versuchte seine Stimme zu beherrschen, «bist du da im Arbeitszimmer gewesen?»

«Ja.»

«Was stand dort auf dem kleinen niedrigen Tisch?»

Valeria drehte ihm weiterhin schweigend den Rücken zu, als würde sie nachdenken.

«Zwei Gläser standen da», erwiderte sie nach einer Minute,

die ihm wie eine Ewigkeit erschien, «und eines war mit Lippenstift verschmiert. Ich habe ihn deswegen sogar verspottet. Ich war nicht eifersüchtig, er war mir gleichgültig.»

Draußen auf der Straße hielt ein Auto mit quietschenden Bremsen. De Luca rannte zum Fenster und sah Pugliese und Albertini, die aus dem Auto sprangen und Marcon, der auf dem Trittbrett stehenblieb, ein Maschinengewehr im Anschlag.

«Sie sind da», sagte er, «ich gehe runter. Hab keine Angst, es wird niemand kommen und dich belästigen.»

Valeria zog die Schultern hoch. Er wartete. Er hätte sie gern «bleib hier» sagen hören, und er hätte sie gern darum gebeten. Aber sie sagte es nicht, und er bat auch nicht darum. Er ging ins Treppenhaus hinaus, wo ihn Pugliese an eine Wand gelehnt erwartete, mit der Pistole in der Hand.

Sie ließen ihn vor der Pension aussteigen, in der er wohnte, und warteten, bis er die Tür geöffnet hatte. Marcon stand mit dem Maschinengewehr auf dem Trittbrett und beobachtete die Straße, während Pugliese mit der Pistole in der Hand aus dem Fenster sah. Erst als De Luca ihnen mehrmals bedeutet hatte, zu gehen, fuhren sie los.

Jetzt, wo er keine Angst mehr hatte, konnte De Luca wieder denken. Er war davon überzeugt, daß es Männer von Tedesco gewesen waren. Er hatte im Auto mit Pugliese diskutiert, der ebenfalls der Meinung war, daß der Professor kein Interesse daran haben konnte, De Luca zu eliminieren: Sie arbeiteten ja sozusagen für ihn. Aber Pugliese hatte auch halblaut eine Frage fallenlassen, die fast den Worten Valerias entsprach. *Und wenn es Partisanen gewesen sind?* De Luca hatte darauf nicht geantwortet.

Er stieg die Treppe hoch und wühlte in der Tasche nach seinem Zimmerschlüssel. In der Dunkelheit mußte er sich am Geländer festhalten, denn es waren schon alle Lichter in der Stadt gelöscht worden. Er fühlte sich völlig am Ende und dachte, daß er endlich, sobald er sein Bett nur berührte, in einen bleiernen Schlaf fallen würde. Aber als er auf dem Treppenabsatz angekommen war, ließ ihn ein seltsames Geräusch, ein Seufzen oder Schluchzen, sich an die Wand drücken, und sein Herz begann wieder wie wild zu klopfen. Er bemerkte eine helle Gestalt, die in der Nähe der Tür zusammengekauert war, und erkannte sie trotz der Dunkelheit sofort. Er hielt still, die Hand in der Tasche auf den Pistolenschaft gelegt.

«Lieber Gott», murmelte De Luca, der nun wieder Luft kriegte, «hast du mir aber Angst eingejagt.»

Sonia Tedesco saß auf dem Boden. Die Arme um die unter ihrem weißen Regenmantel angezogenen Knie geschlungen, blickte sie ihn mit weit aufgerissenen Augen an und schien zu zittern.

«Was machst du hier?» fragte De Luca, aber sie antwortete nicht. Sie zitterte wirklich. De Luca schloß die Tür auf, nahm sie am Arm und zog sie hoch. Sie traten ins Zimmer, ein karges Schlafzimmer mit einem Tisch, einem Stuhl und einem kleinen Sessel in der Ecke. Sonia setzte sich auf den Sessel, zog die Beine hoch, wickelte sich in ihren Regenmantel und sah ihn, zusammengekauert und mit weit geöffneten Augen, wie eine Eule an.

«Ich habe heute schon genug Aufregung gehabt», sagte De Luca, «und ich habe überhaupt keine Lust auf Ratespiele.»

«Ich werde von einem Mann verfolgt», sagte Sonia plötzlich. De Luca lächelte müde.

«Wirklich?» fragte er ironisch, «wie eigenartig…» Er nahm den Stuhl bei der Lehne und zog ihn in die Nähe des Sessels, um sich vor Sonia hinzusetzen, wie zu einem Verhör. Sie wich zurück und wickelte sich noch enger in ihren Regenmantel. Sie war blaß und die feuchten Haare klebten ihr an der Stirn. Sie hatte etwas

Sonderbares an sich, De Luca merkte es erst nach einer Weile: Es waren die Augen, sie waren weit aufgerissen und nicht halbgeschlossen wie sonst, was ihr einen weniger sinnlichen, dafür kindlicheren und erschrockenen Ausdruck verlieh.

«Ich war es nicht», sagte sie, und De Luca breitete die Arme aus.

«Das glaube ich langsam auch.»

«Warum verfolgt mich dann ständig jemand? Jemand spioniert mir und Alberto nach, und alle Freunde gehen uns aus dem Weg … Und dann die Zeitungen …» Sie bewegte sich im Sessel, steckte schnell und ungeschickt eine Hand erst in die eine, dann in die andere Tasche des Regenmantels, und zog etwas heraus, das ihr aber entglitt und mit einem dumpfen Schlag auf den Boden fiel. Sie wollte sich bücken, um es aufzuheben, De Luca war jedoch schneller und hielt instinktiv ihren Arm fest, noch bevor er bemerkt hatte, daß es eine kleine Pistole war.

«Gott», murmelte er, «jetzt wird es aber langsam zur Gewohnheit.» Er schob Sonia in den Sessel zurück und hob die Pistole auf. Mit einem leichten Anflug von verspäteter Angst, einem kurzen Schauer, der gleich wieder verflog, hielt er sie in der Hand. Vielleicht war die Aufregung an diesem Abend wirklich zuviel für ihn gewesen.

«Ich möchte etwas trinken.» Sonia vermied es, ihn anzusehen.

«Das würde ich auch gerne, aber es ist nichts da. Warte, vielleicht gibt es doch noch etwas …» De Luca ging zum Tisch und zog eine Schublade auf, in der er eine fast leere Flasche Branntwein fand. Er schüttete den Rest in ein Glas und trank einen Schluck, dann gab er es Sonia und sah ihr zu, wie sie es in einem Zug austrank. Er lächelte, als er sah, daß sich auf ihren Wangen der Abdruck des Glases rot abzeichnete, wie bei einem Kind.

«Ich war es nicht», wiederholte sie. De Luca seufzte, nahm den Stuhl und drehte ihn so, daß er sich rittlings daraufsetzen konnte. Aber er stand gleich wieder auf, da es auf diese Weise tatsächlich zu sehr nach einem Verhör aussah. Er setzte sich auf das Bett, wobei die Federn quietschten.

«Was für eine schreckliche Geschichte», sagte er zu Sonia, deren ihm zugewandtes, regungsloses Profil in Kurven unter den feuchten Stirnfransen hervortrat. «Was ich auch tue, ist falsch. Verfolge ich dich, läßt mich dein Vater umbringen, verfolge ich dich nicht, wird mich Vitali umbringen lassen. Wenn ich Nachforschungen anstelle, bin ich tot, wenn ich keine Nachforschungen anstelle, ebenfalls. Kann man so denn arbeiten?»

Sonia blieb schweigsam, aber De Luca wollte auch gar keine Antwort.

«Mein Problem ist, daß ich neugierig geboren wurde. Es war schon immer so … alles muß klar sein, alles seine Ordnung haben, bis ins kleinste Detail, und das Wie und Warum muß rational erklärbar sein, sonst werde ich verrückt. Deswegen kann ich dich nicht verhaften und so tun, als wäre alles in Ordnung, weil ich *weiß*, daß die Untersuchung damit nicht abgeschlossen wäre … aber unterdessen muß ich dich beschatten lassen, weil um dich und mich herum ein Krieg zwischen Giganten herrscht, und ein kleiner, zu neugieriger Polizist ist schnell aus dem Weg geschafft. Wirklich, kann man so denn arbeiten?»

Er nahm ihr das Glas aus den Händen und leerte es bis auf den letzten Tropfen, indem er den Kopf zurückbog. Sie schien ihm überhaupt nicht zuzuhören, und gerade deswegen sprach De Luca weiter, wie zu sich selbst.

«Als ich zur Sondereinheit der Muti gerufen wurde, bin ich sofort gerannt. Weil dort *gut* gearbeitet wird, verstehst du?» Sie verstand nicht, sie hörte nicht einmal zu. «Dort war alles äußerst effizient, sie hatten die besten Detektive, die besten Karteien, es gab die nötigen Mittel … Der Beruf des Polizisten ist schon immer so gewesen, und es ist das, was ich immer gemacht habe. Ein Polizist hat keine politischen Entscheidungen zu treffen. Von einem Polizisten kann nicht verlangt werden, daß er politische

Entscheidungen trifft, er soll einfach seine Arbeit gut machen. Deswegen denke ich, daß die Typen von vorhin Leute deines Vaters waren und nicht Partisanen.»

«Und Rassettos Liste?» fragte er sich schweigend und böse, als würde ein anderer zu ihm sprechen.

Sonia bewegte sich, drehte langsam den Kopf zu ihm hin und sah ihn wieder mit halbgeschlossenen Augen an, obwohl ihre Stirn immer noch vor Schweiß naß glänzte.

«Willst du mit mir schlafen?» fragte sie plötzlich, fast zerstreut, und er blieb einen Moment lang sprachlos. Er war gerade ganz woanders mit seinen Gedanken. Noch bevor er antworten konnte, stand Sonia auf, und De Luca streckte einen Arm aus, weil sie zu fallen schien. Sie behielt jedoch das Gleichgewicht und zog schwankend den Regenmantel fester um sich. Dann sah sie sich um, als wisse sie nicht, wo sie sei.

«Dieser Mann hat sich versteckt», sagte sie, «aber er spioniert mir nach …» Sie trat einen Schritt auf De Luca zu, wechselte dann plötzlich die Richtung und ging schnell, wenn auch auf ihren hohen Absätzen ein bißchen unsicher, auf die Tür zu.

«Du kannst nicht raus», sagte De Luca, «es ist jetzt Ausgangssperre …», aber er sagte es nur leise, ohne Überzeugung. Sie schien ihn nicht gehört zu haben. Sie verließ das Zimmer und ließ ihn allein zurück. Müde saß er auf dem Bett, todmüde, aber mit der absoluten Gewißheit, auch in dieser Nacht nicht schlafen zu können.

Siebtes Kapitel

«Unser Ingangaro ist ein richtiger Spürhund, Kommissar. Wenn er sagt, daß er jemanden findet, dann findet er ihn auch, so wie den armen Portier. Assuntina Manna wohnt dort.»

Pugliese zeigte auf eine Holzbaracke mit Blechdach, die einzige mit einer Tür und einem richtigen Glasfenster, die jedoch beide geschlossen waren. Wäsche hing zum Trocknen an einer Leine zwischen der Baracke und den Überresten einer zerbombten Mauer, die, schief und mit Einschußlöchern übersät, die Baracke überragte. Niemand war zu sehen, nicht einmal eine Frau oder ein spielendes Kind. Wahrscheinlich wegen des Autos oder wegen der Polizistenvisage Marcons, der sie mit den Händen in den Taschen und den Hut tief ins Gesicht gezogen, hinter der aufgehängten Wäsche erwartete.

De Luca stieg, gefolgt von Pugliese, aus dem Auto und ging auf die Baracke zu. Dabei hatte er das sichere Gefühl, beobachtet zu werden. Er pochte zweimal laut an die Holztür, während Pugliese besorgt die Höhe der Mauer betrachtete.

«Haben die hier denn keine Angst, daß ihnen die Mauer auf den Kopf fällt?»

De Luca klopfte noch einmal, dieses Mal stärker. Er rief: «Polizei, machen Sie sofort auf!» Er wollte gerade ein drittes Mal gegen die Tür hämmern, als sie sich öffnete und ein stämmiger junger Mann mit lockigen Haaren und einem alten Militärpullover auf die Schwelle trat und ihnen den Weg versperrte.

«Polizei», sagte De Luca. «Wir suchen Assuntina Manna.»

Mit vor der breiten Brust verschränkten Armen blickte ihn der Mann finster an.

«Sie ist nicht da», sagte er schroff, «sie wohnt nicht mehr hier.» Er trat einen Schritt zurück, als wolle er wieder auf dem Absatz kehrtmachen. Pugliese kam ihm jedoch zuvor und stemmte eine Hand gegen die Tür, so daß der andere sie nicht schließen konnte.

«Ich kenne diesen Herrn», sagte er, «Bruno Manna ... du warst einige Male bei uns, Kleiner.» Auch Marcon war näher gekommen. Er legte ihm eine Hand auf den Arm, aber Bruno riß sich mit einem heftigen Ruck los.

«Laßt die Finger von mir», knurrte er, «Assuntina ist nicht hier!» Er versuchte, ins Haus zurückzukehren, aber die anderen standen zu nahe bei ihm.

Er stemmte De Luca eine Hand auf die Brust und stieß ihn nach hinten, und als dieser sich an Brunos Arm festhielt, um nicht zu fallen, versetzte Bruno ihm einen Tritt zwischen die Beine. De Luca stöhnte auf und sank in die Knie, während Pugliese den Mann am Pullover festhielt und dabei seinen Hut verlor. Marcon stürzte sich auf ihn und schlug ihm einen gewaltigen Fausthieb in den Magen, so daß Bruno zusammensackte. Dann packte er ihn am Kragen und schlug weiter auf ihn ein, während Pugliese versuchte, die Handschellen hervorzuziehen. Hinter der Tür erschien das Gesicht einer erschrockenen alten Frau, und dann stürmte ein Mädchen heraus, die Marcon an den Haaren riß und schrie: «Bruno! Jesus, was macht ihr mit ihm! Bruno!»

«Lauf weg, Assuntina!» brüllte der Mann. «Laßt sie in Ruhe, sie hat nichts damit zu tun!»

«Jetzt halt schon still, du Bastard!» schrie Marcon, der versuchte, ihn festzuhalten.

«Heiliger Himmel!» fluchte De Luca. Er sprang auf, packte Assuntina an einem Arm und schleppte sie weg, während Pugliese Bruno mit einem Fußtritt in die Knie zwang. De Luca bog mit Assuntina um die Hausecke und drückte sie mit dem Rücken gegen die Holzbalken. Er hielt sie an den Armen fest und schüttelte sie, da sie nicht zu kreischen aufhörte.

«Hör auf, verdammt nochmal, hör auf! Ich will dir doch nur ein paar Fragen stellen!»

Endlich verstummte Assuntina. Er führte sie hinter die Mauer und setzte sie auf einen Stein. Als sie sich hinknien wollte und die Hände faltete, setzte er sie wieder auf den Stein zurück.

«Beruhige dich», sagte er, «Bruno geschieht nichts, und dir passiert auch nichts, da kannst du ganz sicher sein. Ich bin nicht hier, um jemanden zu verhaften, verdammt nochmal, begreif das doch endlich!»

Assuntina schlug die Augen nieder und schlang die Arme um sich, um ihr Schluchzen zu unterdrücken. Sie war ein schönes, sehr junges Mädchen mit dunkler Haut und schwarzen Augen. Sie trug ein leichtes, rosa kariertes Kleid, das im Kampf gerissen war und nun eine runde Schulter entblößte.

«Hör mir mal zu», sagte De Luca, «du warst doch das Hausmädchen von Vittorio Rehinard, nicht wahr?»

Assuntina nickte mit einem Seufzer, der in einem Schluchzer unterging. Die schwarzen Haare hingen ihr wirr ins Gesicht. Mit dem Fuß auf einen Stein gestützt beugte sich De Luca vor, weil ihm die Stelle, wo er den Tritt abbekommen hatte, immer noch ein bißchen weh tat. Er legte ihr einen Finger unter das Kinn und zwang sie, den Kopf zu heben und ihn anzusehen.

«Hast du die Sprache verloren, Mädchen, oder muß ich dich in die Quästur mitnehmen?»

«Ich war das Hausmädchen von Signor Rehinard», flüsterte Assuntina, dann klärte sich ihre Stimme, und sie wiederholte: «Ich war Signor Rehinards Hausmädchen, aber ich weiß nichts, denn er hat mich schon vor sechs Tagen weggeschickt.»

«Und du warst seither nicht mehr in seinem Haus?»

«Nein», schluchzte sie, «nein, nein.»

«Warum hat er dich weggeschickt?»

«Ich weiß es nicht. Er war so. Nach einer Weile langweilten ihn seine Dienstmädchen, und dann schickte er sie wieder weg. Aber er hatte es gesagt, daß er auch mich früher oder später wegschicken würde.» Sie weinte. Die Tränen kullerten über ihre runden Wangen wie bei einem Kind. De Luca ließ ihr Kinn los und richtete sich wieder auf. Er wollte sich gerade an die Mauer lehnen, hielt aber noch rechtzeitig inne.

«Was hat Signor Rehinard denn so gemacht?» fragte er. «Blieb er zu Hause, ging er aus, hat er sich mit Leuten getroffen?»

Assuntina trocknete sich mit dem Handgelenk die Wangen und nickte, aber die Tränen liefen ihr schon wieder herunter. «Er ging jeden Morgen weg, am späteren Vormittag, und auch jeden Freitag abend. Es kamen viele Leute, aber ich kannte niemanden.»

«Kannst du sie beschreiben?»

«Es kamen viele Frauen. Und ein Soldat.»

«Was machten sie bei Signor Rehinard? Unterhielten sie sich mit ihm oder brachten sie ihm etwas?»

Assuntina schüttelte den Kopf, und ein weiterer Schluchzer entfuhr ihr. «Ich weiß es nicht», erwiderte sie, «er schickte mich immer zum Einkaufen weg. Manchmal sagte er mir, daß ich die Nacht über wegbleiben solle.»

«Kam auch ein blondes Mädchen?»

«Ja, sehr oft. An einem Morgen habe ich sie weinend draußen auf der Treppe sitzen sehen. Signor Rehinard hatte sie ins Haus gelassen, und als sie wieder ging, war sie … ich weiß nicht wie, sie war so seltsam.»

De Luca nickte finster und biß sich auf die Lippen. Er steckte eine Hand in die Manteltasche und brachte sich unter dem Regenmantel wieder in Ordnung. Aber das war es nicht, was ihn gestört hatte. Er wollte eigentlich eine Frage stellen, und das tat er endlich auch.

«Kam auch eine rothaarige Frau?» fragte er.

Assuntina nickte. «Signora Valeria war die einzige, die nett zu mir war. Aber es kam auch eine ganz böse, mit schwarzen Haaren.»

«Klein, mit Brille?» fragte De Luca. Valeria schwirrte wieder in seinem Kopf herum.

«Ja. Signor Rehinard nannte sie Exzellenz und scherzte immer mit ihr, aber einmal habe ich sie auch streiten hören. Sie sagte ‹laß meinen Sohn in Ruhe, ...› Sie schien sehr wütend zu sein.» Assuntina zog die Nase hoch und wischte sich mit dem nackten Arm die Tränen ab, wobei sie eine glänzende Spur auf ihrer Haut hinterließ. De Luca wollte ein Taschentuch hervorziehen, aber er war so sehr in seine Gedanken versunken, daß er es auf halbem Weg wieder vergaß und seine Hand in der Tasche steckenblieb. Er nickte zwei-, dreimal vor sich hin, den Blick ins Leere gerichtet, dann raffte er sich auf.

«Sag mal, noch eine letzte Frage», sagte er, «Signor Rehinard und du, hat er dich nie ...?»

Assuntina preßte die Zähne aufeinander und ihr Gesicht und ihre Augen begannen zu glühen, worauf De Luca beschwichtigend den Arm hob und den Kopf schüttelte. Er kannte diesen Blick und wußte aus Erfahrung, daß er aus dem Mädchen, das mit bloßen Füßen und wirren Haaren auf dem Stein saß, nichts mehr herausbringen würde.

«Was erwarten Sie, Kommissar, das sind Süditaliener, alles Ignoranten ...» Pugliese blies den Staub von seinem Hut. «Wenn sie die Polizei nur sehen, erschrecken sie schon. Die Mutter von Assuntina hat mir gesagt, daß ihr Bruder sie beschützt, seitdem ihr Verlobter '40 nach Griechenland gegangen ist, und er niemanden an sie heranläßt. Wenn er nicht gerade im Gefängnis ist, meine ich, denn dieser Manna ist ein schlimmer Typ, vorbestraft und schnell mit den Fäusten und dem Messer ... er ist gestern aus dem Gefängnis entlassen worden. Wir hätten ihn wohl besser gleich wieder mitgenommen, wo er ja schon die Handschellen anhatte.»

«Lassen wir's, Pugliese, wir haben schon genug Schwierigkeiten.» De Luca saß hinten, in seinen Mantel vergraben, neben Marcon, der eine Maschinenpistole quer über den Knien liegen hatte. Sie fuhren in die Quästur zurück. Pugliese wollte sich umdrehen, war aber so in seine Jacke verwickelt, daß er sich nur mühsam mit einem Arm befreien konnte.

«Habe ich Ihnen schon von Albertini berichtet, Kommissar? Er hat noch nichts von sich hören lassen, ich mache mir langsam Sorgen. Er hatte angerufen und gesagt, daß sie ihn jeden Moment verhaften würden und daß er nur erfahren habe, daß Littorio Alfieri Leutnant sei und jetzt in den Hügeln nach Partisanen suche. Aber er würde vielleicht noch mehr herausfinden.»

«Wir müssen mehr darüber wissen.»

«Und warum?» Pugliese stemmte sich hoch, wobei er fast auf den Sitz kletterte. «Der Quästor hat gestern nachmittag nochmals angerufen und gesagt, wir sollen die *Tedesco-Spur* weiterverfolgen. Er meinte, daß wir sie in die Enge treiben sollen ...», er unterstrich es mit einer Geste, indem er alle Finger einige Male spreizte und wieder zusammendrückte.

«In die Enge treiben, einen Scheißdreck werden wir tun», sagte De Luca. Er fühlte sich miserabel. Er hatte weder geschlafen noch gegessen, und es war ihm, als wäre ihm ein Spinnennetz über das Gesicht gespannt. Wenn er die Lider schloß, brannten ihm die Augen. «Sonia Tedesco ist nur ein verzweifeltes und halbverrücktes armes Mädchen. Ich bin mir fast sicher, daß sie nichts mit Rehinards Tod zu tun hat. Immerhin hat er ihr das Rauschgift besorgt, und ich sehe keinen Grund, warum sie ihn hätte umbringen sollen. Und dann ist da die Geschichte mit dem Glas.

Wenn wirklich …», er wollte gerade «wenn wirklich Valeria …» sagen, aber er unterbrach sich, «wenn wirklich die Suvich das Glas gesehen hat, dann muß Sonia schon vorher dagewesen sein. Ich denke jetzt an eine andere Möglichkeit.»

«Die Hexe?» fragte Pugliese. De Luca sah ihn an. Ein leichtes Lächeln umspielte Puglieses dünne Lippen unter der Habichtnase, aber das war der normalste Gesichtsausdruck des Polizeimeisters.

«Nein», antwortete De Luca, «es wäre möglich, aber ich weiß es nicht. Ich denke an die Frau des Professors, die Dunkelhaarige, die immer zu Rehinard ging und dann wegen ihrem Sohn mit ihm in Streit geriet. Warum? Gott, was würde ich darum geben, wenn ich sie auf meine Weise verhören könnte.»

«Auf Ihre Weise?» fragte Pugliese, und De Luca bemerkte wieder jenes schmale Lächeln, das ihm zu spotten schien. In diesem Moment hielt das Auto abrupt an. Pugliese rutschte auf den Sitz zurück, während Marcon eine Hand auf die Maschinenpistole legte. De Luca streckte den Kopf aus dem Fenster und sah einen Unterführer der Republikanischen Garde, der ihnen Zeichen machte, zu wenden und zurückzufahren.

«Partisanen!» sagte der Unterführer, als er von weitem Puglieses Ausweis sah, «sie schießen von einem Dach aus, man kommt nicht durch.»

«Laß uns durch die Via Mastella fahren», schlug Pugliese Marcon vor, aber De Luca legte ihm eine Hand auf die Schulter, damit er anhielt.

«Warte, ich fahre nicht mit zur Quästur, geht ihr dorthin. Ich gehe zu Rosina, ich will mich unbeobachtet bewegen und telefonieren können. Und ich will Albertini. Und ich will Silvia Alfieri.» Und ich will Valeria, dachte er, sagte es aber nicht. Vorne im Rückspiegel sah er immer noch Puglieses schmales Lächeln.

Achtes Kapitel

«Hallo, Valeria?»

«Nein, die Signora ist nicht im Haus. Sie ist ausgegangen und kommt erst später zurück. Wen darf ich ihr melden?»

«Das ist nicht nötig, danke, ich werde es später noch einmal versuchen.»

«Kommandantur der SS, wer ist am Apparat? ... Wen suchen Sie? ... Einen Moment, ich verbinde Sie mit dem Oberleutnant.»

«Leutnant De Bosio. Mit wem spreche ich? ... Kommissar De Luca ... Nein, hier ist kein Albertini ... Gestern? Ich weiß nicht, ich bin erst seit heute im Dienst. Bitte warten Sie einen Moment.»

«Feldwebel Di Matteo, wer ist am Apparat? ... Kommissar Albertini? Welcher Albertini? ... Ja, gestern ist einer von der Quästur hier gewesen, ich habe mit ihm gesprochen. Er hat nach Leutnant Alfieri gefragt und ist dann wieder gegangen ... Nein, er ist allein gegangen, der Leutnant ist nicht da, er hat Anspruch auf einen freien Tag ... Gestern haben sie einen weiteren Abwurf der Engländer in den Hügeln abgefangen, der den Rebellen galt. Das ist der vierte in diesem Monat ... Nein, ich weiß nicht, wo dieser Albertini hingegangen ist ... vielleicht weiß es Massobrio, einen Augenblick ...»

«Gefreiter Massobrio, zu Befehl ... Ja, ich habe ihn gesehen, er ist mit einem Legionär weggegangen, aber ich weiß nicht mehr mit welchem. Mir schien, sie später in einer Bar gesehen zu haben, aber ich bin mir nicht sicher ... Nein, draußen, in der Peripherie. Soll ich Sie mit dem Marschall verbinden? ... Hallo? Hallo?»

«Hallo, Valeria?»

«Nein, die Signora ist nicht im Haus. Wen darf ich ihr melden?»

«Weißt du, wo sie hingegangen ist, bitte?»

«Ich weiß nichts, die Signora ist ausgegangen und bisher noch nicht zurückgekehrt. Wen darf ich ihr melden?»

«Das ist nicht nötig, laß nur, es ist nicht wichtig.»

«Kommissar? Ich höre Sie so schlecht ... in dieser Stadt funktionieren alle Telefone außer die von der Quästur. Wie bitte? ... Nein, es gibt keine Neuigkeiten von Albertini, aber der Quästor hat angerufen. Er hat gesagt, wir sollen dranbleiben, wir seien auf der richtigen Spur und man müsse das Eisen schmieden, solange es noch heiß sei. Ein alter Hund habe einen guten Riecher, hat dieser Scheißkerl gesagt ... oh je, ich habe ganz vergessen, daß das Telefon abgehört wird. Und Sie? ... Was sagen Sie? ... Das mit den Abwürfen der Engländer ist interessant, Kommissar, sehr interessant, aber gefährlich ... Ich sagte gefährlich ... In Ordnung, auf Wiederhören, ich erwarte weitere Neuigkeiten ... Ich sagte Neuigkeiten! Gott, dieses Telefon geht einem auf die Nerven!»

«Elitegardist Anaclerico Antonio, verbinden Sie mich bitte mit der Kriminalpolizei ... Brigadier, in der Via Montanara liegt eine Leiche, sie haben sie in einen Straßengraben geworfen. Der Mann hatte seine Papiere bei sich, es ist wieder ein Polizist. Warten Sie, ich sehe gleich nach ... ja hier, er heißt Albertini.»

«Hallo, Valeria?»

Neuntes Kapitel

Vom hohen Gras fast verdeckt steckte er kopfüber im Graben. Von der Straße aus sah man nur seine Beine, die wie ein V gerade über den Grabenrand hinausragten. Die Hosenbeine waren heruntergerutscht und entblößten oberhalb der Socken seine weiße, nackte Haut, was den brutalen und gleichzeitig realen Eindruck erweckte, daß diese Schuhe in ihrer komischen Position in der Luft wirklich die einer Leiche waren.

De Luca blieb am Straßenrand stehen und sah in den Graben. Neben ihm gab Pugliese ein eigentümliches Geräusch von sich, das sich wie ein Flüstern anhörte, und atmete tief ein. Er hatte gerötete Augen. Marcon hingegen weinte offen.

«Ich fuhr mit dem Fahrrad vorbei und habe ihn dort gefunden», erklärte ihnen der Elitegardist Anaclerico. «Wer weiß, wie lange er schon hier liegt. In dieser Gegend würde niemand etwas sagen. Das hier lag auf seinem Rücken. Ich habe es an mich genommen, weil es sonst weggeflogen wäre.»

Er gab De Luca einen Zettel. Der mußte das Blatt festhalten, so stark flatterte es im warmen Wind. «Faschistenschwein» stand darauf. De Luca zeigte es Pugliese, der ihm einen schnellen Blick zuwarf und dann wieder Albertini ansah, wie er mit dem Kopf voran im Graben steckte, die Arme im zerdrückten Gras zu einem Kreuz ausgebreitet.

«Sie haben ihm eine Kugel in den Nacken gejagt. Die Partisanen waren es jedenfalls nicht», sagte er, «nicht bei Albertini.»

«Wieso?» fragte De Luca.

«Weil die Partisanen Albertini nie umgebracht hätten. Verlangen Sie bitte nicht von mir, mehr dazu zu sagen, Kommissar.»

De Luca beugte sich über den Graben und schob das Gras mit einer Hand beiseite, um Albertini besser betrachten zu können. Marcon stöhnte und entfernte sich eilig.

«Armer Albertini», seufzte Pugliese, «ohne es zu wollen, ist er in eine verdammt schmutzige Sache geraten. Wo doch in diesen Zeiten die Leute wegen viel weniger umgebracht werden. Das waren nicht Tedescos Leute, die hätten Sie und nicht ihn ermordet.»

De Luca nickte. «Ja», sagte er.

«Und wenn wir ohne die Unterstützung des Quästors zur Legion gehen und Fragen stellen, werden sie am Ende auch uns noch verhaften und umbringen.»

«Genau.»

«Was für ein Scheißjob. Und was machen wir jetzt?»

Das war keine rhetorische Frage, auch wenn beide die Antwort kannten. Aber die Antwort mußte von De Luca kommen.

«Wir gehen zu Alfieri. Ich würde sagen, daß es an der Zeit ist, die Familie kennenzulernen, diesen Littorio und seine Mutter … wir haben schon viel zu lange gewartet.»

«Aber der Quästor will, daß wir Sonia Tedesco schnappen. Er hat sogar angerufen …»

De Luca erhob sich mit einem unheilvollen Knacken in den Knien, das ihn taumeln ließ.

«Ich pfeife auf den Quästor», sagte er entschlossen, während er auf das Auto zuging.

«Bleib hier draußen stehen und laß niemanden raus, verstanden?»

Marcon nickte und lehnte sich gegen die Wand neben dem Eingang. De Luca klingelte. Sie warteten einige Sekunden.

«Ja?»

«Eine wichtige Mitteilung von der Partei, machen Sie bitte auf.»

Die Tür öffnete sich und De Luca stürzte hinein, wobei er eine alte Hausdame zur Seite stieß, die vor Angst zu keuchen anfing.

«Polizei! Wer ist im Haus?»

«Die Signora ist da, aber Sie … aber Sie …»

«Und Littorio Alfieri … wo ist er?»

«Der Signorino ist nicht da … er ist ausgegangen …»

«Wo ist die Signora?»

Die Frau hob eine Hand und zeigte auf einen quadratischen Innenhof. Eine Treppe führte hinter einem kleinen, offenstehenden Eisentor nach oben. Pugliese nahm sie am Arm und zwang sie, mit ihm De Luca zu folgen, der bereits den Hof überquerte. Sie stiegen die Treppe hinauf, die von einem Gewölbe überdacht war, in dem das gedämpfte Echo eines Radios widerhallte. Dann blieben sie vor einer Tür stehen. Pugliese drückte die Frau gegen die Wand und legte eine Hand auf die Pistole in seiner Tasche. *Ma le gambe, ma le gambe*, erklang es aus dem Radio, *a me piacciono di più.* («Aber die Beine, die Beine gefallen mir noch viel mehr.») Ohne anzuklopfen, öffnete De Luca die Tür und trat ein. Mit offenem Mund sah ihn Silvia Alfieri überrascht an.

Sie sah tatsächlich so aus wie in den Beschreibungen: klein, mit Brille und langen glatten, schwarzen Haaren. Sie hatte ein feingeschnittenes Gesicht mit einem sehr intelligenten, bewegten und nervösen Ausdruck, der sich auch in ihren Händen mit den langen Fingernägeln und in den kleinen Augen zeigte, die hinter den Brillengläsern glänzten. Sie kniete gerade auf dem Teppich und verbrannte einige Papiere im Kamin.

«Ist Ihnen so kalt?» fragte De Luca.

«Wer sind Sie?»

«Polizei, Kommissar De Luca. Ich habe Ihnen einige Fragen zu stellen.»

«Verlassen Sie sofort mein Haus.»

Saran belli gli occhi neri, saran belli gli occhi blu … («Schwarze Augen mögen schön sein, blaue Augen mögen schön sein …»)

De Luca näherte sich dem Kamin und stieß mit der Schuhspitze einen Fetzen halbverbrannten Papiers, der auf den Teppich gefallen war, ins Feuer zurück.

«Ich brauche einige Erklärungen von Ihnen», sagte er, «etliche Erklärungen.» Er bot ihr seine Hand, um ihr beim Aufstehen behilflich zu sein. Sie ignorierte jedoch die Geste, stand auf und glättete den Rock an ihren Beinen. Sie mußte den Kopf nach hinten biegen, um ihn anzusehen, da sie viel kleiner war als er. De Luca versuchte sich vorzustellen, wie sie Rehinard erst ins Herz stach und dann …

«Ist Ihr Mann nicht zu Hause?»

«Mein Mann ist mit dem Duce in Mailand, und wenn er von Ihrem Hausfriedensbruch erfährt … Er erwartet mich, und ich habe es sehr eilig, weshalb ich Sie bitten muß, zu gehen, wenn Sie so nett sein würden.»

Due manine deliziose che ti sanno accarezzar … («Zwei reizende Hände, die dich zu streicheln verstehen …»)

De Luca setzte sich in einen Sessel und drehte dem Feuer, das ihn langsam zum Schwitzen brachte, den Rücken zu, während sich Silvia mit einem nervösen Ruck zur Tür wandte, von der aus Pugliese und die Hausdame dem Geschehen schweigend zusahen.

«Gianna», sagte sie mit schriller Stimme, «ruf sofort die Polizei an und verlange den Quästor!»

De Luca seufzte ruhig. «Sie haben es eilig zu gehen?» sagte er. «Nun, ich nehme Sie wegen Mordes an Vittorio Rehinard fest.»

Silvia Alfieri sperrte die Augen auf, die einen so schrecklich blöden Ausdruck annahmen, daß sich ihre Lippen zu einem Lächeln spannten.

«Sie sind ja verrückt!»

De Luca zog die Schultern hoch. «Kann sein. Jedenfalls nehme ich Ihnen erst mal Ihre Papiere ab, und dann lasse ich Sie eine Runde durch die Kommissariate machen, so das der Krieg vielleicht schon zu Ende ist, bevor der Quästor Sie findet.»

Ma due gambe un po' nervose ti faranno innamorar ... («Aber zwei leicht nervöse Beine verdrehen dir den Kopf ...»)

Silvia öffnete den Mund und versuchte, etwas zu sagen, aber es kam nur ein verzerrter Seufzer über ihre immer noch gespannten Lippen. Sie schaltete das Radio aus, ging auf ihren Bleistiftabsätzen schnell zur Tür und schlug sie Pugliese vor der Nase zu. Dann ging sie zu einem Tisch und nahm eine Zigarette aus einer Tasche. Sie zündete sie sich an, und die kleine Flamme des Feuerzeugs spiegelte sich in ihren Brillengläsern.

«Sie haben uns gerade noch gefehlt», sagte sie, während sie den Rauch ausstieß.

Sie setzte sich De Luca gegenüber in einen Sessel und beugte sich vor, indem sie die Ellbogen auf die Knie stützte. Es sah so aus, als könne sie nicht stillsitzen. Sie schaukelte ständig hin und her, obwohl sie nun ruhiger schien.

«Was wollen Sie wissen?» fragte sie.

«Sie haben Rehinard umgebracht.»

«Ist das eine Frage? Es scheint mir eher das Gegenteil zu sein. Ich bin mit Vittorio ins Bett gegangen, wie viele andere auch. Und es gefiel mir.» Sie stieß wieder den Rauch aus, und De Luca drehte den Kopf weg, um ihm auszuweichen.

«Entweder haben Sie ihn umgebracht, oder es war Ihr Sohn. Littorio und Rehinard handelten zusammen mit Morphium, das Littorio von den Abwürfen der Engländer hatte und Rehinard weiterverkaufte. Sie stritten, und Littorio hat Rehinard umgebracht. Und dann hat er einen von meinen Männern töten lassen.»

Das Lächeln auf Silvias Lippen spannte sich noch mehr, rund um den weißen Filter der Zigarette. Sie schlug die Beine übereinander und verdrehte dabei nervös einen Fuß.

«Entweder er oder Sie», sagte De Luca, «oder beide.»

Silvia stand auf und warf die Zigarette ins Feuer. Sie lehnte sich an den Kamin und drehte De Luca den Rücken zu. Ihre Strumpfnähte bewegten sich unaufhörlich, wie eine Welle.

«Sie haben überhaupt nichts verstanden», sagte sie, «und Sie haben gleichzeitig zuviel verstanden. Littorio hat nichts damit zu tun, er war an jenem Morgen im Dienst in den Hügeln.» Sie nahm sich wieder eine Zigarette und zündete sie an. «Mein Mann und seine Freunde täuschen sich», sagte sie, «sie glauben, sich einen Raum fürs *Danach* aushandeln zu können, dabei ist hier alles im Begriff, sich aufzulösen. Die Zeit wird knapp, und sie sind alle zu sehr kompromittiert. Dieser dumme Wettkampf mit Tedesco, wer besser und eher zur Kollaboration bereit ist … Kollaborieren! Sobald die Front durchbrochen ist, schnappen sie sie und stellen sie alle an die Wand, ohne sie auch nur nach dem Namen zu fragen!»

Sie lachte. De Luca rutschte unbehaglich auf seinem Sessel hin und her. Diese Worte quälten ihn. Er bedeutete ihr, fortzufahren.

«Ich und Littorio hingegen wollten in die Schweiz gehen und zwar sofort, aber wir brauchten Geld dazu … Deswegen haben wir uns auf die Geschäfte mit Rehinard eingelassen. Littorio verkaufte ihm das Morphium, und Rehinard brauchte ständig welches für seine Geschäfte. Er versorgte alle gutsituierten Familien der Stadt damit.»

De Luca verschränkte die Arme vor der Brust und lehnte sich zurück. Gut, das war wenigstens klar.

«Wo ist Littorio jetzt?»

Silvia blies den Zigarettenrauch in die Luft und zerteilte ihn wedelnd mit einer Hand.

«In Luft aufgelöst, weggeflogen … er ist heute früh desertiert und zu den Partisanen übergelaufen.»

«Und warum haben Sie sich mit Rehinard gestritten?»

Silvia zog die Schultern hoch. Sie hätte irgend etwas sagen können, aber nun hatte sie schon zu reden begonnen und konnte sich nicht mehr halten. Sie zitterte vor Anspannung.

«Ich haßte Rehinard, aber er hatte so eine Art … und dann war er ein so schöner Mann, daß ich immer wieder zu ihm zurückging. Ich wußte, daß er ein Bastard war, der mit allen Frauen ins Bett ging, aber es war mir egal. Wir hatten eine gegenseitige Abmachung: der Einfluß meines Mannes gegen seine Gefälligkeiten. Aber nachdem ich ihn mit Littorio bekannt gemacht habe, da hat er sich auch ihn ins Bett geholt. Der Bastard!» Silvia Alfieri schüttelte den Kopf und biß die Zähne zusammen. Sie warf auch die zweite Zigarette in den Kamin. «Als ich an jenem Tag zu ihm ging, wollte ich den Morphiumhandel beenden, da die Zeit drängte und wir abfahren wollten. Doch da habe ich ihn auf dem Boden vorgefunden. Ich habe ihn nicht getötet, auch wenn ich es gern getan hätte. Er war schon tot.»

«Das müssen Sie erst beweisen», sagte De Luca, aber er fühlte sich unbehaglich. Etwas störte ihn. Silvia zeigte auf den Kamin, die Blätter auf dem Teppich und die gepackten Koffer.

«Genügt Ihnen das nicht?» fragte sie mit jenem gespannten Lächeln, «glauben Sie wirklich, ich sei so dumm, dem Huhn mit den goldenen Eiern den Hals umzudrehen? Ohne den Unfall wäre ich um diese Zeit mit Littorio längst in der Schweiz statt hier Papiere zu verbrennen.»

Genau das war es, was De Luca störte. Plötzlich fühlte er sich hundemüde. Er fuhr sich mit einer Hand übers Gesicht, das völlig erhitzt war von dem absurden Feuer Ende April, und versuchte eine ganze Reihe quälender Gedanken zu verscheuchen.

«Mußten deshalb auch der Portier und seine Frau sterben», fragte er, «weil sie Sie aus Rehinards Wohnung kommen sahen, bevor sie ihn tot aufgefunden haben?»

«Der Portier hat mich am selben Morgen angerufen und wollte mich erpressen, der Dummkopf. Aber ich habe alles meinem Mann erzählt ... Daß sie tot sind, wußte ich nicht, und es ist mir ehrlich gesagt auch vollkommen egal.» Silvia zuckte die Schultern und sah ihn verächtlich an. «Sind Sie jetzt zufrieden?» fragte sie. Dann kniete sie sich wieder auf den Teppich und fuhr fort, die Papiere zu verbrennen, so, als ob er nie dagewesen wäre. De Luca stand auf, schaltete das Radio wieder ein und ging leise zur Tür hinaus.

Bis zur Quästur sprachen sie kein Wort. Pugliese fuhr schweigsam und in Gedanken versunken, als ob er dem Motor des Autos zuhörte, und Marcon hatte unter der Hutkrempe seine übliche undurchdringliche Miene aufgesetzt. De Luca hatte keine Lust zu sprechen, er biß die Zähne zusammen und zitterte vor kalter Wut, so daß ihn wie im Fieber die Muskeln schmerzten. Er hatte das Bedürfnis, sich zu bewegen, zu handeln, irgend etwas zu tun, aber er wußte nicht was, die Fülle von Gedanken, die ihn bedrängte, verwirrte ihn.

Als sie vor der Quästur hielten, schaltete Pugliese den Motor aus und wandte sich zu De Luca um.

«Ich frage Sie nochmals, Kommissar. Was machen wir jetzt?»

De Luca zog die Schultern hoch, eine kurze und angespannte Bewegung, die ihn am Hals schmerzte, aber dann schüttelte er den Kopf, preßte die Lippen zusammen und zog ein finsteres Gesicht.

«Nein, verdammt!» murmelte er, «die Mörder von Albertini und Galimberti kriegen wir nicht mehr, aber den von Rehinard will ich haben! Denn wenn es auch sonst niemanden interessiert, mich interessiert es!»

Marcon sagte etwas und zeigte aus dem Fenster, aber De Luca war ganz in Gedanken versunken und hörte nicht zu, während

Pugliese ihn mit hochgezogenen Augenbrauen neugierig ansah.

«Wir waren das Werkzeug in einem politischen Kampf, und wir sind auf einen Drogenring gestoßen, den wir nun fallen lassen müssen», sagte De Luca. «Aber Rehinard ist etwas anderes. Wir haben noch viel zu tun, wir können eine Autopsie und Durchsuchungsbefehle verlangen und alle beschatten lassen, aber ernsthaft, dieses Mal ...»

Marcon war ausgestiegen und kam nun wieder zum Auto zurück. Er hatte eine Zeitung in der Hand, die er Pugliese durchs Fenster reichte.

«Dann sind weiterhin Leute zu verhören, unter Druck zu setzen ... Informanten müssen überprüft werden, und diesen Teufel von einem Brieföffner haben wir auch noch nicht gefunden ...»

«Wir haben den Fall gelöst, Kommissar.»

Mit offenem Mund hielt De Luca inne und richtete die Augen auf Pugliese.

«Den Fall? Wer sagt das?»

«Die Zeitung, die Extra-Abendausgabe. Wir haben hervorragend gearbeitet, und das alles in drei Tagen.»

Pugliese warf die Zeitung auf den Rücksitz. De Luca schaute sie verständnislos an. Zuerst sah er nur einen weißen undefinierbaren, aber eigenartig vertrauten Fleck, als er dann aber näher hinsah, erkannte er zwei Körper auf einem Bett, auf einem weißen Laken. Erst als er die Schlagzeilen las, begriff er, daß es sich um Sonia Tedesco handelte.

Aber was soll das bedeuten? fragte er sich. «Was bedeutet das?» sagte er laut.

«Das bedeutet», antwortete Pugliese und las über De Lucas Schulter hinweg laut vor, «daß sich die kleine Sonia und ihr Verlobter, ‹durch die Überwachung des brillanten Kommissars De Luca in die Enge getrieben›, heute vormittag vergiftet haben, was ‹eindeutig deren Schuld im Mordfall› jenes Hurensohnes Vittorio Rehinard ‹beweise›. Kompliment, Kommissar, der Fall ist abgeschlossen. Was meinen Sie, werden wir viel Lob ernten?»

De Luca warf die Zeitung wütend aus dem Fenster. «Warum?» fragte er, «warum haben sie sich nur umgebracht?»

«Vielleicht weil sie verzweifelt waren, Kommissar. Wie sollten sie denn zu Morphium kommen, wenn immer die halbe Quästur hinter ihnen her war? Aber die Zeitung erwähnt das Morphium nicht, da steht nur was von Orgien und lasterhaften Riten. Ich glaube nicht, daß wir nochmal eine Autopsie haben können.»

De Luca verbarg seufzend sein Gesicht zwischen den Händen und ließ die ganze bebende Kraft, die kurz vorher die Wut in seinen Körper gesetzt hatte, durch die Finger entweichen. Noch nie hatte er sich so müde, so matt gefühlt, und am liebsten hätte er sich jetzt wie ein Radio ausgeschaltet, um sich erst am nächsten Tag wieder mit abgekühlten Röhren einzuschalten, nach einer Nacht tiefen Schlafs.

«Der Quästor wird Sie sehen wollen», sagte Pugliese, «und Vitali auch.»

«Aber ich will *sie* nicht sehen.» De Luca gab Pugliese ein Zeichen, aus dem Auto auszusteigen, und kletterte auf den Fahrersitz.

«Aber was soll ich ihnen sagen, wenn sie Sie suchen?»

«Sagen Sie ihnen, daß ich müde war und nach Hause gegangen bin. Das habe ich mir doch verdient, oder? Ich habe einen Fall in nur drei Tagen gelöst.»

De Luca träumte, daß er schlief, und erwachte plötzlich; ein metallisches Geräusch, das Schließen einer Tür, hatte ihn schmerzhaft aus seinem unbequemen Halbschlaf gerissen. Im gedämpften Licht öffnete er die Augen und fragte sich einen Moment lang, wo er war. Die bunte Glastür erinnerte ihn daran, daß er sich im

Vorzimmer von Valerias Wohnung befand, wo er auf einem Sofa saß und, den Kopf auf einen Arm gestützt, eingeschlafen war. Eine Bewegung hinter den Scheiben, ein undeutlicher Schatten, gab ihm zu verstehen, daß gerade jemand hereingekommen war.

«Valeria», rief De Luca und schüttelte seinen eingeschlafenen Arm. Er trat in die Wohnung, aber sie ging gleichgültig an ihm vorbei, wandte ihm den Rücken zu und verschwand in ein Zimmer. Er folgte ihr, blieb aber auf der Schwelle stehen, da es das Schlafzimmer war und sie gerade die Jacke ihres Kostüms aufknöpfte.

«Die Tür war offen», sagte De Luca zu dem gleichgültigen Rücken, «ich habe auf dich gewartet und bin dabei eingeschlafen. Es muß schon spät sein.»

«Es ist fast Morgen», erwiderte Valeria, ohne sich umzudrehen. Sie ließ ihre Jacke auf das Bett fallen und begann, die Bluse aufzuknöpfen, aber dann hielt sie plötzlich inne.

«Ich bin sehr müde», sagte sie, «und möchte ins Bett. Würdest du bitte gehen?»

«Ich muß mit dir reden.» De Luca wurde sich bewußt, daß er dies fast in einem jammernden Ton gesagt hatte.

«Ich will aber nicht mit dir reden. Ich will dich nie wieder sehen.» Sie fuhr fort, ihre Bluse aufzuknöpfen. Von hinten sah De Luca nur ihre Schultern und den weißen Hals, den die roten, im Nacken zusammengebundenen Haare frei ließen. Sie hob und senkte ihre Fersen, als sie die Schuhe abstreifte.

«Bist du immer noch da?» fragte sie.

De Luca antwortete nicht. Die Fenster des Zimmers waren geschlossen. Es war fast dunkel und eine graue schwere Dämmerung weckte in ihm das absurde Verlangen, sich auf das Bett zu werfen, dort zu liegen wie die unordentlich hingeworfene Jacke, sich einzurollen wie ein Fötus und mindestens hunderttausend Jahre zu schlafen. Statt dessen machte er einen Schritt nach vorne und preßte die Lippen aufeinander, denn eine blinde Wut stieg in ihm hoch, und mit einer entschiedenen Geste fegte er die Oberfläche einer Kommode leer und warf alles auf den Boden. Valeria drehte sich mit einem Ruck um und blickte ihn erschrocken an.

«Du bist ja verrückt!» flüsterte sie.

«Vielleicht», sagte De Luca, «oder vielleicht bin ich auch nur müde.»

«Dann geh nach Hause. Oder geh zurück in die Quästur und hol dir noch eine Medaille.»

«Du bist eine blöde Gans.»

«Und du ein Mörder», murmelte Valeria, worauf er sie plötzlich ohrfeigte, ein schneller, kurzer Schlag mit dem Handrücken, der ihr Gesicht auf die Schulter schleuderte. Seine ganze Wut entlud sich in dieser Bewegung. Er fühlte sich leer und lächerlich. Sein Arm hing nun regungslos herunter, seine Finger brannten. Valeria stand mit zur Seite gewandtem Kopf da und atmete tief durch die halbgeöffneten Lippen, ihre Brust hob und senkte sich schwer unter der offenen Bluse.

«Für mich ist es so, als ob du Sonia getötet hättest», sagte sie, «und den anderen Unglücklichen auch.»

«Es sind viele Leute in dieser Geschichte gestorben», sagte De Luca.

«Genau, und wofür? Für einen Bastard wie Rehinard? Wie ekelhaft ... Aber jedenfalls ist dein Fall jetzt abgeschlossen, oder? Du wirst nun etwas anderes finden müssen, um die Lebensmittelkarten vergessen zu können.»

De Luca schüttelte den Kopf. «Es bleibt noch alles aufzudecken», sagte er, «und ich habe dir viele Fragen zu stellen.»

«Ich werde dir nichts sagen.»

«Du mußt es aber tun.»

«Und warum? Was hast du mit mir vor? Fesselst du mich an einen Stuhl und brennst mich mit einer Zigarette, wie du es früher getan hast?»

«Das habe ich nie getan!» schrie De Luca und ballte die Fäuste. «Gewisse Dinge habe ich nie gemacht! Ich habe nur meinen Beruf ausgeübt, ich bin Polizist, das ist alles!»

Valeria sah ihn mit einem Lächeln an. Ein böses Leuchten erschien in ihren Augen, die hinter einer roten Locke versteckt lagen, die ihr durch die Ohrfeige in die Stirn gefallen war. Sie sah wirklich aus wie eine Hexe.

«Erzähl das mal den Partisanen», flüsterte sie.

De Luca setzte sich aufs Bett und stützte die Arme auf seine Knie. Todmüde seufzte er.

«Soviel wir wissen, seid ihr an jenem Morgen zu dritt im Haus von Rehinard gewesen», sagte er hartnäckig. «Als erste Sonia und zuletzt Silvia Alfieri, aber da war Rehinard schon tot. Du könntest ihn umgebracht haben.»

Valeria antwortete nicht. Sie schaute ihn nur an, undurchdringlich, mit dem unerträglichen Leuchten in den roten Augen und der ironischen Falte um die Lippen.

De Luca richtete seine Augen auf sie, auf diese zerzauste Hexe, die gerade ins Bett gehen wollte, in offener Bluse und halbgeöffnetem Rock. Er streckte einen Arm aus, nahm sie am Handgelenk und zog sie zu sich.

«Nenn mir wenigstens ein Motiv», bat er, während sie versuchte, das Gleichgewicht zu halten und nicht auf ihn zu fallen, «nenn mir wenigstens ein Motiv, das ausschließt, daß du ihn getötet hast.»

Valeria entzog sich ihm, indem sie ihren Arm mit Gewalt seiner Hand entriß. «Nenn du mir doch ein Motiv!» schrie sie. «Warum sollte ich es gewesen sein? Gib du mir einen Grund, das ist doch deine Aufgabe! Rehinard war mir vollkommen egal … ich haßte ihn nicht einmal, denn nicht einmal das verdiente er. Ob er lebte oder tot war, interessierte mich nur, wenn ich ihn besuchte, denn das, was er konnte, konnte sonst niemand!»

De Luca senkte die Augen und errötete, ohne es zu wollen. Sie knöpfte ihren Rock ganz auf und machte dann einen Schritt, um aus dem Stoffring, der zu Boden gefallen war, zu steigen. Sie begann das Bett herzurichten, so als sei er nicht da.

«Wo warst du gestern abend?» fragte De Luca und vermied es, sie anzusehen. Neben sich roch er ihren Duft und hörte das Rascheln ihres Unterrocks. Er wollte einen Arm ausstrecken und sie berühren, sie streicheln, aber er hatte nicht mehr den Mut dazu.

«Ich war weg», antwortete sie, «aber ich habe diesmal niemanden umgebracht. Aber wenn du willst, kannst du mich ja wegen Abtreibung festnehmen.»

De Luca hob den Kopf, und sie sah ihn über ihre Schulter hinweg an, über das zurückgeschlagene Laken gebeugt.

«Keine Sorge», sagte sie verächtlich, «es ging nicht um mich, sondern um ein Mädchen, dessen Verlobter sie in anderen Umständen sitzen ließ.» Sie lächelte und brachte kopfschüttelnd ihr Kopfkissen in Ordnung. «Und welch ein Zufall! Es war ausgerechnet die Hausangestellte deines Freundes Rehinard.»

De Luca verkrampfte sich, während ein kalter Schauer seinen Körper durchzog und er eine Gänsehaut bekam.

«Assuntina?» fragte er mit rauher Stimme.

«Ja, Assuntina, auch für sie bin ich wie eine Tante. Ihr Verlobter wurde vor ein paar Tagen von den Deutschen gefaßt, sie wollte zu einem Arzt, und ich habe sie hingebracht.»

«Ihr Verlobter ist seit vier Jahren an der Front», murmelte De Luca. Valeria hielt inne und wandte sich zu ihm um. Ihr Gesicht erstarrte.

«Nein», sagte sie, «nein, bitte.»

De Luca erhob sich mit einem Ruck, schwang eine Faust in der Luft, preßte die Lippen zusammen und schlug sich heftig gegen die Stirn.

«Bin ich blöd», preßte er zwischen den Zähnen hervor, «Gott, bin ich blöd!»

Er machte einen Schritt auf die Tür zu. Valeria versuchte, ihn an einem Arm zu fassen. Aber sie berührte nur gerade leicht mit den Fingern den Stoff seines Regenmantels und konnte ihn nicht mehr aufhalten.

«Wohin gehst du?» fragte sie, «was hast du vor?» Aber er schien sie nicht zu hören; er schüttelte den Kopf und murmelte weiterhin «bin ich blöd» vor sich hin, wie ein Idiot. Sie sah ihn weggehen und versuchte, ihm bis zur Treppe hinterherzurennen, barfuß und im Unterrock. Aber es war bereits zu spät. Sie hörte nur noch, wie die Eingangstür ins Schloß fiel.

Zehntes Kapitel

Sie faßten sie noch am selben Morgen, als sie für Brot vor der einzigen geöffneten Bäckerei Schlange stand. Als Assuntina sie ernst und bestimmt aus drei verschiedenen Richtungen auf sich zukommen sah, begriff sie sofort, was sie wollten, und versuchte nicht einmal zu fliehen. Regungslos blieb sie stehen und sah erst mit einem etwas verlorenen Ausdruck um sich, als sie sie an den Armen packten, auf jeder Seite einer, und Pugliese ihr schnell die Handschellen anlegte. Dann brachten sie sie zum Auto, wo sie De Luca, an die Tür gelehnt und mit vor der Brust verschränkten Armen, erwartete.

An jenem Morgen war sie zu Rehinard gegangen, um ihm zu gestehen, daß sie schwanger war. Sie selbst hatte es an jenem Tag erfahren, an dem er sie entlassen hatte, aber sie hatte gezögert, unschlüssig, was sie tun sollte, ohne es jemandem zu sagen, da ihr Bruder sie umgebracht hätte, sobald er aus dem Gefängnis gekommen wäre. Nur der Portier hatte sie kommen sehen. Rehinard hatte sich geärgert, weil es noch sehr früh gewesen war, aber er hatte sie wortlos hereingelassen. Sie hatte sich wie immer verhalten, hatte alles geputzt und sein Bett gemacht, weil sie ihm zeigen wollte, wie es wäre, wenn er sie behalten würde. Sie hatte auch mit ihm zu reden versucht, aber es waren alle jene Frauen gekommen, die sonderbare Blonde und ihre Freundin Valeria, weshalb sie sich im Schlafzimmer versteckte. Schließlich hatte sie ihm – mit Mühe, da sie sich schämte – gestehen können, daß sie ein Kind von ihm erwartete. Rehinard hatte sich nicht aufgeregt, wie sie es erwartet hatte. Er hatte sie weder umarmt, wie sie gehofft hatte, noch hatte er sie weggeschickt. Er hatte nur zu lachen angefangen, er hatte nur gelacht, sonst nichts, und jedes Mal, wenn er sie wieder angesehen hatte, hatte er noch mehr gelacht. Es hatte so ausgesehen, als wolle er nie mehr damit aufhören. Da hatte sie den Brieföffner genommen, der auf dem Tisch lag, und hatte zugestochen, direkt ins Herz, wie es ihr Bruder ihr einmal beigebracht hatte, von unten nach oben, die Klinge fest in der Hand. Als er bereits am Boden lag, hatte sie noch einmal mit dem Messer Hand an ihn gelegt, mit der ganzen Wut, die sie trieb und die sie kalt und unsensibel gemacht hatte, hart wie Stein. Dann war sie gegangen, hatte die Tür offen gelassen und war nach Hause zurückgekehrt. Erst später hatte sie den Brieföffner bemerkt, den sie noch in der blutigen Faust hielt, woraufhin sie ihn wie eine dumme Gans weggeschmissen hatte, in einen Hauseingang, den sie ihnen nannte, und tatsächlich, als sie ihn suchen gingen, fanden sie ihn genau dort auf dem Boden, mit eingetrocknetem Blut an der Klinge.

Bei ihr zu Hause wußte niemand etwas davon, nicht einmal ihre Mutter und auch ihr Bruder nicht, den das alles nichts anging. Als sie alles gebeichtet hatte, verstummte Assuntina, sie preßte die Lippen zusammen. Auch unter Folter hätte sie kein Wort mehr gesagt.

«Es war so einfach!» sagte De Luca fröhlich vom Vordersitz aus, «das Verbrechen eines armen kleinen, beleidigten und eifersüchtigen Dienstmädchens! Aber wenn ein Typ wie Rehinard mit all seinen Geschäften im Spiel ist, wird alles kompliziert, und es ergeben sich unendlich viele Möglichkeiten. Wäre Rehinard nicht der gewesen, der er war, hätten wir den Fall sofort gelöst.»

«Und es wären dabei nicht so viele Leute umgebracht worden», sagte Pugliese finster, der zusammen mit einer stummen und tauben Assuntina auf dem Rücksitz saß. Ihre zierlichen Handgelenke steckten in Handschellen. De Luca hörte ihm nicht zu. Er fühlte sich euphorisch und hatte Hunger bekommen.

«Ich kann es kaum erwarten, sie dem Quästor vorzuführen», sagte er zufrieden, «eine geständige Schuldige! Von wegen, er mit seinen absurden Geschichten! Ich will sie sehen, ihre Gesichter, seins und das des anderen Hurensohns Vitali!»

«Was machen wir, Kommissar, wollen wir sie wirklich einsperren?» fragte Pugliese. De Luca wandte sich um und sah ihn über die Schulter hinweg an.

«Was sind das für Fragen, Polizeimeister?» sagte er ruhig. «Natürlich bringen wir sie hinter Gitter, sie ist eine Mörderin. Ich kann sie doch nicht laufen lassen, Pugliese, ich bin Polizist.» Pugliese seufzte, und De Luca warf einen schnellen Blick auf Assuntina, die mit erhobenem Kinn und starrem Blick dasaß. Dann sah er wieder aus dem Fenster und dachte an den Quästor und daran, was er ihm sagen würde. Er fühlte sich so zufrieden und entspannt, daß er dachte, er könnte vielleicht Valeria anrufen, sich aussprechen, sich vielleicht entschuldigen … Da bemerkte er etwas Eigenartiges auf der Straße, was er, in Gedanken versunken, nicht gleich begriff. Doch dann, als er genauer hinsah, erkannte er, was es war.

«Warum sind denn die Läden um diese Zeit geschlossen?» fragte er, und auch Pugliese schaute hinaus. Sie sahen einen Lastwagen der Republikanischen Garde voller Soldaten vorbeifahren. Er fuhr jedoch weiter, anstatt die Läden zum Öffnen anzuweisen.

«Das ist höchst eigenartig», sagte Pugliese. Ein Auto überholte sie hupend und stoppte gleich darauf mit kreischenden Bremsen, fuhr im Rückwärtsgang zurück und versperrte ihnen die Straße. Hauptmann Rassetto stieg aus dem Auto, blieb aber an die Wagentür geklammert auf dem Trittbrett stehen.

«De Luca!» schrie er, «sei kein Dummkopf, De Luca, komm mit uns!»

De Luca lehnte sich aus dem Wagenfenster, überrascht und ein bißchen besorgt.

«Mit euch mitgehen? Aber ich bin auf dem Weg zur Quästur. Ich habe gerade meinen Fall gelöst, und der Quästor ...»

«Sei kein Dummkopf, De Luca», wiederholte Rassetto, «die Alliierten haben heute früh den Po überquert, wir verschieben uns alle Richtung Norden. Dein Vorgesetzter wird inzwischen in Mailand, wenn nicht gar schon in der Schweiz sein.»

De Luca zog den Kopf wieder ins Auto zurück. Die plötzliche Angst lähmte seine Zunge, er stotterte fast und schluckte einmal leer, bevor er sprach.

«Ich ... ich habe nichts mit ihnen zu tun», sagte er. «Ich habe jemanden verhaftet und muß zur Quästur ... dort ist mein Platz, ich bin Polizist.»

Er drehte sich um, um Pugliese anzusehen, der ihn wortlos und ohne zu lächeln beobachtete, mit seinen kleinen schmalen Augen über seiner Habichtnase, dem von Brillantine glänzenden Kopf und dem Hut auf den Knien.

«Pugliese», sagte De Luca, «Sie *wissen* es ... ich weiß, daß Sie es *wissen*. Was geschieht, wenn ich ... was passiert mir, wenn ich bleibe?»

Pugliese rührte sich nicht, er kräuselte nur ein wenig die Lippen. Einen so ernsten Ausdruck hatte De Luca noch nie bei ihm gesehen. «Sie sollten besser gehen, Kommissar», sagte er leise, fast flüsternd. «Es ist besser so.»

De Luca senkte den Blick und fuhr sich mit einer Hand über das Gesicht. Der Fahrer von Rassettos Wagen hupte zweimal.

«Es ist besser so», wiederholte De Luca, «es ist besser, wenn ich gehe, ja.» Er öffnete die Wagentür und hatte schon ein Bein draußen, als Pugliese ihn am Arm nochmals zurückhielt. Er streckte ihm die offene Hand hin.

«Es tut mir leid, Kommissar. Viel Glück.»

De Luca drückte seine Hand und nickte kurz mit dem Kopf, dann stieg er aus und rannte zum anderen Auto, das ihn mit laufendem Motor und offener Tür erwartete und, ohne ihm Zeit zu lassen, die Tür zu schließen, dröhnend und schnell Richtung Norden losfuhr.

NACHWORT

DIE REPUBLIK VON SALÒ

Katrin Schaffner

Die an Merkwürdigkeiten reiche Geschichte Italiens wurde durch die Konstituierung der *Repubblica di Salò* zum Ende der faschistischen Herrschaft um eine Kuriosität bereichert, die typisch für die Zerrissenheit des Landes zum Ende des Zweiten Weltkrieges war. Daß Carlo Lucarelli gerade jenen Zeitraum zum Ausgangspunkt der Handlung für seinen großartigen Roman und zur Einführung seines Romanhelden nimmt, ist kein Zufall. Es ist jener Augenblick, bei dem sich der italienische Faschismus schon nicht mehr auf seine soziale und politische Basis, seinen Populismus berufen kann, sondern seine Hauptfigur Mussolini längst zu einer Marionette von Hitlers Gnaden geworden ist. Und es ist eine Zeit des Umbruchs, die bereits die Züge der Nachkriegsgesellschaft in sich trägt, nämlich einer Gesellschaft, die mit dem Faschismus abrechnet.

Vorausgegangen sind diesem Zustand – kurzgefaßt – jene Ereignisse, die den italienischen Faschismus endgültig an die Seite des deutschen Nationalsozialismus trieben und ihm letztlich jener ideologischen Kraft beraubten, die ihn – beginnend mit dem legendären Marsch auf Rom 1922 – zur wichtigsten politischen Kraft in Italien werden ließ.

Im Windschatten der Nazis wollte Mussolini nichts weniger als die Vorherrschaft im gesamten Mittelmeerraum. Mit der Besetzung Abessiniens 1935/1936 und der Unterstützung des spanischen Putschisten Franco im Spanischen Bürgerkrieg hoffte die faschistische Spitze Italiens auf imperialen Ruhm. Aber Mussolini merkte nicht, daß er längst nicht mehr der Akteur des Geschehens war und die Fäden nun woanders gezogen wurden. Mochten alle Verträge ab 1936, die das faschistische Italien an Nazi-Deutschland banden (Achse Berlin–Rom 1936, Stahlpakt 1939), für sich genommen noch als begründbare Konzessionen an einen stärkeren Partner angesehen werden, um seine eigenen Wege zu gehen, so mußte mit dem Kriegseintritt Italiens im Juni 1940 der Tribut bezahlt werden. Er markiert im Grunde genommen das Ende einer zwar diktatorischen und terroristischen, gleichwohl bis dahin von breiten Teilen der Bevölkerung aber akzeptierten nationalistischen Bewegung. Und tatsächlich: Der Kriegseintritt führte nur dazu, daß auch Italien für die Nazi-Herren Kanonenfutter zu stellen hatte. Am Ende dieser Entwicklung stand die Invasion der Westalliierten, die im Juli 1943 mit der Besetzung Siziliens ihren Anfang nahm.

Folgerichtig wurde Benito Mussolini auch am 25. Juli 1943 durch einen Staatsstreich des Königs Vittorio Emanuele III. und der militärischen Führung gestürzt und gefangengenommen. 45 Tage später, am 8. September, gab Italien offiziell seine Kapitulation vor den Alliierten bekannt.

Daß Mussolini nach mehr als zwanzigjähriger Herrschaft so leicht gestürzt werden konnte, hing nicht nur mit der allgemeinen Kriegsmüdigkeit der italienischen Bevölkerung, der militärischen Krise und der Nahrungsmittelknappheit zusammen, sondern war vor allem auf die Opposition zurückzuführen, die sich nach dem Kriegseintritt innerhalb der faschistischen Reihen allmählich gebildet hatte. Unter den Konservativen, der tragenden Kraft des Regimes, wollten einige die Monarchie erhalten, während Armee, Hochfinanz und Großindustrie durch die drohende militärische Niederlage ihre eigene Machtposition gefährdet sahen. Die gemäßigteren Faschisten um Dino Grandi und

Galeazzo Ciano forderten daher ein sofortiges Kriegsende; die Fraktion von Carlo Scorca und Roberto Farinacci hingegen trat für eine noch engere Anbindung an Deutschland ein.

Nach dem Sturz Mussolinis wurde Pietro Badoglio, der ehemalige Chef des italienischen Gesamtgeneralstabs, vom König mit der Neubildung der Regierung beauftragt. Badoglio stellte in Rom ein Kabinett ohne Faschisten zusammen und schloß kurz darauf mit den Alliierten einen separaten Waffenstillstand. Am 9. September wurde Mussolini jedoch auf Befehl Hitlers durch deutsche Fallschirmjäger in einer Kommandoaktion aus der Gefangenschaft befreit und gründete mit deutscher Unterstützung in Salò am Gardasee eine neuen faschistischen Staat: die *Repubblica Sociale Italiana (RSI)* oder *Repubblica di Salò*.

Italien hatte bis 1943 insofern eine Sonderstellung unter den Kriegsparteien eingenommen, als es – im Gegensatz zu Japan und einigen nationalistischen Marionettenregimen – der einzig wirkliche Bündnispartner des Dritten Reichs gewesen war. Die von der Regierung Badoglio geheim geführten Waffenstillstandsverhandlungen mit den Alliierten sollten verhindern, daß Italien nach der Kapitulation von den Deutschen besetzt würde.

Die Nazis hatten sich aber schon längst auf das Ausscheiden ihres Verbündeten eingestellt und dessen militärische Besetzung geplant. Doch mit der Gründung der *RSI* zeigte sich rasch, daß unter den Italienern noch zahlreiche kollaborationswillige Kräfte vorhanden waren. Das vom nationalsozialistischen Deutschland besetzte und gleichzeitig formal unabhängige faschistische Nord- und Mittelitalien erhielt somit den Status eines besetzten Bündnispartners. Im Mai 1944 verloren die Deutschen ihre mittels einer militärischen Blockade gehaltene Stellung in Mittelitalien und mußten sich nach Norden zurückziehen. So kam es, daß Italien in den letzten anderthalb Jahren des Zweiten Weltkriegs in drei Teile gespalten war: den von den Alliierten befreiten Süden, der vom Kabinett Badoglios regiert wurde, das von Hitler-

Deutschland bis 1944 besetzte Mittelitalien und den von Mussolini unter deutschem Protektorat regierten Norden.

Schon früh hatte sich in Mittel- und Norditalien die sogenannte *Resistenza,* der Widerstand gegen die faschistische Herrschaft, gebildet. Während man in Mittelitalien vor allem gegen die deutsche Besatzung kämpfte, richtete sich die *Resistenza* im Norden auch gegen die eigenen Faschisten und führte de facto einen Bürgerkrieg.

Nach der Bekanntgabe des Waffenstillstandes wurde ein zentrales Komitee der Nationalen Befreiung, das *Comitato di Liberazione Nazionale (CLN)* gegründet, das sich bereits vor dem 25. Juli im Untergrund formiert hatte und dem sich alle antifaschistischen Parteien anschlossen. Zur Zentrale wurde das Norditalienische Befreiungskomitee, das *Comitato di Liberazione Alta Italia (CLNAI)* in Mailand.

Der größte Teil der Partisanenbewegung bestand aus Soldaten der italienischen Armee, die sich der von der NS-Führung angeordneten Deportation nach Deutschland (zur Zwangsarbeit) hatten entziehen können und sich nun mit der deutschen Besatzung und dem italienischen Faschismus konfrontiert sahen. Patrioten oder Badoglio-Anhänger wurden die zahlreichen Ex-Soldaten genannt, die keine besonderen ideologischen Absichten hegten. Hinzu kam eine kleinere Zahl ideologisch gefestigter und kämpferischer Gruppierungen, die den Kommunisten, Sozialisten und Linksliberalen angehörten. Hilfreich für die Partisanenbewegung war die hügelige Gebirgslandschaft, die ihr Rückzugsmöglichkeiten bot, aber auch die breite Unterstützung durch die Zivilbevölkerung. Die Widerstandsbewegung war Ausdruck eines starken Freiheitswillens der Bevölkerung, und sie wurde von einer breiten Schicht, von den politischen Parteien über das Bürgertum bis hin zu Arbeitern und Bauern, getragen.

Aus der Sicht der NS-Führung war Italien nach 1943 zu einer Marionettenregierung geworden. Durch gezielte Infiltrierung des

Landes mit Hilfe von NS-Sonderstäben suchte man die Republik von Salò politisch zu steuern; der Verbündetenstatus war geeignet, diese Strategie zu verschleiern. Doch darf nicht vergessen werden, daß die faschistische Regierung unter Mussolini selbst ein nicht zu unterschätzendes Repressionspotential besaß und mitunter auch Befehlen von seiten der Nazis zuwiderhandelte, wodurch Interessenkonflikte zwischen den Bündnispartnern entstanden. Die oftmals kumulierenden Anordnungen und Befehle verschiedener politischer Ressorts – auch unter den deutschen Befehlshabern selbst – führten zu einem regelrechten Kompetenzenchaos innerhalb der Republik.

Mit der Ernennung des Reichsbevollmächtigten Ribbentrop, des Polizei-Sonderberaters Himmler und des Militärbefehlhabers Keitel, deren direkte Vertreter in Italien an den obersten Schaltstellen saßen, wurde das besetzte Gebiet politisch gesteuert. Für dieses im Zweiten Weltkrieg einzigartige Nebeneinander von Bündnis und Besatzung war typisch, daß die Republik einerseits von der NS-Führung in Deutschland gelenkt wurde, andererseits aber einen erheblichen Spielraum für die Durchsetzung faschistischer Befehle besaß und auch wahrnahm – es wurde mitunter auch freie Hand gewährt –, was vielfach Kompetenz- und Interessenkonflikten und einem undurchsichtigen bürokratischen Apparat Vorschub leistete.

Mussolini seinerseits versuchte, innerhalb der *RSI* ein neues eigenes Heer auf die Beine zu stellen, da die italienische Armee nach der Kapitulation aufgelöst worden war. Sein Versuch scheiterte allerdings; die Deutschen taten alles, um die italienischen Soldaten ihrer Wehrmacht einzugliedern und degradierten sie damit zu Hilfsverbänden. Aus diesem Grund setzte Mussolini in der Folge auf die Miliz.

Aus der Neuformation der Miliz entstand die Nationale Republikanische Garde, die *Guardia Nazionale Repubblicana (GNR)*. Diese sollte in erster Linie polizeiliche Funktionen wahrnehmen.

Allerdings geriet sie bald in Konflikt mit dem Innenministerium einerseits, das ebenfalls für die öffentliche Sicherheit zuständig war: Der Leiter des Innenministeriums war gleichzeitig Chef der Polizeibehörde, der *Pubblica Sicurezza*. Ihr gehörten verschiedene Polizeikorps an, welche teils den Generalkommandos der Miliz, teils dem Kriegsministerium unterstanden. Auf Provinzebene wurde den Präfekten (politische Verwaltungsbeamte) jeweils ein Polizeipräsident *(Questore)* unterstellt, der wiederum Chef einer Anzahl teilweise militärisch geführter Polizeibeamten war. Über den Präfekten gelangten die Anweisungen des Innenministeriums an den örtlichen Quästor. Auf Gemeindeebene schließlich gab es Polizeiämter, die sogenannten *Uffici di Pubblica Sicurezza,* und in den kleineren Gemeinden lag die Polizeigewalt bei den Bürgermeistern, denen Carabinieri zur Seite standen. Es herrschte somit eine klare Kompetenzenverteilung – aber gerade zwischen politischer und polizeilicher Instanz entstanden oftmals Differenzen, die die Handlungsfähigkeit erheblich behinderten.

Auf der anderen Seite geriet die *GNR* in Konflikt mit der Faschistischen Partei, der sich Aktionskommandos, die sogenannten *squadre d'azione,* angeschlossen hatten. Das waren Polizeibanden, die mit brutalsten Terroraktionen, Raubzügen und Folterungen gegen Partisanen und Zivilbevölkerung vorgingen. Zu ihnen gehörte unter anderem die politische Brigade Ettore Muti. Auch innerhalb der *GNR* herrschte Uneinigkeit: Sie war ein heterogenes Konstrukt aus Alt-Miliz und Carabinieri, die zuvor dem Kriegsministerium unterstellt gewesen waren. Ein neuerlicher Versuch, einen homogenen Milizverband aufzustellen, sollte ebenfalls scheitern: Die Schwarze Brigade *(Brigate Nere),* reihte sich als weitere militärische Organisation unter die bereits bestehenden ein, die sich gegenseitig die Mitglieder streitig machten. Ebenfalls eine bedeutende Eliteeinheit war der Kampfverband *Decima MAS* (vor 1943 eine bedeutende Marine-Waffeneinheit), der gegen die Partisanen und bei Gestapounternehmungen kämpfte.

Nachdem die Italien-Invasion der Alliierten die Stellung der Faschisten in Mittelitalien durchbrochen hatte, rückte sie langsam nach Norden vor und besetzte im Juni 1944 Rom. Am 17. April demissionierte die Regierung Badoglio, und unter der Führung des Kommunisten Togliatti wurde ein neues Kabinett aus der bisherigen Opposition zusammengestellt. Togliatti wurde nur zwei Monate später durch Bonomi abgelöst, als auch der König zurücktrat und seine Regierungsrechte an den Kronprinzen Umberto weitergab.

Ende April hatten die Partisanengruppen die meisten Städte Norditaliens erobert, und die Volksaufstände gegenüber den Faschisten erreichten ihren Höhepunkt. Am 28./29. des Monats kapitulierte die deutsche Armee vor den Alliierten. Aber da war Mussolini schon nicht mehr im Spiel. Bereits einen Tag vorher wurden er und seine Geliebte von Partisanen bei ihrer Flucht in die Schweiz entdeckt und in Giulino di Mezzegra bei Como erschossen. Ihre Leichen hängte man auf dem Marktplatz an den Füßen auf. Die Erschießung Mussolinis war der Anfang einer großen, monatelangen Säuberungsaktion, der *Epurazione*, von den Faschisten. Der politische Geist der *Resistenza* wurde weitergetragen und ebnete schließlich den Weg für eine demokratische Republik in Italien.

Der trübe Sommer

Einige Leute vergessen völlig, daß noch nicht einmal
ein Jahr vergangen ist, seit wir Tag für Tag unser Leben aufs Spiel setzten, seit die Genossen loszogen, um
zu schießen, seit sie in der Villa Trieste gefoltert wurden ... Damals, als die Kommunisten stellvertretend
für alle anderen schossen und starben, hat niemand
zu ihnen gesagt, sie sollten nicht »übertreiben« ...

L'Unità vom 2. November 1945

Legen wir die Waffen nieder, denn wir haben sie gebraucht, um die Deutschen zu verjagen, und wir haben die Deutschen verjagt ... Wir sehnen uns nicht
nach Abenteuern, wir wollen keine Militärparaden,
wir haben im Krieg gekämpft, und wir haben ihn ge-
wonnen, jetzt aber wollen wir daran arbeiten, daß
wir den Frieden nicht wieder verlieren ...

L'Unità vom 31. Mai 1945

1

Mitten auf dem Weg lag eine Mine. Irgendwer hatte seitlich ein wenig gegraben, den glänzenden Rand der Mine freigelegt und direkt daneben einen Stock mit einem roten Stoffetzen am oberen Ende in den Boden gerammt. Ein bißchen hatte er auch unter der Mine gegraben, und genau dort hatten die Ameisen ein kreisrundes Loch mit einem leicht gewölbten Rand ausgeworfen, das von dem grauen Metall überdacht wurde. De Luca saß auf einem Stein, den dünnen Mantel über den Knien, und sah den Ameisen zu, wie sie hektisch in ihr Nest hinein- und wieder herauskrabbelten. Eine von ihnen versuchte, auf seinen Schuh zu klettern, und es war, als würde auch sie ihn ansehen, den Kopf in den nicht existenten Nakken geworfen und wie wild die Fühler in alle Richtungen streckend.

»Sie spüren das Gewitter«, sagte eine Stimme hinter ihm, und De Luca fuhr mit einem halblauten Schrei herum. Der Mann, der vor ihm stand, war groß, jung, hatte lockiges Haar und trug eine Lederjacke wie Piloten. De Luca registrierte, daß der Mann bewaffnet war, denn unter seiner Jacke zeichnete sich der straff gespannte Stoff einer alten Militärpistolentasche ab. Er senkte sofort den Blick. Der Mann hingegen musterte ihn aufmerksam.

»Sie sind nicht von hier, stimmt's?« fragte er. De Luca nickte, er atmete schneller und preßte den Regenmantel gegen die Brust. Er mußte sich erst räuspern, bevor er antworten konnte. Vor Anspannung tat ihm das Schlucken weh.

»Ich bin auf der Durchreise, ich komme aus Bologna und will weiter nach Rom, aus beruflichen Gründen, aber vorher muß ich nach Ravenna, wo Verwandte von mir wohnen«, sagte er hastig, als würde er ein Gedicht herunterleiern. Der Mann lächelte.

»Das hier ist eine gefährliche Gegend«, sagte er. »Es wimmelt nur so von Minen, die die Deutschen zurückgelassen haben … Erst gestern hat wieder ein Kind einen Arm verloren. Kann ich Ihre Papiere sehen?«

De Luca faßte so schnell in die Manteltasche, daß der Mann augenblicklich nach seiner Pistole griff. De Luca hielt ihm mit ausgestrecktem Arm den nagelneuen Personalausweis hin, der nur an einer Seite etwas eingeknickt war, außerdem ein zusammengefaltetes Blatt Papier. Der Mann nahm die Dokumente und behielt sie in der Hand, ohne sie eines Blickes zu würdigen. Immer noch musterte er De Luca. Und lächelte dabei.

»Sie heißen?«

»Morandi«, sagte De Luca, ohne zu zögern, »Morandi Giovanni, früher ...«

»Schon gut, schon gut ... Morandi Giovanni ... schon gut.« Er hielt ihm die Ausweise wieder hin, aber als De Luca sie nehmen wollte, zog er schnell den Arm zurück, und De Luca griff ins Leere, verwirrt und befangen von diesem starren Blick und dem eigenartigen, schrägen Lächeln. Er schluckte erneut und fuhr sich mit der Zunge über die trockenen Lippen.

»Und wer sind Sie?« fragte nun er schnell, und am Anfang zitterte seine Stimme.

»Brigadiere Leonardi«, sagte der Mann. »Partisanenpolizei. Wo habe ich Sie nur schon einmal gesehen, Signor Morandi? In Mailand? Waren Sie irgendwann einmal in Mailand?«

»Ich komme aus Bologna«, sagte De Luca.

»Mailand, 1943 ... waren Sie 1943 irgendwann in Mailand?«

»Ich komme aus Bologna.«

»Es muß in Mailand gewesen sein, wo ich Sie schon mal gesehen habe, und zwar 1943 ...«

Aufhören, dachte De Luca, *aufhören, bitte, laßt mich in Ruhe* ... aber statt dessen wiederholte er: »Ich komme aus Bologna«, es klang fast wie eine Klage.

Leonardi wandte nun endlich den Blick ab. Er öffnete seine Jackentasche und ließ die Ausweise darin verschwinden.

»Gut«, sagte er. »Gehen wir.« Er drehte sich um

9

und machte Anstalten zu gehen, aber De Luca rührte sich nicht von der Stelle.

»Wieso?« fragte er mit rauher Stimme.

»Ich bringe Sie ins Dorf. In zwei Stunden wird es dunkel, und nachts können Sie hier nicht einfach durch die Gegend laufen. Da sind zum einen die Minen, und außerdem«, er sah De Luca jetzt direkt in die Augen, »könnte jemand Sie für einen Faschisten halten, der auf der Flucht ist. Ab und zu kommen welche von denen hier vorbei und versuchen, sich querfeldein nach Süden durchzuschlagen ... nur daß sie dort nie ankommen. Glauben Sie mir, Signor Morandi, kehren wir lieber ins Dorf zurück. Um Mißverständnisse zu vermeiden.« Wieder lächelte er sein schräges Lächeln.

Sie folgten dem Weg bis zur Straße, wo ein Jeep stand. Auf der Autotür war über einem halb abgekratzten amerikanischen Stern die rote Aufschrift CLN* zu lesen. Leonardi schwang sich auf den Fahrersitz, De Luca setzte sich neben ihn. Er zog den Regenmantel fest um sich und saß in sich zusammengesunken da, das Kinn fast auf der Brust. Er war müde, so unglaublich müde, daß er die Augen schloß und sich auf dem unbequemen Sitz von den Schlaglöchern hin und her werfen ließ, ohne Leonardi zuzuhören, der in einem fort redete, dabei ein forsches Tempo vorlegte und einfach nicht aufhörte zu reden.

* Comitato di Liberazione Nazionale.

»Ich habe die Dienststelle in Sant'Alberto kurz nach der Befreiung übernommen«, sagte er. »Es gibt jede Menge zu tun, wissen Sie, das Einsatzgebiet ist ziemlich groß, und in den letzten sechs Monaten sind die Carabinieri erst bis San Bernardino gekommen. Klar, theoretisch wären mir zwei Leute zugeteilt, aber ich arbeite lieber allein, obwohl – manchmal wäre ein bißchen mehr Erfahrung …« Er warf De Luca einen schnellen Seitenblick zu, den dieser gar nicht bemerkte. »Denn, sehen Sie, diese Arbeit macht mir Spaß, ungelogen, sie macht mir wirklich Spaß.«

Der Jeep hielt mit einem Ruck, und De Luca riß die Augen auf. Sein Herz begann heftig zu klopfen, und seine Müdigkeit war schlagartig verflogen. Sie hatten auf dem Hof einer abgelegenen Bauernkate angehalten, deren Fenster verrammelt waren.

»Weshalb halten wir hier?« fragte De Luca und richtete sich auf. »Das ist doch nicht das Dorf.«

Leonardi sprang aus dem Jeep. »Ich muß noch etwas erledigen«, sagte er gelassen. »Kommen Sie mit.«

»Warum?«

»Ich will Sie nicht allein hier draußen lassen, womöglich fängt es bald an zu regnen. Kommen Sie mit ins Haus.« Er trat auf ihn zu, streckte ihm den Arm entgegen und stemmte den anderen in die Hüfte, in Reichweite der Pistole. De Luca kletterte aus dem Jeep und vermied es, Leonardi auch nur zu berühren. Er folgte ihm zum Haus und versuchte, dicht hinter ihm zu bleiben, dabei war er ganz starr vor Angst

11

und konnte nur mühsam einen Schritt vor den anderen setzen. Er atmete schwer, aber Leonardi schien es nicht zu bemerken.

»Hier ist ein Mord geschehen«, sagte Leonardi und wies auf die ruhig daliegende Vorderfront des Hauses, »ein sehr häßlicher Mord. Vier Menschen und ein Hund.« Er zeigte auf eine in der Wand befestigte Kette, die mitten auf den Hof zu einem leeren, offenen Hundehalsband führte, das aussah wie ein weit aufgerissenes Maul. De Luca sah Leonardi nicht an, hörte ihm auch nicht zu, sondern starrte unentwegt auf den schwarzen Pistolenschaft, der unter der Jacke zum Vorschein kam und sich bei jedem Schritt bewegte. Vor der Tür blieb Leonardi stehen, zog einen Schlüsselbund aus der Tasche und schloß mit einem der Schlüssel auf. Er stieß die Tür mit dem Fuß auf und gab De Luca einen Wink, einzutreten.

»Nach Ihnen«, sagte er.

De Luca biß die Zähne zusammen. Am liebsten hätte er laut gebrüllt, auf dem Absatz kehrtgemacht und Reißaus genommen, aber die Angst hinderte ihn sogar am Denken, und so machte er nur einen Schritt, einen unnatürlich großen Schritt, und betrat ein dunkles Zimmer. Er starrte in die vor ihm liegende Dunkelheit, traute sich nicht einmal, die Augen zu schließen, und wartete, während sich ihm alles drehte, die Schultern und die Nackenmuskeln vor Anspannung schmerzten und seine Hände sich in den Stoff des Regenmantels krallten. Er wartete und wartete und wartete.

Als Leonardi ein Fenster öffnete und Licht in das Zimmer strömte, stöhnte De Luca leise auf.

»Die ganze Familie ist zu Tode geprügelt worden«, sagte Leonardi und ging im Raum auf und ab, während De Luca ihn verwirrt anstarrte. Die Pistole steckte noch immer in der Pistolentasche.

»Den alten Guerra haben wir hier gefunden.« Leonardi blieb vor einer Tür stehen und zeigte auf den Fußboden. »Mit einer Hand an der Klinke. Er hatte die Tür fast schon auf, aber dann hat er von hinten einen Schlag abbekommen, direkt ins Genick. Der junge Guerra, das Oberhaupt der Familie, lag mitten im Zimmer.« Er schwieg, streckte die Arme von sich, ließ den Kopf zur Seite fallen, riß Augen und Mund auf. De Luca starrte ihn noch immer an, ohne zu begreifen, was hier vor sich ging. Die Anspannung, die er soeben noch gespürt hatte, hatte ihm alle Kraft geraubt, seine Beine zitterten so stark, daß er gezwungen war, sich auf eine Stuhllehne zu stützen. Erst da bemerkte er die großen Flecken getrockneten Bluts auf dem Fußboden und an den Wänden.

»Auch er ist erschlagen worden«, fuhr Leonardi fort, »aber von vorn. Und die Alte hatte sich im Kamin versteckt, da drüben«, er zeigte auf einen Kamin, vor dem ein umgestürzter Stuhl lag, »und wenn Sie mich fragen, hat sie sich keinen Zentimeter von da wegbewegt. Delmos Frau lag unter dem Tisch, hier.«

Er legte die Hand auf eine Holzplatte und bückte sich, um darunterzusehen. »Genau hier.«

De Lucas Augenlider zuckten, und er schüttelte den Kopf.

»Warum?« fragte er.

»Warum was?«

»Warum erzählen Sie mir das alles?«

Leonardi zuckte mit den Schultern. »Ich habe nur laut gedacht. Ich leite die Untersuchungen.«

»Natürlich, aber ich ... Ich bin doch ein Fremder ... Ich dürfte gar nicht hier sein. Das polizeiliche Ermittlungsverfahren ...«

»Das Ermittlungsverfahren?« Leonardi lächelte sein eigenartiges, schräges Lächeln, bei dem er die Lippen schürzte. »Verstehen Sie denn etwas von polizeilichen Ermittlungsverfahren?«

De Luca schüttelte heftig den Kopf und wandte sich schnell ab. »Nein«, sagte er mit Nachdruck, »ich ... ich dachte nur.«

»Gut, sie dachten also nur ... auch gut.« Leonardi nahm seinen Gang durch das Zimmer wieder auf, nun mit schnelleren Schritten. »Sie waren gerade beim Essen«, sagte er und zeigte auf den Tisch, »eine karge Mahlzeit, wie Sie sehen, Delmo war halb Dieb, halb Wilderer, und die Familie lebte von dem, was er nach Hause brachte. Doch diesmal haben sie nicht zu Ende essen können. Also, was halten Sie von der Sache?«

»Ich?« De Luca tippte sich mit dem Finger auf die Brust. »Ich?« wiederholte er.

»Ich sehe nur uns beide in diesem Zimmer.«

»Sie glauben, daß ich es war, der ...«

»Aber nicht doch, reden Sie keinen Unsinn … Ich weiß genau, daß Sie mit der Sache nichts zu tun haben. Drücken wir es einmal so aus: Ich frage Sie, weil ich neugierig bin. Also, was sagen Sie zu dieser Geschichte?«

»Sie ist schrecklich.«

Leonardi verdrehte die Augen. »Mein Gott«, murmelte er entnervt. »Also gut, dann sage *ich* Ihnen jetzt, was ich davon halte. Die Familie Guerra saß seelenruhig zu Hause und war gerade beim Essen, stimmt's?«

De Luca zuckte die Achseln. »Ja, wahrscheinlich … ich denke schon …«

»Gut. Und dann kommt einer daher, der es auf sie abgesehen hat, erledigt zuerst den Hund und dringt dann ins Haus ein, und zwar von der Hinterseite.« Mit dem Daumen wies er auf die Tür, vor der der alte Guerra gelegen hatte.

»Warum ausgerechnet von dort?« fragte De Luca und biß sich augenblicklich auf die Lippen.

»Weil eine der Fensterscheiben kaputt ist, das zeige ich Ihnen nachher. Gut, also, sie dringen ins Haus ein, völlig überraschend natürlich, denn Delmo war immer auf der Hut und hatte das Gewehr in Griffweite, dann fallen sie über die ganze Familie her und prügeln sie zu Tode. Danach laufen sie weg. Bis dahin stimmt es, oder?«

»Vielleicht … ja, sicher.« De Luca warf einen kurzen, unschlüssigen Blick zur Tür, und Leonardi bemerkte es.

»Was haben Sie?«

»Nichts, gar nichts ...«

»Sagen Sie es, sagen Sie es ...«

»Ich meine nur, daß«, De Luca strich sich über das unrasierte Kinn und schüttelte den Kopf, »weshalb müssen sie erst den Hund vor dem Haus töten, wenn sie dann doch von hinten eindringen?« Er runzelte die Stirn und schob nachdenklich die Lippen vor, ohne das versteckte Lächeln zu bemerken, das kurz über Leonardis Gesicht huschte. »Außerdem ... außerdem kommt es mir merkwürdig vor, daß der Alte ausgerechnet durch die Tür geflohen sein will, durch die die anderen hereingekommen sind, und überhaupt ... Darf ich das Zimmer mal sehen?« Er zeigte auf die Tür, und Leonardi beeilte sich, sie zu öffnen, weit aufzureißen. In dem Zimmer befand sich ein Fenster mit einem Loch, einem kreisrunden Loch, inmitten von spitzen Glasscherben, die aussahen wie die ausgestreckten Finger einer Hand.

»Es stand offen«, sagte Leonardi. »Wir haben es zugemacht, aber es stand offen.«

De Luca nickte. Er ging zum Fenster, öffnete es behutsam, damit die Glasscherben nicht herausfielen, und beugte sich hinaus.

»Nein«, sagte er. »Nein, das glaube ich nicht ... Weder draußen, noch auf der Wand sind Abdrücke zu sehen ... Das Fenster war schon vorher kaputt, im Gegenteil, ich habe eher den Eindruck ...«

»Signor Commissario!« sagte Leonardi. De Luca drehte sich automatisch um.

»Ja?« sagte er mit fester Stimme, dann preßte er die Lippen zusammen. Er schloß die Augen, ihm lief ein Schauer über den Rücken, und als er die Augen wieder öffnete, sah Leonardi ihn unverwandt an, doch diesmal lächelte er offen und hochzufrieden, dieses verdammte schräge Lächeln. De Luca ließ die Arme sinken, als wären sie aus Blei, und sackte in sich zusammen.

»Was wollen Sie von mir?« fragte er mit einem Seufzer.

2

»Meines Wissens könnten Sie irgendwer sein, ein armer Schlucker, ein Lehrer, ein Ingenieur ... genau, sagen wir einfach, Sie sind Ingenieur, ein Ingegnere, was halten Sie davon?«

De Luca sagte gar nichts. Seit er in den Jeep geklettert war, hatte er den Mund nicht mehr aufgemacht, seine Lippen waren wie versiegelt. Leonardi hingegen war nicht einen Augenblick still gewesen. Er hatte ihn ins Dorf gefahren und in eine Osteria gebracht, jedenfalls stand das auf dem Schild neben der Tür, denn von innen sah das Haus aus wie jedes andere auch. In der Mitte des Zimmers standen drei Holztische, und die beiden Männer saßen jetzt am kleinsten Tisch, De Luca reglos mit verschränkten Armen, die Lippen aufeinandergepreßt, ihm gegenüber Leonardi, die Ellbogen auf die Tischplatte gestützt und zu ihm vorgebeugt.

»Jetzt hören Sie mir einmal gut zu, Ingegnere. Sie sehen einem gewissen Commissario De Luca, den ich einmal bei einem Kurs für Polizeibeamte in Mailand kennengelernt habe, wirklich verdammt ähnlich. Ein erstklassiger Kommissar, dieser De Luca, er war für alle so etwas wie ein Mythos … Der Leiter der Schule nannte ihn den *brillantesten Ermittler der gesamten italienischen Kriminalpolizei.* Später hat er sich offenbar ein wenig in der Politik verirrt, denn ich habe ihn auf einer Liste von Personen wiedergefunden, die vom CLN gesucht werden, in einer Reihe häßlicher Namen von Anhängern Mussolinis … Aber lassen wir diesen Commissario De Luca einmal außen vor, lassen wir ihn einfach da, wo er ist.« Leonardi drehte sich um und starrte auf eine geschlossene Tür. Sie saßen ganz allein in dem Raum, vor einem großen, erloschenen Kamin, und um sie herum wurde es allmählich dunkel, denn die Sonne ging nun draußen schnell unter.

»Was ist los, ist niemand da?!« brüllte Leonardi, stand auf, riß die Tür auf und brüllte erneut: »Ist niemand da?!«, wich jedoch augenblicklich einen Schritt zurück, weil ein junges Mädchen auf der Schwelle erschien und ihn anrempelte. Leonardi setzte sich wieder an den Tisch.

»Das ist Francesca, Ingegnere, Francesca la Tedeschina, das Deutschenliebchen …« Er wollte sie an sich ziehen, doch sie entwand sich seinem Zugriff mit einem kräftigen Schwung aus der Hüfte, ohne ihn eines Blickes zu würdigen. Sie holte zwei Gläser und eine Flasche vom Kaminsims. Leonardi lächelte.

»Ist sie nicht reizend, unsere Francesca? Finden Sie nicht auch, daß diese Frisur ihr ausgezeichnet steht?«

De Luca hob den Blick und sah das Mädchen jetzt zum erstenmal richtig an. Sie war noch sehr jung, und ihre schwarzen Haare waren eigenartig ungleichmäßig geschnitten, wie bei einem Jungen. Das gab ihrem Aussehen etwas Wildes, Freches, genauso wie die schwarzen Augen, die De Luca eindringlich, mit einer fast boshaften Direktheit anfunkelten.

»Unsere Francesca wird auch Tedeschina genannt, weil die Deutschen ihr allzugut gefielen«, sagte Leonardi, »und deshalb hat sie sich auch einen kostenlosen Haarschnitt bei unserem Barbier verdient. Hab ich recht, Tedeschina?«

»Mit dem Deutschen bin ich gegangen, weil er gut aussah«, sagte das Mädchen hart und goß De Luca Wein ein, »und ich gehe mit dem, der mir gefällt. Keine Angst, bei dir besteht da keine Gefahr.«

Leonardi lächelte noch immer, sprang dann unvermittelt auf und stieß den Stuhl zurück, denn sie hatte sein Glas so voll geschenkt, daß der Wein ihm nun auf die Hose tropfte.

»Mein Gott, Tedeschina!«

Das Mädchen warf De Luca einen schnellen Blick zu, einen Blick, der wie ein Lächeln war, ein böses Lächeln. Als sie den Raum verließ, klapperte sie so laut mit ihren Holzpantinen, daß sie Leonardis Stimme übertönte, der ihr hinterherrief: »Mach das Licht an!« – und ließ sie im Dunkeln sitzen.

»Das elektrische Licht ist der einzige Grund, weshalb dieses Haus als Osteria durchgeht, denn die Tedeschina und ihre Mutter sind die dümmsten Frauen in der ganzen Romagna, das weiß hier jeder.« Leonardi leerte sein Glas und schenkte es sich gleich wieder voll. De Luca trank nicht. Er starrte auf die Flasche Wein, eine Halbliterflasche aus grünem Glas mit einer im Halbrelief aufgeprägten Traube und in der Mitte einem Sechseck mit abgeschliffenen Rändern. Zu Hause, als er ein Kind gewesen war, hatten sie genau dieselbe Flasche gehabt, er hätte gern die Hand ausgestreckt, um sie zu berühren, aber Leonardi fing schon wieder an zu sprechen.

»Sehen Sie, mein Beruf macht mir einfach Spaß. Bei mir findet die Arbeit hier oben statt«, er tippte sich mit der Fingerspitze an die Stirn, »und ich glaube sogar, daß ich sie ziemlich gut mache. Was mir fehlt, ist die Erfahrung. Ich war gerade mitten in der Polizeiausbildung, als der Waffenstillstand kam, und da bin ich sofort in die Berge gegangen, zu den Partisanen … Die praktischen Kenntnisse habe ich mir selbst beigebracht, aber das reicht nicht, jedenfalls wird das bald nicht mehr reichen, denn es wird zwar alles anders werden, womöglich gibt es sogar eine Revolution, aber die Polizei bleibt doch immer dieselbe, das habe ich begriffen. In Lugo hat das Polizeipräsidium seine Arbeit wieder aufgenommen, und sie haben einen an die Spitze gesetzt, der auch früher schon das Sagen hatte. Und dabei ist der Bürgermeister ein Partisan! Glauben Sie mir, ein Jahr noch, und die schicken uns alle nach Hause, ob nun Togliatti an der Regierung ist oder De Gasperi.«

Mit einemmal ging das Licht an, wie ein Blitz, so

daß De Luca schon glaubte, es müsse gleich ein Donner folgen. Aber da war nur das Klacken der Holzpantinen Tedeschinas, die mit zwei Tellern, auf denen etwas Rotes schwamm, um den Tisch herumkam. Einen der Teller stellte sie vor De Luca ab, den anderen ließ sie vor Leonardi auf den Tisch fallen, so daß er erneut aufspringen mußte, um nicht mit Tomatensauce bespritzt zu werden. Er streckte den Arm nach ihr aus, und diesmal gelang es ihm, sie im Vorbeigehen festzuhalten.

»Komm doch mal ein bißchen her, du … Lauf nicht immer gleich weg. Was für ein Zeug ist das?«

»Kaninchen, Kaninchen in Sauce.« Sie hatte eine harte Art, die Worte hervorzupressen, die Tedeschina, als würde sie beim Sprechen immer das Kinn heben und die Zähne zusammenbeißen.

»Kaninchen, was? Das ist eine Katze, sag ich dir.«

»Wenn du es nicht willst, nehm ich es wieder mit. Und wenn du nicht sofort die Hand von meinem Arsch nimmst, sag ich es Carnera.«

Leonardi setzte sich wieder ordentlich hin, und das breite Lächeln auf seinen Lippen kräuselte sich einen Moment lang.

»Geh nur, geh«, sagte er. »Katze ist auch gut. Und deinen Arsch kannst du gern behalten.« Er hob die Hand, um ihr, als sie sich wegdrehte, einen deftigen Klaps auf den Hintern zu versetzen, doch dann überlegte er es sich anders und brach die Bewegung ab, so daß es aussah wie ein halber Hitlergruß.

De Luca besah sich das Kaninchen, die Katze oder

was immer es auch war, das da in Tomatensauce schwamm. Er hatte seit dem Vorabend nichts mehr gegessen, er hatte Hunger, aber der Geruch nach warmem Schmalz verschloß ihm den Magen und bereitete ihm geradezu Schwindelgefühle. Leonardi hingegen hatte im Nu den Teller zur Hälfte leer gegessen.

»Was man braucht, sind Empfehlungen«, sagte er mit vollem Mund, »oder man muß ihnen eben zeigen, daß man etwas auf dem Kasten hat. Das ist auch der Grund, weshalb ich mich für den Fall Guerra interessiere. Das ist der erste Fall ohne politischen Hintergrund, verstehen Sie, was ich meine? Ohne politischen Hintergrund ... und ein großes Ding obendrein. Und das will ich lösen, ich will zu den Carabinieri gehen und sagen können, so und so ist es passiert, die und die sind es gewesen, und hier sind die Beweise. Aber wie ich Ihnen schon gesagt habe, mir fehlt die Erfahrung, mir fehlt die Hilfe von einem ... von einem Ingegnere. Einem Ingegnere wie Ihnen.«

De Luca nahm die Gabel, stach ins Fleisch und schob es auf dem Teller hin und her. Seine Übelkeit war nur noch größer geworden, und größer geworden war auch sein Hunger.

»Wer ist dieser Carnera?« fragte er heiser, denn er hatte seit geraumer Zeit nichts mehr gesagt.

»Carnera?« fragte Leonardi.

»Das Mädchen, diese Tedeschina, hat vorhin gesagt, daß sie es Carnera sagen würde, wenn ...«

Leonardi hob eine Hand und schüttelte den Kopf. »Also, den vergessen Sie am besten gleich wieder. Carnera hat etwas gegen … gegen Ingegneri. Der hat im Krieg die abenteuerlichsten Sachen gemacht, der hat mehr Deutsche umgebracht als die ganze Fünfte Armee … Hier in der Gegend ist er eine Legende. Aber Sie haben meine Frage noch nicht beantwortet, Sie versuchen, das Thema zu wechseln. Wie sieht's aus, Ingegnere, helfen Sie mir bei diesem Fall oder nicht?«

De Luca schnitt ein Stück Fleisch ab, ließ es aber auf dem Teller liegen. Er schenkte sich ein Glas Wein ein.

»Wieso«, sagte er, »habe ich denn die Wahl?«

Leonardi lächelte. »Nein, die haben Sie nicht.«

Die Tür ging auf, und zwei Männer kamen herein. Einer von ihnen, im Hemd, eine Baskenmütze auf dem Kopf, hob die Hand, um Leonardi zu begrüßen. Sie setzten sich an einen anderen Tisch, der weit genug von ihnen weg stand, aber Leonardi beugte sich trotzdem weiter nach vorn und schob die Flasche zur Seite, um sie nicht umzustoßen.

»Das mit dem Fenster …«, flüsterte er, »das zerbrochene Fenster und die Abdrücke … das hatte ich schon vorher begriffen. Ich hab das nur gesagt, damit Sie sich für den Fall interessieren.«

»Wie kommen Sie darauf, daß er keinen politischen Hintergrund hat?«

»Es gibt keinen.«

»Aber wie kommen Sie darauf?«

Leonardi seufzte. »Wenn es ein politischer Fall wäre, dann hätte ich längst irgendwas gehört, wie in den anderen Fällen auch. Außerdem wollte die gesamte Familie Guerra nie etwas mit irgendwem zu tun haben, weder mit den Faschisten noch mit uns. Glauben Sie mir, Politik ist hier völlig ohne Belang. Meiner Meinung nach war es ein Raubüberfall, irgendwer ist in das Haus eingedrungen, um etwas zu stehlen.«

»Schon möglich.« De Luca machte einen neuen Anlauf, das Kaninchen zu essen, schob ein Stück Fleisch in den Mund und schloß die Augen. Er mußte sich regelrecht zwingen, es hinunterzuschluk-ken. »Und was sagt der Gerichtsmediziner?«

»Der Gerichtsmediziner?« Leonardi wirkte überrascht.

»Na, der Arzt, irgendein Arzt. Sie haben die Leichen doch wohl von einem Arzt untersuchen lassen, oder?«

»Nein. Die Guerras sind zu Tode geprügelt worden, das war sonnenklar.«

»In diesem Beruf ist niemals etwas sonnenklar. Wie lange hat dieser Kurs in Mailand gedauert?«

Leonardi senkte den Blick. »Drei Monate. Drei Monate, länger nicht.«

De Luca lächelte, verspürte aber sofort Unbehagen. Es war mit Sicherheit ratsamer, nicht weiter nachzuhaken, außerdem hatte er bemerkt, daß einer der beiden Männer ihn schon seit geraumer Zeit anstarrte. »Man nennt das Nekroskopie«, sagte er oberlehrerhaft. Leonardi nickte und bewegte die Lippen, um das Wort zu wiederholen. »Oder auch gerichtsmedizinisches Gutachten, ganz wie Sie wollen. Sind sie schon begraben worden?«

»Die Beerdigung ist morgen.«

»Um so besser. Suchen Sie sich einen Arzt und lassen Sie ihn die Leichen untersuchen. Todesursache, Todeszeitpunkt, besondere Merkmale, alles, was ihm auffällt. Das ist immer der allererste Schritt.«

»Der allererste Schritt«, wiederholte Leonardi. De Luca spießte ein zweites Stück Fleisch auf, aber die Übelkeit war jetzt größer als der Hunger, und so ließ er die Gabel wieder sinken. Leonardi fiel das gar nicht auf, er sah zwar De Luca die ganze Zeit über an, war aber mit seinen Gedanken woanders.

»Ich werde mich sofort darum kümmern«, sagte er. »Und Sie gehen lieber gleich ins Bett, denn ich will, daß Sie morgen früh bei Kräften sind. Damit wir uns richtig verstehen« – er hob eine Hand und zielte mit dem Finger auf ihn, mit einem Finger, der so gerade war wie eine Messerklinge und kein bißchen weniger bedrohlich – »da draußen sind Sie ein toter Mann. Ohne Papiere kommen Sie nicht mal über die Brücke, das garantiere ich Ihnen, nicht mal dann, wenn Sie im Paradies einen Schutzheiligen haben. Ihr Schutzheiliger an diesem Ort bin ich, Ingegnere, vergessen Sie das nicht.« Er hob die Hand, um die Tedeschina heranzuwinken, aber das Mädchen kehrte ihm demonstrativ den Rücken zu, also rief er die andere Frau herbei, eine kleine Frau mit einem Kopftuch und einer Schürze um die breiten Hüften.

»Der Herr wird einige Tage hier absteigen«, sagte er zu ihr. »Er ist auf der Durchreise und muß sich ausruhen. Ich verlasse mich auf euch, er ist mein Gast und ein guter Mensch und eine wichtige Persönlichkeit ...« Er stand auf, legte De Luca die Hand auf die Schulter und drückte leicht zu. »Sehr wichtig sogar. Ein Ingegnere.«

3

Mit einemmal wachte De Luca auf und schrak hoch.

Als er am Abend zuvor das Bett erblickt hatte, prall und weich und weiß, das erste richtige Bett seit einer Woche, hatte die Müdigkeit ihn plötzlich derartig übermannt, daß er sich sogleich hatte hineinfallen lassen, mit dem Gesicht ins schneeweiße Kissen. Er hatte es gerade noch geschafft, aus den Kleidern und unter die Decke zu schlüpfen, und dann hatte er tief und fest geschlafen, wie sonst auch, zusammengekauert wie ein Fötus, mit gelegentlichen Atemaussetzern und einem unaufhörlich arbeitenden Gehirn.

Das Sonnenlicht, das durch die halbgeöffneten Fensterläden ins Zimmer drang, schien auf seine geschlossenen Lider, und dieses blutrote, leuchtende Dunkel sorgte dafür, daß ihm auch jener letzte Rest Schlaf verging, der ihm noch in den Knochen saß. Mit einem tiefen Seufzer richtete er sich auf und ließ eine Zeitlang die Beine träge über die Bettkante hängen.

Nachdem er sich mit dem Wasser in einer Schüssel

das Gesicht gewaschen und mit dem Bettlaken abge-
trocknet hatte, weil nichts anderes da war, ging er
nach unten. Er hatte keine Ahnung, wie spät es sein
mochte – die goldene Uhr hatte er einem Kerl in
Mailand im Tausch für die Ausweise überlassen –,
doch es mußte noch früh am Tag sein, denn im Haus
regte sich nichts. Auch nicht in der Küche, die in
einem grauen, stillen Halbdunkel lag. De Luca registrierte, daß er endlich einmal Hunger hatte, ohne
daß ihm gleichzeitig übel war, und er sah sich auf der
Suche nach etwas Eßbarem in der Küche um. Er versuchte, die Glastüren einer Anrichte zu öffnen, aber
sie waren abgeschlossen, und die Schubladen darunter, die er hastig durchsuchte, waren leer. Und so
fand die Tedeschina ihn vor, verstohlen und verlegen
in der Hocke vor der Anrichte wie ein Dieb.

»Da ist nichts drin«, sagte sie. »Die Schlüssel hat
Mama. Aber sie schläft noch.«

De Luca richtete sich auf und nickte. »Ich hatte
Hunger«, sagte er dann, »besser gesagt, ich habe
Hunger ...«

Die Tedeschina stellte den Eimer ab, den sie in der
Hand trug, einen Blecheimer voll grüner, erdverkru-
steter Erbsenschoten. »Wenn Sie wollen«, sagte sie
unfreundlich, »mache ich Ihnen einen Kaffee.«

»O ja!« entfuhr es De Luca, fast wie ein Aufschrei,
dann wiederholte er ein wenig leiser »ja« und
schluckte. Die Tedeschina füllte die Espressokanne
und zündete die Flamme auf dem Herd an.

»Sie sind aber früh auf den Beinen«, sagte sie. »Was

soll das für ein Ingegnere sein, der genauso früh aufsteht wie die Bauern?«

De Luca machte eine hilflose Geste. »Ich kann
einfach nicht mehr gut schlafen«, sagte er, als müsse
er sich entschuldigen. Die Tedeschina zuckte die
Achseln, ging zum Fenster, öffnete es und beugte
sich hinaus, um die Fensterläden zurückzuklappen.
Die Sonne flutete jetzt ungehindert ins Zimmer,
auch wenn es eine graue, kränkliche Sonne war, die
Regen ankündigte. Das Mädchen holte sich einen
Holzstuhl und stellte ihn mitten in das sonnige
Rechteck, das sich auf dem Fußboden abzeichnete,
dann holte sie eine Schüssel und setzte sich hin, die
Schüssel auf dem Schoß, den Blecheimer neben dem
Stuhl. Sie streifte die Holzpantinen ab und legte die
Füße auf die mit Bast bespannte Sitzfläche eines
zweiten Stuhls; dann öffnete sie mit einem schnellen
Druck des Daumens eine Schote, und die kleinen
harten Erbsen flogen in die Schüssel wie Gewehrku-
geln. De Luca rührte sich nicht vom Fleck und sah
sie an. Er sah auf ihre Beine zwischen den beiden
Stühlen, die glatt und jung aus der bis zu den Ober-
schenkeln hochgekrempelten Uniformhose hervor-
schauten, und er fühlte sich plötzlich elend, als
würde ihn etwas quälen, etwas, das weich und feucht
war, irgendwo in der Gegend zwischen Magen und
Herz. Die Tedeschina bemerkte das und warf ihm
einen ihrer bösen Blicke zu, von unten nach oben,
blitzschnell, wie ein Messerstich.

»Was machen Sie da, Ingegnere«, sagte sie, »gukken Sie meine Beine an?« Und sie kratzte mit ihren kurzen Fingernägeln arglos an einer frisch verschorften Wunde am Knie.

De Luca, der vor Verlegenheit rot anlief, öffnete den Mund, hob die Hände und sagte: »Ich...« – aber die Espressokanne begann zu zischen, und Dampf entwich aus der Tülle. Die Tedeschina stand auf und drückte ihm die Schüssel mit den Erbsen in die Hand. Sie nahm die Espressokanne und goß den Kaffee in eine Tasse, goß sie randvoll, dann nahm sie ihm die Schüssel wieder ab und kehrte auf ihren Platz zurück, während De Luca die Tasse in den Händen drehte, um sich nicht die Finger zu verbrennen. Er konnte sich nicht zurückhalten, mußte sofort einen Schluck trinken, denn der bittere Geruch des frischen Espresso war stärker als alles andere, stärker als die Beine der Tedeschina, stärker als die brühheiße Flüssigkeit, die ihm die Zunge verbrannte. Nur der Schmerz im Mund ließ ihn die Tasse wieder absetzen, er hatte Tränen in den Augen.

»O Gott...«, murmelte er, »wie lange habe ich keinen richtigen Espresso mehr getrunken...«

»Bei uns hat es immer Kaffee gegeben«, sagte die Tedeschina und rutschte auf dem Stuhl ein Stück nach vorn, »uns hat es nie an etwas gefehlt, nicht mal im Winter, als die Front am Fluß zum Stehen kam.«

De Luca blies in den Kaffee und warf über den Rand der Tasse einen Blick auf ihre kurzen Haare, die ungleichmäßig abgeschnittenen Strähnen. Es war ein harmloser Blick, aber sie bemerkte ihn und wurde knallrot.

»Ich war nicht deshalb mit dem Deutschen zusammen«, zischte sie und nestelte mit dem Daumen an der Bluse, um sie zuzuknöpfen. »Ich mach, was ich will, und ich laß mich von keinem herumkommandieren. Auch nicht von Carnera.« Sie stieß den Namen zwischen den Zähnen hervor, und das laute, hart R klang wie ein Knurren. De Luca wollte sie gerade etwas fragen, aber in dem Moment ging die Tür auf, und Leonardi tauchte auf der Schwelle auf, der Schattenriß einer massigen Gestalt im Gegenlicht.

»Guten Morgen, Ingegnere. Gehen wir? Wir haben noch etwas zu erledigen.«

»Sie hatten recht, wissen Sie?« Leonardi redete schnell, hellauf begeistert, während der Jeep über die Schlaglöcher der Straße hüpfte, die am Fluß entlangführte. Von Zeit zu Zeit warf er einen kurzen Blick auf De Luca, der den Griff am Armaturenbrett umklammerte. »Da sehen Sie, wie wichtig die Erfahrung ist! Mein Gott, ich muß noch soviel lernen ... Gestern abend habe ich gleich den Arzt aufgesucht. Wir sind zusammen zu der Hütte gefahren, wo ich die Guerras hingebracht hatte, und ich habe sie gründlich untersuchen lassen. Bei den drei anderen hatte ich recht, ein kräftiger Schlag und dann Amen, aber nicht so bei Delmo, da hatten Sie recht, da war noch etwas anderes.«

Er sah wieder De Luca an, mit einem eindringlichen Lächeln, das eine Frage erwartete. In dieser Position verharrte er so lange, bis De Luca sich beeilte, ihm diese Frage endlich zu stellen, denn sie waren kurz davor, von der Straße abzukommen.

»Und was war das?«

»Sie haben den armen Delmo nicht einfach nur erschlagen und damit basta. Sie haben ihn auch gefoltert.«

»Gefoltert?«

»Genau, der Schlag hat ihn nur bewußtlos gemacht, er ist erst später gestorben, weil sein Herz bei der Folter versagt hat. Der Arzt hat gesagt, die Wunden sind eindeutig, da gibt es keinen Zweifel. Solche Wunden hatte auch ich schon mal gesehen, als einer von uns tot aus Bologna zurückkam, nach einem Verhör von den Schwarzen Brigaden, der Brigata Nera.«

»Eigenartig«, sagte De Luca, aber das Dröhnen des Motors übertönte seine Stimme.

»Sie werden sich fragen, wieso ich das nicht gleich bemerkt habe«, sagte Leonardi, und diesmal wartete er nicht, bis De Luca nachfragte. »Diese Wunden waren anders als die anderen Wunden, was weiß ich, als die an den Händen oder an den Füßen … Diese Wunden befanden sich unter dem Hemd, auf den Bauchmuskeln. Es war ein Messer, sagt der Arzt, und daß er teuflische Schmerzen gehabt haben muß … Morgen bekomme ich das ausführliche Gutachten. Was meinen Sie, hat das eine Bedeutung?«

»Schon möglich«, sagte De Luca, »kommt drauf an. So gesehen könnte man glauben, daß es einer gewesen ist, der auf der Durchreise war, vielleicht einer von der Brigata Nera, der Geld oder etwas zu essen wollte. Aber das glaube ich nicht.«

»Warum nicht?«

»Gerade weil Delmo gefoltert wurde. Weshalb wird jemand gefoltert?«

Leonardi warf De Luca ein höhnisches Lächeln zu, und De Luca wußte sofort, was der andere gleich sagen würde.

»Wenn Sie das nicht wissen, Ingegnere, weshalb jemand gefoltert wird ...«

De Luca krampfte die Fäuste um den Haltegriff, bis die Knöchel weiß hervortraten.

»Ich habe nie jemand gefoltert«, stieß er leise hervor. »Davon abgesehen, man foltert jemanden, um etwas aus ihm herauszubekommen. Das Haus der Familie Guerra ist sehr ärmlich, das sieht jeder auf den ersten Blick, da ist nichts, was einen auf die Idee kommen läßt, daß da irgendwo Geld oder eine Menge Vorräte versteckt sind ... Meiner Meinung nach hat die Tat niemand begangen, der auf der Durchreise war, sondern jemand, der ganz genau wußte, was er aus den Guerras herauskriegen wollte.«

»Also Leute von hier ... sehr gut. Dann werden wir sie mit Sicherheit schnappen.«

De Luca schüttelte lächelnd den Kopf. »Mit Sicherheit schnappen ... und wenn es uns gar nicht gelingt, den Fall zu lösen? Einen gewissen Prozentsatz an Mißerfolgen habe auch ich aufzuweisen ... er mag klein sein, kleiner als bei anderen Kommissaren, aber es gibt ihn.«

Leonardi nickte unbeirrt. »Wir werden den Fall aber lösen, Ingegnere, wir werden ihn lösen. Und das wird mir eine glänzende Zukunft bei der Polizei ermöglichen, während es Ihnen überhaupt eine Zukunft ermöglicht. Was meinen Sie, Ingegnere, lösen wir den Fall?«

De Luca runzelte finster die Stirn. »Wir lösen ihn«, sagte er, »wir haben gar keine andere Wahl.«

Mit einemmal bremste der Jeep so abrupt, daß De Luca nach vorn geschleudert wurde und einen stechenden Schmerz in den Handgelenken verspürte. Leonardi beugte sich zur Seite und starrte konzentriert auf die Straße, die neben dem aufgeschütteten Deich hinter einer Kurve verschwand. Vom Beifahrersitz aus konnte De Luca nichts Auffälliges erkennen.

»Was ist los?« fragte er, aber Leonardi hob die Hand. Er wirkte besorgt.

»Sie bleiben hier«, sagte er und sprang aus dem Auto. »Sie rühren sich nicht vom Fleck und sagen kein einziges Wort.«

De Luca nickte und drückte sich mit verschränkten Armen in das Sitzpolster, während Leonardi hinter der Kurve verschwand. Er hörte ihn mit ein paar Männern reden, und wenige Minuten später sah er ihn wieder auftauchen. Leonardi schwang sich in den Jeep und ließ den Motor an.

»Sie tun gar nichts«, flüsterte er ihm zu. »Sie rühren sich nicht und sind mucksmäuschenstill. Sehen Sie einfach geradeaus, immer nur geradeaus, sonst nichts.« Sein Tonfall war so schneidend, daß De Luca es mit der Angst bekam, und während das Auto anfuhr, hielt er den Blick starr geradeaus gerichtet wie eine Schaufensterpuppe, das Kinn ein wenig erhoben, den Hals ganz steif. Aber er konnte nicht umhin, aus den Augenwinkeln die drei Männer zu beobachten, die reglos am Straßenrand standen, und folgte ihnen im vibrierenden Rückspiegel mit dem Blick – zwei der Männer hatten ein Gewehr, und der dritte, ein großer Kerl mit einem schmalen Gesicht und einer Hakennase, starrte ihm seinerseits im Rückspiegel nach. De Luca wandte sofort den Blick ab.

»Wer war das?« fragte er mit aufflackernder Angst. »Der Große, der mir die ganze Zeit hinterherstarrt?«

»Vergessen Sie, daß Sie die Männer überhaupt gesehen haben, Ingegnere«, sagte Leonardi ernst. »Der Große war Carnera.«

4

»Also, wo fangen wir an?«

Leonardi wartete in der Mitte des Zimmers und rieb sich aufgeregt die Hände. De Luca war in der Nähe der Tür stehengeblieben, ein wenig nach vorne gebeugt, die Hände in den Taschen seines Regenmantels vergraben.

»Man müßte nach Indizien suchen, nach Abdrükken ... Spuren. Nach allem, was sichtbar ist.«

»Gut, suchen wir also nach Indizien.«

De Luca zuckte die Schultern. »Völlig zwecklos«, sagte er. »Ihr habt sowieso alles angefaßt und woanders hingestellt. Von diesem Schuhabdruck im Blut könnte man beispielsweise darauf schließen, daß einer der Mörder amerikanische Militärstiefel angehabt hat, sagen wir mal Größe zweiundvierzig.«

Leonardi biß sich auf die Lippen und scharrte unbewußt mit seinem Stiefel über den Fußboden.

»Stimmt«, sagte er zerknirscht. »Den Abdruck muß ich hinterlassen haben, als wir die Guerras rausgetragen haben. Heilige Jungfrau Maria, ich muß noch so viel lernen ...«

De Luca sah sich um. In dieser Bauernkate gab es nichts, das es wert wäre, gestohlen zu werden, und trotzdem ... vier Tote. Vier Tote, um irgend etwas zu finden ... aber was? In einer Ecke des Fußbodens entdeckte er zwei lockere Bretter, und weiter vorn waren einige zersplittert. Leonardi sah ihn erwartungsvoll an, den Mund halb geöffnet.

»Wir brauchen einen Pflock oder eine Eisenstange«, sagte De Luca. »Und ein Messer.«

»Eine Stange?«

»Um die Dielen im Fußboden hochzuhebeln und die Wände abzuklopfen. Und das Messer brauchen wir für die Matratzen. Wir fangen in diesem Raum mit der Suche an.«

»Genau.« Leonardi rannte hinaus und kehrte mit den Werkzeugen zurück. De Luca nahm den Pflock, und gemeinsam fingen sie an, damit auf den Fußboden zu hämmern und die Bretter, die sich bewegten, hochzuhebeln. Dann nahm De Luca Leonardi die Eisenstange aus der Hand und begann, aufmerksam die Wände abzuklopfen, wobei schmutziger Putz herunterbröckelte, der sich von den Ziegeln gelöst hatte. Es dauerte sehr lange, bis sie das ganze Zimmer abgeklopft hatten, und nach einer Weile griff Leonardi nach dem Messer, doch dann kamen ihm Zweifel, und er hielt inne.

»Woher wissen wir denn überhaupt, daß es immer noch etwas zu finden gibt?« fragte er.

De Luca seufzte. »Das wissen wir nicht. Aber wir hoffen, daß Delmo Guerra gestorben ist, bevor sie ihn zum Sprechen bringen konnten, und daß diejenigen, die mit der Suche begonnen haben, dabei unterbrochen wurden ... oder die Suche irgendwann aufgegeben haben.«

»Genau«, sagte Leonardi erneut. Er verschwand im anderen Zimmer, und gleich darauf hörte De Luca das trockene Reißen von aufgeschlitztem Stoff. Er hörte auf, die Wand abzuklopfen, drehte den Stuhl, auf dem der Alte gesessen hatte, zum Kamin hin und setzte sich. Er stützte die Ellbogen auf die Knie und legte das Kinn in die Hände. Leonardi kam aus dem anderen Zimmer zurück, das Messer in der Hand wie ein Mörder.

»Nichts«, sagte er. »Überhaupt nichts.«

»Lassen wir es gut sein«, sagte De Luca. »So, zu zweit, ist das sowieso unmöglich ... Es könnte genausogut irgendwo draußen versteckt sein oder in der Hundehütte ...« De Luca schloß die Augen und zuckte die Achseln.

»Legen Sie sich ein bißchen mehr ins Zeug, Ingegnere, denken Sie an unsere Abmachung ... Vielleicht ist es doch hier im Haus, wer weiß, zum Beispiel im Suppentopf ...«

De Luca lächelte, immer noch mit geschlossenen Augen.

»... tatsächlich, da ist es!«

De Luca öffnete die Augen und sah hoch. Leonardi kniete vor dem Kamin und zog gerade den Arm aus einem rußgeschwärzten Topf, der unter dem Rauchfang hing. Er hielt irgendeinen Gegenstand in den trichterförmig aneinandergelegten Händen, ganz vorsichtig, wie ein aus dem Nest gefallenes Vögelchen, und ging damit zum Tisch. De Luca zögerte einen Augenblick, doch dann stemmte er die Hände auf die Knie und stand auf. Mit zwei Schritten war er beim Tisch und schob Leonardi fast schroff zur Seite.

»Laß sehen«, sagte er, und Leonardi überließ ihm das zugeknotete Stoffbündel, trat sogar einen Schritt zurück und blieb dort ehrfürchtig stehen, um zuzuschauen. De Luca hatte einige Mühe, den Knoten zu lösen, und als es ihm gelungen war, das Stoffbündel zu öffnen, stieß Leonardi einen Pfiff aus: Darin lag eine Brosche mit einem großen Stein und einem goldenen Verschluß, der ein wenig verbogen war.

»Das ist es, wonach wir gesucht haben«, sagte De Luca. »Dieser Delmo muß ein exzentrischer Millionär gewesen sein.«

Leonardi nahm die Brosche und hielt sie gegen das Licht. »Und woher hat er das Zeug?«

»Vielleicht vom Schwarzmarkt, oder er hat irgendwen versteckt, der in Schwierigkeiten war.«

»Delmo? Ich bitte Sie ... Delmo hat sich immer aus allem rausgehalten, das habe ich Ihnen doch schon gesagt. Und um diese Brosche auf dem Schwarzmarkt kaufen zu können, hätte er mit Austern und Kaviar handeln müssen.«

»Nun, um ein Familienerbstück handelt es sich mit Sicherheit auch nicht ... jedenfalls keins aus seiner Familie. Wenn Sie mich fragen, hat er die Brosche irgendwem gestohlen.«

Leonardi runzelte die Stirn. De Luca ließ sich erneut auf den Stuhl sinken, sprang aber gleich wieder auf, weil er sich vor Neugier kaum zügeln konnte.

»Jedenfalls ist Delmo wegen dieser Brosche gefoltert und ermordet worden. Jetzt müssen wir zuallererst herausfinden, woher diese Brosche stammt und wie er an sie herangekommen ist ... Gibt es in dieser Gegend reiche Familien?«

»Na ja ...«, Leonardi zögerte, leicht verwundert, »eine hätten wir da – die vom Grafen.«

»Gut«, sagte De Luca bestimmt. »Dann fahren wir jetzt zu dem Grafen und fragen ihn, ob die Brosche ihm gehört.«

»Der Graf ist nicht da ... Er ist weggefahren. Die Leute sagen, er ist nach Amerika geflohen, weil er Angst hatte ... Wissen Sie, er hat sich mit den Deutschen eingelassen. In seinem Haus lebt nur noch eine Hausangestellte.«

»Das ist egal, vielleicht ist es im Gegenteil sogar besser so. Fahren wir also gleich zu ihr.«

»Aber sie ist schon alt ... die Linina ist schon über siebzig ...«

De Luca sah ihn streng an, und Leonardi senkte den Blick. Er wog die Brosche in der Hand, biß sich auf die Lippen und zuckte dann die Schultern.

»Na gut«, sagte er. »Hören wir uns einmal an, was die Linina zu sagen hat.«

Sie verließen das Haus, und während Leonardi die Tür wieder absperrte, erregte etwas auf dem Hof in der Nähe der Hundekette De Lucas Aufmerksamkeit.

»Was ist das da?« fragte er. Er ging zu dem offenen Hundehalsband, das im Sand lag, und bückte sich. Leonardi folgte ihm neugierig. Neben der Kette waren dunkle Flecke zu erkennen, schwarz und dickflüssig, wie von Öl, und daneben eine Spur mit einem Reifenprofil.

»Ihr seid auch hier überall herumgestiefelt«, sagte De Luca, »aber das da habt ihr verschont. Was glauben Sie, was für eine Spur das ist?«

»Von einem Motorrad.«

»Sehr gut. Gehört es auch Ihnen?«

»Nein, ich nehme immer den Jeep. Aber ich weiß, wem es gehört. Das ist Pietrinos Guzzi, er ist derjenige, der ständig Öl verliert.«

»Pietrino?«

»Pietrino Zauli. Er wohnt nicht weit von hier und hat Guerra gut gekannt.«

»Schön, damit haben wir einen weiteren Anhaltspunkt. Dieser Pietrino ist also vor nicht allzu langer Zeit hier gewesen, und vielleicht kann er uns etwas darüber erzählen.«

De Luca richtete sich auf, und vor Anstrengung wurde ihm ganz schwindelig vor Augen. Leonardi runzelte die Stirn, seine Miene hatte sich verfinstert.

»Sie glauben, Pietrino hat möglicherweise …«, begann er.

»Ich glaube gar nichts«, sagte De Luca, »so weit

sind wir noch lange nicht. Fahren wir zu dieser Linina, bevor es anfängt zu regnen.«

Der Regen erwischte sie auf halber Strecke in der Allee, nachdem er sich bereits durch einen raschen Lichtwechsel und den plötzlich eindringlichen Geruch nach feuchtem Eisen in der Luft angekündigt hatte. Sie mußten jetzt laufen, denn der Schauer war stark und die Regentropfen dick und schwer, doch als auf einmal am Ende der Allee das Herrenhaus zwischen den Bäumen auftauchte, blieben sie beide einen Augenblick lang stehen, bevor sie unter dem Balkon über dem Eingangsportal Schutz suchten.

»Mein Gott«, sagte Leonardi, »ich bin pitschnaß! Aber für die Felder war ein bißchen Regen dringend nötig.«

De Luca sah ihn finster an, ohne ein Wort zu sagen. Fröstelnd zog er den Regenmantel enger um den Hals, denn das Wasser, das aus seinen Haaren tropfte, lief ihm schon den Rücken hinunter, ein unangenehmes Gefühl, das ihn ganz hysterisch machte.

»Gehen wir rein«, rief er, um das in Sekundenschnelle stärker gewordene Rauschen des Wolkenbruchs zu übertönen, und tat einen Schritt auf das Portal zu, aber Leonardi legte ihm eine Hand auf den Arm, um ihn zurückzuhalten.

»Das ist ein sonderbares Haus, Ingegnere«, sagte er. »Das ist ein Haus, in dem es spukt.«

»In dem es spukt?«

»Ja, oder wie sagen Sie dazu? Da gibt es Gespenster.«

De Luca lief ein Schauer über den Rücken, vor allem wegen der Art und Weise, wie Leonardi das Wort ausgesprochen hatte, *Gespenster*, ganz und gar ernst und besorgt.

»Unsinn«, sagte er achselzuckend und drückte energisch gegen die Tür, die sofort aufging. Aufgrund eines seltsamen Klangeffekts war der Regen hier drinnen fast nicht mehr zu hören, obwohl er ganz dicht hinter ihnen unverändert niederprasselte. De Luca lief erneut ein Schauer über den Rücken.

»Ist jemand da?« fragte er, und dann noch einmal lauter: »Ist jemand da?«, ohne eine Antwort zu erhalten. Er trat in einen langen leeren Flur und öffnete die Tür, doch sie führte zu einem ebenfalls leeren Zimmer ohne Möbel mit einer hohen Decke, und als er ein drittes Mal rief: »Ist jemand da?«, hallte seine Stimme so laut, daß er vor Schreck den Kopf einzog.

»He, Ingegnere, Moment mal«, sagte Leonardi und hielt ihn am Regenmantel fest. »Was machen wir jetzt, gehen wir einfach so rein, ganz alleine?«

De Luca befreite sich mit einem Ruck. »Die Kriminalpolizei, Leonardi«, sagte er von oben herab, »die Kriminalpolizei kann überall rein.«

Ihre Schritte hallten in der kalten Stille, als sie das Zimmer durchquerten und zu einer Treppe kamen, die ins nächste Stockwerk führte. De Luca zögerte kurz, als er die Hand auf das hölzerne Treppengeländer legte, denn er erinnerte sich an einen Traum, den er als Kind immer geträumt hatte, da war eine Treppe, genau wie diese, und er stieg sie hinauf, immer weiter hinauf, und auf der letzten Stufe stand eine buckelige Alte, die er vorher noch nie gesehen hatte, und erwartete ihn lächelnd ...

»Unsinn«, sagte De Luca erneut, und als Leonardi fragte: »Was haben Sie gerade gesagt, Ingegnere?«, stieg er schon mit festem Schritt die Treppe hinauf. Oben kamen sie zu einer weiteren verschlossenen Tür. De Luca öffnete sie und erwartete, wieder ein leeres Zimmer vorzufinden, doch dann blieb er auf der Schwelle stehen: Vor ihm lag ein kleines Zimmer, vollgestopft mit Möbeln, so voll, daß es zunächst schien, als könne man es nicht einmal betreten. Erst als etwas sich bewegte, zwischen einem Stuhl und einem Sessel, bemerkte De Luca, daß in dem Zimmer jemand war: eine buckelige Alte, ganz in Schwarz gekleidet, genau wie in seinem Traum.

»Seid ihr auch wegen der Möbel hier?« fragte sie. De Luca blieb mit offenem Mund stehen, wie versteinert, ohne antworten zu können. Leonardi zwängte sich zwischen ihm und der Tür hindurch und betrat das Zimmer.

»Oh«, sagte die Alte, »bist du nicht Mariettos Sohn?«

»Das ist die Linina, Ingegnere«, sagte Leonardi, »das Hausmädchen des Grafen. Reden Sie lauter, sie ist etwas schwerhörig.«

Die alte Frau ging auf De Luca zu und sah ihn von unten an. »Ist das nicht Gigettos Sohn?« fragte sie

Leonardi. Dann schlurfte sie erstaunlich schnell durchs Zimmer und nahm ein Stickdeckchen von einem Stuhl. »Nehmt das hier«, sagte sie. »Das ist noch gut erhalten ... nehmt alles, was ihr brauchen könnt, das staubt hier sowieso nur ein. Ich bin alt, und seit sie den jungen Herrn weggebracht haben ...«

»Der Graf ist abgereist, Linina«, unterbrach Leonardi sie, »er ist nach Amerika gefahren.«

Die Frau zuckte die Achseln unter ihrem breiten schwarzen Schal und wandte sich dann an De Luca. »Wie geht es denn Gigetto?«

De Luca gab sich einen Ruck. »Gut«, sagte er kurz angebunden. Er gab Leonardi ein Zeichen, der daraufhin die Hand mit der Brosche aus der Jackentasche zog.

»Wir wollten dir etwas zeigen, Linina«, sagte er und öffnete die Hand. »Sag mir doch, ob du sie wiedererkennst. Gehörte sie dem Grafen?«

Die Frau kniff die Augen zusammen und beugte sich über die Hand, dann lächelte sie.

»Da ist sie ja endlich wieder, wie schön!« sagte sie, und bevor Leonardi die Finger wieder schließen konnte, nahm sie ihm schnell die Brosche weg und legte sie in eine Schachtel. De Luca nickte.

»Sie gehörte dem Grafen«, sagte sie. Leonardi öffnete die Schachtel, nahm die Brosche wieder an sich und schob die Hände der Frau sanft zurück.

»Die behalten wir, Linina, das ist besser so. Gut, das hätten wir also ... Dann können wir ja gehen.« Er drehte sich um und wollte hinausgehen, aber De Luca wich nicht von der Tür.

»Einen Augenblick«, sagte er. »Ich würde die Dame gerne noch etwas fragen ... Können Sie sich daran erinnern, wann die Brosche abhanden gekommen ist? Wann haben Sie bemerkt, daß ...«

»Als auch der Ring verschwunden ist.«

»Der Ring?«

»Der blaue Ring, der zur Brosche gehört. Sie gehören zusammen ... Hast du den etwa mitgenommen?«

»Und der Ring, wann ist der Ring verschwunden?«

De Luca erwartete, sie würde nun sagen: »Als die Brosche verschwunden ist«, aber statt dessen runzelte die Frau die Stirn, als würde sie nachdenken, und zuckte dann die Achseln.

»Als der junge Herr verschwunden ist«, sagte sie. »Als er nach Amerika verschwunden ist.«

De Luca nickte und warf Leonardi rasch einen Blick zu.

»Und als der Graf verreist ist ... Was ist da passiert? Ist da jemand gekommen? War das tagsüber oder abends?«

»Das war abends, denn ich hatte den Hunden schon ihr Futter hingestellt ... Der junge Herr war mit Sissi in seinem Zimmer, der hat immer so viel gefuttert ... Dann sind die anderen gekommen und haben gesagt, ich soll in der Küche bleiben. Und als ich später wieder herauskam, war der junge Herr nicht mehr da und Sissi auch nicht.«

De Luca nickte. »Es scheint zur Manie zu werden, die Hunde umzubringen«, sagte er.

»Der Graf ist abgereist«, sagte Leonardi. »Er ist nach Amerika gefahren.«

De Luca nickte erneut. »Schon gut, schon gut«, sagte er. »Noch etwas ... diese anderen Männer, erinnern Sie sich noch daran, wer dabei war?«

»Ach ...«, die Alte winkte ab und verzog die dünnen Lippen, »ich bin eine alte Frau und mein Gedächtnis ist nicht mehr das beste ... ich erinnere mich nur noch an den Sohn von dem, der neben dem Schuster wohnt...«, sie sah nun Leonardi an, »Baroncini, dieser Kleine ... außerdem weißt du das ganz genau, du warst doch selbst mit dabei.«

»Ich?« fragte Leonardi und warf einen kurzen Seitenblick auf De Luca, der ihn aufmerksam ansah. »Ich? Da irrst du dich, ich ...«

In dem Augenblick ging plötzlich das Licht an, und sie schraken zusammen. De Luca blickte instinktiv nach oben.

»Der junge Herr sitzt nicht gern im Dunkeln«, sagte die Alte.

»Unsinn«, sagte De Luca, »das ist das Gewitter.«

»Gehen wir«, sagte Leonardi. »Bitte, lassen Sie uns gehen.«

»Es ist nicht so, wie Sie denken, Ingegnere.«

»Ich denke gar nichts.«

Es hatte aufgehört zu regnen, und aus der nassen Erde stieg jetzt eine feuchtklebrige Wärme auf, die fast noch unangenehmer war als das Gewitter. De Luca hatte den Regenmantel ausgezogen und mußte aufpassen, daß er auf dem schlammigen Weg nicht den Halt verlor. Leonardi legte ein schnelles Tempo vor und stapfte mit seinen Militärstiefeln unbekümmert durch den Morast, während De Luca mit seinen Halbschuhen, deren Sohlen beinahe ganz durchgelaufen waren, bei jedem Schritt achtgeben mußte, um nicht auszurutschen.

»Die alte Lina ist ein bißchen, wie soll ich sagen ...« – Leonardi wedelte mit der Hand vor dem Gesicht – »ein bißchen weggetreten ist sie ...«

»Mir kam sie ganz klarsichtig vor.«

Leonardi blieb stehen und packte De Luca am Arm, so daß der sich umdrehen und bei ihm festhalten mußte, um nicht hinzufallen.

»Hören Sie, Ingegnere«, sagte er schroff, »ich habe keine Ahnung von dieser Geschichte ... ich war damals nicht der Comandante, ich war nur ein Polizist ... Aber weshalb soll ich mich ausgerechnet vor Ihnen rechtfertigen? Was wollen Sie eigentlich von mir?«

»Ich? Gar nichts, um Himmels willen ... Sie sind es doch, der den Fall lösen will, scheint mir.«

»Genau, den Fall Guerra ... aber nicht die Sache mit dem Grafen.«

»Guerra wurde wegen einer Brosche umgebracht. Und die Brosche gehörte dem Grafen. Also gibt es eine Verbindung zwischen den beiden Fällen.«

»Mist.« Leonardi machte einen Schritt, als wollte

er weitergehen, blieb aber gleich wieder stehen. Er lehnte sich mit dem Rücken an einen Baum und vergrub die Hände in den Taschen seiner Lederjacke.

»Das ist eine merkwürdige Geschichte«, sagte er nachdenklich und sah zu Boden. »Wissen Sie, Ingegnere, solche Geschichten hat es hier nach dem Krieg massenhaft gegeben ... einige Leute hatten es wirklich verdient, das mußte erledigt werden ... Aber ich hab Ihnen ja schon gesagt, die Meinung von einem wie Ihnen interessiert mich sowieso nicht.«

De Luca seufzte und verdrehte die Augen.

»Aber das hier ...«, fuhr Leonardi fort, »das hier mit dem Grafen ist etwas anderes ... Damit Sie mich nicht falsch verstehen, der Graf hatte es wirklich verdient, er war ein Schweinehund. Er hat für die Deutschen spioniert, in einer Bauernhütte hatte die Resistenza ein Waffendepot, und sie haben die ganze Familie erschossen, sieben Leute, Frauen und Kinder inbegriffen. Außerdem war er auch noch pervers, die SS ging bei ihm ein und aus, mit dem einen oder anderen ist er offenbar sogar im Bett gelandet ... Ein Wunder, daß sie ihn nicht schon eher erledigt haben.« Leonardi fuhr sich mit der Zunge über die Lippen und schüttelte den Kopf. »Aber das ist es nicht einmal ... das Merkwürdige daran ist, daß man von den anderen Fällen immer irgend etwas mitbekommen hat, doch diesmal war es anders, die Sache wurde nicht mehr erwähnt, nie mehr ... auch nicht unter uns.«

»Und das ist merkwürdig?«

»Ja, das ist es ... Ich war an dem Abend mit dabei,

aber ich weiß nur, was ich mit eigenen Augen gesehen habe, und das ist herzlich wenig. Es war im Mai, am siebten Mai, glaube ich, abends so gegen neun, als ich zum Anwesen des Grafen ausfuhr, um ihn unter Hausarrest zu stellen ...«

»Unter Hausarrest?«

»Ja, um ihm zu sagen, daß er das Haus bis zum nächsten Morgen nicht verlassen darf ... Das macht man so bei verdächtigen Personen. Wie auch immer, auf dem Rückweg habe ich Pietrino gesehen, auf dem Motorrad, auf dem Weg zum Herrenhaus. Und hinter ihm, auf dem Rücksitz, saß Sangiorgi, der war damals mein Comandante.«

»Und dann?«

»Dann gar nichts. Ich bin zurück ins Dorf, und am nächsten Morgen habe ich erfahren, daß der Graf nicht mehr da ist. Abgereist, nach Amerika. Warum sehen Sie mich so komisch an?«

»Ich sehe Sie gar nicht komisch an. Ich warte.«

»Und worauf warten Sie?«

»Auf Ihre Entscheidung.«

Leonardi löste sich vom Baum und nahm die Hände aus den Taschen. »Können wir diese Geschichte nicht einfach auf sich beruhen lassen?« fragte er. De Luca schnitt eine Grimasse.

»Vielleicht ... schon möglich ... Aber die Guerras sind wegen einer Brosche umgebracht worden ...«

»... und die Brosche gehörte dem Grafen, ich weiß, ich weiß ... Mein Gott, Ingegnere, weshalb haben wir uns nur so einen Beruf ausgesucht? Können Sie mir das vielleicht mal sagen?«

De Luca lächelte. »Weil wir neugierig sind«, sagte er. Leonardi zog erstaunt eine Augenbraue hoch, dann zuckte er die Achseln.

»Na ja ...«, murmelte er, »eigentlich können zwei, drei Worte mit Sangiorgi nicht schaden ... Nur so, in aller Freundschaft ...«

5

Sangiorgi war klein und drahtig. Obwohl er noch jung wirkte, hatte er schon ganz weiße Haare. Er war gerade dabei, gelöschten Kalk in eine Schubkarre zu schaufeln, und schlug dabei jedesmal mit der Schaufel gegen den Rand, damit der Staub sich vom Eisen löste. Leonardi mußte zweimal rufen, denn der Brennofen und das Scheppern waren so laut, daß man ihn kaum hörte.

»Hallo, Guido ...«, sagte Sangiorgi. Er rammte die Schaufel in die volle Schubkarre und löste das Tuch, das er um den Hals trug, um sich damit den Schweiß abzuwischen. Dann zeigte er auf einen Stuhl, der bei einem Schuppen stand. An der Lehne hing eine Basttasche, aus der der Hals einer Weinflache herausschaute.

»Es macht sowieso keinen Unterschied«, sagte er, »auch wenn ich eine Pause mache. Ich hab keine Säcke, in die ich das Zeug füllen kann, ich hab den Kalk, aber ich hab keine Säcke, also kann ich zur Zeit immer nur eine Schubkarre vollschaufeln. So kann man doch nicht arbeiten!«

Er zog die Flasche hervor, goß einen kleinen Schluck Weißwein in ein Glas, schwenkte es mit einer schnellen Handbewegung ein paarmal im Kreis, um es auszuspülen, goß die Flüssigkeit dann auf den Boden und füllte das Glas erneut, diesmal bis zur Hälfte. Er hielt es Leonardi hin, der auf De Luca zeigte.

»Zuerst der Ingegnere«, sagte er.

»Oh, tut mir leid … Ingegnere, stimmt's? Haben Sie meinen Brennofen gesehen? Wie finden Sie ihn?«

»Schön«, sagte De Luca und führte sofort das Glas zum Mund, weil er nichts anderes zu sagen wußte.

»Der Ofen gehört zu den wenigen Dingen, die den Krieg überstanden haben, denn sonst fehlt es hier an allem, das halbe Dorf hat bei den Bombardierungen dran glauben müssen, und den Rest haben die Deutschen mitgenommen. Und was dann noch übrig war, an sich schon ein kleines Wunder, das bißchen, das haben die Polen sich geschnappt, das muß auch mal gesagt werden … Zum Beispiel die Jutesäcke, soll sie doch der Schlag treffen … geben Sie mir auch mal einen Schluck, Ingegnere, sonst werd ich gleich fuchsteufelswild, und mein Blutdruck steigt.«

Er goß das Glas wieder voll, während De Luca sich eine Hand auf den Magen preßte, denn er verspürte plötzlich einen stechenden Schmerz und mußte die Zähne zusammenbeißen. Leonardi bemerkte das gar nicht. Er wartete darauf, daß Sangiorgi ausgetrunken hatte, und übernahm dann von ihm das Glas.

»Ich wollte dich übrigens was fragen«, sagte er

ganz nebenbei, als wäre es überhaupt nicht wichtig.
»Über den Grafen.«

Sangiorgi unterbrach sich beim Weineinschenken und richtete die Flasche auf.

»Schuft von einem Grafen«, sagte er mit ernster Miene.

Leonardi nickte.

»Ja, klar, ein Schwein und ein Faschist ... aber ich wollte dich trotzdem mal was fragen. Wie ist das damals an dem Abend eigentlich gelaufen? Was ist da passiert?«

Sangiorgi warf De Luca einen kurzen Blick zu, dann fixierte er Leonardi, der arglos lächelte.

»Was ist? Schenkst du mir etwa nichts ein?«

»Ich weiß nicht ... ich weiß noch nicht, ob ich dir etwas zu trinken geb. Was ist los, Guido, willst du mich reinlegen?«

Leonardi schüttelte den Kopf. Er griff nach der Flasche und füllte das Glas.

»Du kennst mich doch«, sagte er. »Wir waren zusammen eine Woche lang in diesem Versteck, weißt du noch, völlig abgeschnitten, um uns herum nur die Deutschen ... Und wer hat dich getragen, als du dir das Bein gebrochen hast?«

Sangiorgi seufzte, es war ein kurzer Seufzer, der ihm über die Lippen kam wie eine Klage.

»Ja ... ich weiß ... aber der da? Dich kenn ich, aber den da kenn ich nicht ...«

Leonardi legte De Luca eine Hand auf die Schulter und schüttelte ihn. De Luca, der nicht darauf gefaßt war, taumelte und machte einen Schritt zur Seite, um nicht hinzufallen.

»Dafür kenne ich ihn, den Ingegnere ... Du kannst mir vertrauen, Sangio, ich bürge für ihn. Was du sagst, bleibt unter uns.«

»Heilige Mutter Gottes, Guido«, raunte Sangiorgi, »was für Geschichten du da nur wieder ausgräbst ...« Er setzte sich auf den Stuhl, die Flasche in der einen Hand, das Glas in der anderen. »Und außerdem ... weiß ich ja auch gar nichts über diese Sache. Nur, daß es nicht so war wie sonst. Am Anfang schon, wir sind mit dem Motorrad hingefahren und mit einem Auto, einem Topolino, um diesen Schuft von Spion einladen zu können, aber dann ... dann ist irgendwas passiert.«

»Wer war alles mit dabei?« fragte De Luca, und Leonardi warf ihm einen mahnenden Blick zu, aber Sangiorgi redete schon weiter und schüttelte immer wieder den Kopf.

»Die üblichen ... Pietrino und ich auf dem Motorrad. Und natürlich Carnera.«

De Luca hatte schon den Mund aufgemacht, um etwas zu sagen, aber Leonardi drückte seinen Arm, so kräftig, daß es fast weh tat.

»Pietrino hat die Linina unten in der Küche eingesperrt«, fuhr Sangiorgi fort, »und ich bin los, um mich um die Hunde zu kümmern, denn Carnera konnte den Grafen ohne Probleme alleine runtertragen, er ging also rauf ... Und plötzlich kommt Carnera wieder runter und sagt, wir sollen abhauen.

56

Wieso denn, sag ich, wir müssen doch auf den Lastwagen warten, um das Zeug einzuladen, das im Dorf
gebraucht wird – und er: Nein, das mit dem Lastwagen könnt ihr morgen machen, schnapp dir Pietrino,
steig aufs Motorrad und zieh Leine … Du weißt ja,
wie Carnera ist, wenn er was befiehlt, muß man ge-
horchen. Also sind wir abgehauen, und mehr weiß
ich auch nicht.«

»Und du hast hinterher nie gefragt, was da passiert
war?«

Sangiorgi hob den Kopf und warf Leonardi einen
bösen Blick zu. »Wieso, hast du etwa gefragt? Außerdem hab ich es sogar versucht … Ich hab Pietrino gefragt, am nächsten Tag, und er hat gesagt, wenn man
sich in bestimmte Sachen einmischt, hat man irgendwann ein Loch im Kopf. Da hab ich gesagt: Ciao und
auf Wiedersehen und danke bestens und viele Grüße.«
Er schenkte sich Wein ein, hob das Glas, wie um einen
Trinkspruch auszubringen, und leerte es dann in
einem Zug. De Luca winkte Leonardi zu sich heran.

»Was ist das für eine Geschichte mit dem Lastwagen?« flüsterte er. Sangiorgi hörte es jedoch und
sprang wie von der Tarantel gestochen auf.

»Wieso?« fragte er. »Hat sich jemand beschwert?
Wir haben das alles wie immer erledigt … Frag Piera,
die hat alle Quittungen im Parteibüro gesammelt!«

Leonardi hob abwehrend die Hände und nickte.
»Klar doch, klar doch, das bezweifelt ja auch
niemand … Der Ingegnere kennt sich einfach mit gewissen Gepflogenheiten bei uns nicht aus. Sehen Sie,

der Besitz der hingerichteten Faschisten wird unter den Familien aufgeteilt, die es nötig haben ... als eine Art Wiedergutmachung für den Krieg. Dafür ist ein spezielles Komitee zuständig, und Sangiorgi ist der Vorsitzende.«

»Dann wissen wir ja, wer die Brosche bekommen hat.«

Leonardi schnippte mit den Fingern. »Stimmt!« sagte er und drehte sich schwungvoll zu Sangiorgi um, hielt jedoch inne, als er dessen erstauntes Gesicht sah.

»Was für eine Brosche?« fragte Sangiorgi.

»Die Brosche des Grafen ...«

»Da war keine Brosche.«

De Luca sah Leonardi an, der bleich geworden war und Sangiorgi anstarrte.

»Da waren zwei Schränke, ein paar Gewehre, Geld und Bücher, die alle an die Bibliothek gegangen sind, aber keine einzige Brosche.«

»Sind Sie sicher?« fragte De Luca. Sangiorgi warf sich in die Brust und schob mit aggressiver Miene das Kinn vor. Fast schien es, als wäre er ein paar Zentimeter gewachsen.

»Natürlich bin ich mir sicher!« sagte er. Leonardi hielt den Arm vor De Luca, als wollte er die beiden auf Abstand halten.

»Schon gut, Sangio, schon gut ... alles in Ordnung. Wir haben uns einfach getäuscht. Gehen wir, Ingegnere ...« Er schob ihn weiter, aber De Luca sperrte sich.

»Moment mal«, sagte er. »Da fehlt doch noch einer, der, den das Hausmädchen gesehen hat ... Von dem hat er noch gar nichts gesagt.«

»Ach ja richtig, Baroncini ... Hör mal, Sangio, wo war eigentlich Baroncini?«

Sangiorgi zuckte die Achseln. »Woher soll ich das denn wissen? Bei uns war er jedenfalls nicht ... Carnera hat ihn nie in seinem GAP* haben wollen, und das war auch gut so, denn Baroncini war ein mieser Kerl ... Aber das klingt jetzt so, als ob ich neidisch bin, weil er sich zwei neue Lastwagen gekauft hat und ich immer noch hier rumstehe und Schubkarren vollschippe ...« Er drückte den Korken wieder in die Flasche und steckte sie zusammen mit dem Glas in die Tasche, dann gab er dem Mann, der reglos mit einem Eimer in der Hand neben der Schubkarre stand, ein Zeichen. Er machte zwei Schritte, dann blieb er stehen und drehte sich zu Leonardi um.

»Und tu mir einen Gefallen, Guido, einen großen Gefallen ... Laß dich hier nicht mehr blicken.«

Leonardi, der hinter dem Steuer saß, hatte die Lippen aufeinandergepreßt und die Augenbrauen finster zusammengezogen. Er starrte auf irgendeinen Punkt auf der Motorhaube des Jeeps. De Luca blickte hingegen nach oben und strich sich gedankenverloren über das Kinn, als lausche er dem Geräusch der Finger, die über die Bartstoppeln fuhren. Plötzlich riß

* Gruppo di Azione Patriottica

59

Leonardi einen Arm hoch und ließ die Faust aufs Lenkrad sausen. De Luca fuhr zusammen.

»Was ist los?« fragte er alarmiert.

»Nichts, gar nichts ... ich denke nur ein bißchen nach.« Leonardi beugte sich vor zum Armaturenbrett und griff zum Schlüssel, setzte sich dann jedoch unvermittelt wieder auf, ohne den Motor anzulassen. »So geht es nicht, Ingegnere, so geht es einfach nicht ... Diese Geschichte wird mir zu kompliziert. Dabei sah es am Anfang nach einem einfachen Raubüberfall aus, Jesusmariaundjosef!«

»Es ist ja auch einer«, murmelte De Luca, den eigenen Gedanken folgend. »Denn die Guerras sind ja wegen dieser Brosche ermordet worden, vielmehr ist Delmo wegen dieser Brosche gefoltert und ermordet worden, und die anderen nur deshalb, weil sie zufällig auch gerade da waren. Die Frage lautet also: *Woher hatte er die Brosche?* Dieser Carnera ...«

»Vergessen Sie Carnera, Ingegnere, das habe ich Ihnen doch schon mal gesagt.«

»Also gut, vergessen wir ihn ... aber der andere, dieser Pietrino ...«

»Vergessen Sie auch Pietrino, Ingegnere.«

»Vergessen wir auch Pietrino ... Gut, dann sage ich Ihnen jetzt, was passiert ist: Eines Morgens ist Delmo Guerra aufgewacht und hat entdeckt, daß die Zahnfee ihm eine wunderschöne Brosche unter das Kopfkissen gelegt hat...«

»O nein, nicht doch!«

»O nein, nicht doch ... Wie wollen Sie diesen Fall

denn lösen, wenn Sie von vornherein alle Verdächtigen ausschließen? Brigadiere Leonardi, diese Brosche ist aus dem Grund nie bei diesem Komitee gelandet, weil jemand sie sich in die eigene Tasche gesteckt hat!«

»Mist!« rief Leonardi und ließ erneut die Faust aufs Lenkrad saußen, mit solcher Wucht, daß sie abglitt und er sich am Armaturenbrett die Hand aufschnitt.

»Ganz Ihrer Meinung, Brigadiere, da bin ich ganz Ihrer Meinung«, murmelte De Luca. Er sah Leonardi zu, wie er sich das Blut von der verletzten Hand lutschte. Dann sagte er: »Also?«

»Also was?«

»Haben Sie die Absicht, die Ermittlungen weiterzuführen? Wenn Sie den Carabinieri etwas Konkretes liefern wollen ...«

Leonardi warf ihm von der Seite einen finsteren, hämischen Blick zu.

»Ich habe auch jetzt schon etwas Konkretes, das ich den Carabinieri liefern kann, Ingegnere«, entgegnete er und ließ den Motor an, während De Luca wie versteinert auf dem Beifahrersitz saß und kein Wort mehr herausbrachte.

6

Den ganzen Tag über blieb er auf seinem Zimmer in der Osteria, lag reglos der Länge nach auf dem Bett, die Arme neben dem Körper, und starrte zu den abgeschliffenen Balken an der Decke. Von Zeit zu Zeit schälte sich aus der Unsumme der Gedanken, die ihm durch den Kopf schwirrten, der eine oder andere heraus und versuchte, mit Hilfe eines konkreten Details an die Oberfläche zu gelangen, was De Luca wildes Herzklopfen bereitete. Dann schloß er die Augen, schüttelte den Kopf, setzte sich auf und bedeckte das Gesicht mit den Händen, oder aber er lehnte die Stirn an die Fensterscheibe, ohne jedoch hinauszublicken, und hätte im selben Moment am liebsten die Waschschüssel gegen die Wand geschleudert und die Tür eingetreten, doch kaum war dieser Augenblick vergangen, streckte er sich wieder der Länge nach auf dem Bett aus, blieb reglos so liegen und starrte zur Decke. Er dachte an damals, als er noch ein Kind gewesen war und es im dunklen Zimmer plötzlich irgendwo geknistert hatte und die Alpträume nur darauf warteten, über ihn herzufallen, damals hatte es schon genügt, sich das Bettuch über den Kopf zu ziehen und mit fest geschlossenen Augen bis zum Morgengrauen auszuharren, bis die Sonne die Fenster in erstes Licht tauchte und einen befreienden Erschöpfungsschlaf bereithielt, kurz bevor dann Mama mit der Milch hereinkam und er zur Schule mußte. Und wenn sie dennoch über ihn hergefallen wären? Wenn eine Kralle ihm mit einem Ruck das Bettuch weggezogen und ihn mit sich in die Dunkelheit gerissen hätte, oder wenn eine tonnenschwere Hand ihn im Bett zerquetscht hätte und er von den Monstern des Schlafs getötet worden wäre … De Luca kniff die Augen fest zusammen und warf heftig den Kopf auf dem Kissen hin und her, denn erneut schlug ihm die Angst auf den Magen, gefolgt von einem durchdringenden, mächtigen, eisigen Frösteln, das alles andere auslöschte.

Kurz zuvor – oder aber vor einer ganzen Weile, denn ohne Uhr hatte er die Zeit noch nie richtig abzuschätzen vermocht – hatte er gedacht, daß es vielleicht besser wäre, die Sache mit Leonardi und seinem schrägen Lächeln mit Hilfe der Carabinieri so rasch wie möglich zu beenden, oder noch schlimmer, einfach Schluß zu machen mit dieser absurden Situation als unentdeckter, zur Reglosigkeit verdammter, ohnmächtiger Gefangener. Doch dann hatte jemand an die Tür geklopft, und starr vor Entsetzen hatte er die Zähne zusammengebissen, sein Herz hatte gerast, auch wenn es dann doch nur die Tedeschina gewesen war, die sich erkundigte, ob er zum Essen herunterkommen würde. Er hatte ihr nicht einmal antworten können und sich nicht gerührt, bis ein trockener und übermächtiger Brechreiz seines leeren Magens ihn zur Waschschüssel stürzen ließ und er vergeblich den Mund über dem abgestandenen Wasser aufriß.

Als er schließlich nach unten ging, war es schon fast Abend. Er war davon ausgegangen, das Zimmer mit dem Kamin leer vorzufinden, wie am Abend zuvor, in diesem stillen, beruhigenden Halbschatten, doch statt dessen war er bereits auf der Türschwelle überrascht stehengeblieben, denn alle Tische waren besetzt, und der Raum war voll mit Leuten, Rauch und einem immensen Stimmengewirr, das er erst jetzt richtig wahrnahm. Zögernd und verlegen stand er in der Tür, unentschlossen, ob er nicht lieber kehrtmachen und wieder gehen sollte, doch mittlerweile hatte man ihn bemerkt, und der eine oder andere drehte sich zu ihm um. Tedeschinas Mama nahm ihm die Entscheidung ab, denn sie schob ihn unhöflich von hinten ins Zimmer, weil sie vorbeiwollte.

»Oh!« sagte ein Mann mit Brille und zeigte auf ihn. »Das muß der Ingegnere sein!«

De Luca warf einen verstohlenen Blick hinter sich, doch der Mann war schon aufgestanden und rückte ihm einen Stuhl an der Ecke des Tisches zurecht.

»Setzen Sie sich zu uns, Ingegnere, wir trinken ein Gläschen unter Freunden, um mit Carlino zu feiern, der heute aus Rußland zurückgekommen ist!«

De Luca schüttelte ihm die Hand, setzte sich dazu und murmelte mit gesenktem Blick »angenehm« bei jedem Namen, der ihm genannt wurde.

»Veniero Bedeschi, Präsident der ANPI* von Sant'Alberto, Meo Ravaglia, Franco Ricci, Carlino … und Learco Padovani, genannt Carnera.«

De Luca blickte schlagartig hoch und bemerkte erst jetzt, daß ihm direkt gegenüber am anderen Ende des Tisches der große Mann mit dem hageren Gesicht und der Hakennase saß, den er an diesem Morgen bereits gesehen hatte. Der Mann starrte ihn an – derselbe Blick wie im Seitenspiegel des Jeeps, schwarze, stechende, böse Augen, genauso wie die Augen der Tedeschina. De Luca fröstelte.

»Wissen Sie, daß auch ich an der Universität Ingenieurwissenschaften studiert habe«, sagte der Mann mit der Brille namens Savioli oder Saviotti, wenn De Luca richtig verstanden hatte, war er der Bürgermeister. »Ich wollte mich eigentlich auf Eisenbahntechnik spezialisieren, aber dann kam der Krieg und dann die Resistenza, und ich mußte das Studium abbrechen. Ist Ihr Fachgebiet auch Eisenbahntechnik?«

»Nein. Mechanik«, antwortete De Luca ausweichend.

»Ach, wie schade. Sonst hätte ich mich gern mit Ihnen über …«

»Was führt Sie ausgerechnet in diese Gegend?« un-

* Associazione Nazionale Partigiani d'Italia

terbrach ihn Carnera. Er hatte eine dieser tiefen, klaren, sehr markanten Stimmen, die alle anderen Stimmen sofort übertönen. De Luca versteckte seine Hände unter dem Tisch, damit keiner sah, wie nervös er war.

»Ich bin auf der Durchreise«, sagte er. »Ich komme aus Bologna und bleibe ein paar Tage hier, um ...«

»Auf der Durchreise wohin?«

»Erst nach Rimini, dann nach Rom. Ich habe dort Arbeit gefunden, und ...«

»Weshalb sind Sie nicht mit dem Zug gefahren?«

»Also, ich ...«

»Learco, bitte ...«, versuchte der Bürgermeister sich einzuschalten, aber Carnera würdigte ihn keines Blickes.

»Haben Sie einen Ausweis?«

»Also, ich ...«

»Learco ...«

»Zeigen Sie mir Ihren Ausweis.«

»Mein Gott, Learco!« Bedeschi, der Präsident der ANPI, hob abwehrend die Hand. »Wir haben schon Guido, der die Polizeistation leitet! Überlaß ihm doch bitte diese Arbeit!«

Carnera erwiderte nichts, doch er nahm De Luca weiterhin ins Visier, der seinerseits angestrengt zu lächeln versuchte und um den Schein zu wahren nach dem Glas Rotwein griff, das einer der anderen Männer, die neben ihm saßen, ihm eingeschenkt hatte.

»He, Ingegnere, sagte Savioli oder Saviotti, »Sie

sollten lieber hier bei uns arbeiten statt in Rom! Hier gibt es nämlich wirklich viel zu tun … Die Front kam direkt am Fluß zum Stehen, und zwei Monate lang haben wir uns sämtliche Kanonen eingefangen, von den Deutschen, den Engländern und den Polen. Im ganzen Dorf gab es keine einzige heile Fensterscheibe mehr. Aber wir haben kräftig zugepackt … Haben Sie schon die Schule gesehen, Ingegnere? Wir sind dabei, sie ganz allein wieder aufzubauen, mit den Geldern der Kooperative.«

»Tatsächlich?« fragte De Luca mit übertriebenem Interesse. Aber da war Carnera, der ihn vom anderen Ende des Tisches her anstarrte, und er spürte es, auch wenn er nicht zu ihm hinüberblickte, er sah aus den Augenwinkeln, wie Carnera sich schwer auf das Holz der Tischplatte stützte, sah seine Arme mit den riesigen Händen, die breiten Schultern und den bulligen Hals, das hagere, schmale Gesicht und die dunkle Haut. De Luca knetete unter dem Tisch die Hände, bis sie ihm wehtaten.

»Und das ist erst der Anfang, Ingegnere«, sagte Bedeschi, der Mann mit den weißen Haaren und einem feinen, schmalen Oberlippenbart. »Ein Jahr noch, und Sant'Alberto wird es besser gehen als je zuvor. Und wissen Sie auch weshalb? Weil wir hier alle zusammenhalten. Ich kenne ja Ihre politischen Ansichten nicht, Ingegnere …«

»Ich interessiere mich nicht für Politik«, beeilte De Luca sich zu sagen. Bedeschi nickte mit ernster Miene.

»Ich ja auch nicht, wenn das bedeutet, daß man immer nur Reden schwingt, und das war's, aber wenn Politikmachen bedeutet, die Zukunft zu planen, dann ist das jetzt genau der richtige Moment, denn jetzt, wo wir die Faschisten und die Deutschen davongejagt haben, kommt es darauf an, alles wieder aufzubauen. Da sind wir uns doch einig, was, Ingegnere?«

De Luca zuckte verlegen die Schultern. »Also, ich ...«, setzte er an, aber Carneras tiefe Stimme übertönte ihn und übertönte auch den diffusen Lärm, der im Raum lag.

»Weg mit den Faschisten und weg mit den Deutschen, bravo! Und jetzt, wo alles vorbei ist, können wir wieder nach Hause gehen. Wie nennst du das, Savioli? *Normalisierung* ...«

»Der Krieg ist vorbei, Learco ...«, sagte der Bürgermeister scharf, und seine Stimme bebte.

»Ach ja, ist er vorbei? Das habe ich noch gar nicht gemerkt ... Denn ich für meinen Teil sehe genau dieselben Leute herumlaufen wie vorher, hier genauso wie in Rom, immer noch dieselben Arschgesichter und Priesterfressen. Da braucht man nur solche Betonköpfe wie euch, die bestimmte Reden schwingen!« – er stieß dem Mann, der neben ihm saß, die geballte Faust vor die Stirn und sah dabei unentwegt den Bürgermeister an, der instinktiv den Kopf einzog.

»Es wird schon noch alles anders werden, Learco«, sagte Bedeschi mit einem nachsichtigen Lächeln, »du wirst schon sehen, alles wird anders, und sogar sehr bald ... aber dazu brauchen wir das richtige System.«

»Wenn es nur das ist, das habe ich schon lange«, Carnera klopfte sich in Höhe des Gürtels auf die Jacke, »und ich komme sehr gut damit klar.«

Der Bürgermeister zog eine der Länge nach zusammengefaltete Zeitung aus der Jackettasche und wedelte damit in der Luft.

»In der *Unità* von heute«, sagte er, »steht ein Kommentar von Togliatti, und er sagt da: *Wir wollen einen starken, wohlgeordneten, demokratischen Staat mit einem einzigen Heer und einer einzigen Polizei* ...«

Carnera stemmte sich hoch, riß dem Bürgermeister die Zeitung aus der Hand und schleuderte sie auf den Tisch. De Luca fing sie im Flug auf und verhinderte so, daß sein Weinglas umfiel.

»Soll Togliatti doch kommen!« tobte Carnera, »auch ich kann ihm eine schöne Rede halten, unserem Palmiro! Wenn er meine Pistole unbedingt haben will, da ist sie! Soll er doch kommen und sie sich holen!« Er griff in seine Jacke, zog eine Pistole hervor und knallte sie flach auf den Tisch.

»Mit dir kann man wirklich nicht reden!« zischte der Bürgermeister und drückte sich starr gegen die Stuhllehne. De Luca schluckte und fühlte sich zunehmend unbehaglich. Auch wenn Bedeschi beschwichtigend mit den Händen fuchtelte, heizte die Atmosphäre sich mehr und mehr auf, und De Luca hatte Angst. Er wäre gern aufgestanden und weggegangen, aber das war völlig unmöglich. Also schlug er die Zeitung auf, überflog die fettgedruckten Überschriften und tat so, als würde er sich für die neuesten Meldungen interessieren. *Kongreß des CLN beendet: Norditalien votiert für eine Konstitutionelle Republik* – und weiter unten: *Heute um 15.30 Uhr in der Bucht von Tokio Unterzeichnung der japanischen Kapitulation* – und dann: *Siebter November: eine Erzählung von Vasco Pratolini – Die ersten italienischen Kriegsgefangenen kehren aus Rußland heim, Volksfest* ... Er blätterte um, stutzte bei: *Eifersuchtsdelikt: Kopf des Ehemanns mit Eisenstange zerschmettert,* und wollte gerade mit echtem Interesse weiterlesen, als eine einzelne Notiz links unten auf der Seite seine Aufmerksamkeit erregte. Seine Augen hatten den Titel schon erfaßt, noch bevor es seinem Gehirn gelang, die einzelnen Worte zu entziffern: FASCHISTISCHER HENKER VERHAFTET, stand dort in großen Druckbuchstaben, und darunter kursiv: *Capitano Rassetto in Pavia aufgestöbert. Wie viele andere Kriminelle aus der Squadra Politica verstecken sich noch?*

Hastig schlug De Luca die Zeitung wieder zu, so hastig, daß die Seite einriß. Carnera hörte auf zu reden und sah ihn aufmerksam an. Bedeschi legte ihm die Hand auf den Arm.

»Was ist los, Ingegnere, fühlen Sie sich nicht wohl? Sie sehen ja ganz blaß aus ...«

»Es ist nichts weiter«, sagte De Luca, »nur mein Blutdruck und die Hitze ...«

»Dann trinken Sie doch ein Glas Wein!«

Sie schenkten ihm ein Glas Rotwein ein, und obwohl er den Kopf schüttelte, blieb ihm keine andere Wahl, als zu trinken, denn Carlino drückte ihm den Ellbogen hoch, damit er das Glas leerte. Carnera grinste und ließ ihn nicht aus den Augen. Er beugte sich über den Tisch und schenkte ihm das Glas wieder voll, und als De Luca es wegziehen wollte, schenkte er auch den anderen nach und hob das Glas.

»Auf das Volk«, sagte er. »Auf das Volk«, wiederholte De Luca im Chor mit den anderen und trank. Kaum hatte er das Glas wieder auf den Tisch gestellt, war es auch schon wieder voll.

»Auf den Fortschritt«, sagte der Bürgermeister, und De Luca wiederholte: »Auf den Fortschritt.« Im Handumdrehen war sein Glas wieder gefüllt.

»Auf Carlino, der heute aus Rußland zurückgekommen ist«, sagte Bedeschi.

»Ja, auf Carlino!«

»Jetzt sind Sie an der Reihe, Ingegnere«, sagte Carnera und schob ihm die Flasche hin. »Bringen Sie einen Trinkspruch aus, wir sind ganz Ohr.«

De Luca nahm die Flasche, aber er rutschte am Glas ab, und es gelang ihm gerade noch, sie am Hals zu packen, ehe sie ihm aus der Hand rutschte. Ihm drehte sich alles. Das Stimmengewirr im Raum war lauter geworden, fast unerträglich, und der Rauch kam ihm vor wie dichter Nebel, der alles umhüllte. Carnera starrte ihn von fern aus seinen bösen Augen an.

»Auf die Gesundheit«, konnte De Luca gerade

noch sagen, dann kippte er nach hinten weg und war mit dem Stuhl umgestürzt, bevor die anderen ihn festhalten konnten.

Als er zu sich kam, spürte er einen stechenden Schmerz, als hätte er einen Schlag auf den Kopf bekommen, der ihm in den Ohren dröhnte – in dem deutlichen Gefühl, blutüberströmt zu sein, riß er die Augen auf. In Wirklichkeit saß er unversehrt auf dem Bett, und die Tedeschina versuchte, ihn aufrecht zu halten.

»Wenn Sie immer wieder umkippen, schlagen Sie sich noch den Kopf auf, Ingegnere. Wieso trinken Sie überhaupt, wenn Sie es nicht vertragen?«

»O Gott«, murmelte De Luca. Er schloß die Augen, ließ das Kinn auf die Brust sinken, doch sie hob ihm unsanft den Kopf.

»Sitzengeblieben, Ingegnere, wie soll ich Ihnen sonst das Hemd ausziehen? Wollen Sie etwa in voller Montur ins Bett gehen?«

Gehorsam wie ein Kind hob De Luca das Kinn und hielt auch das Kitzeln ihrer Finger aus, die sich flink am Hemdkragen zu schaffen machten. Endlich hatte die Tedeschina ihm das Hemd aufgeknöpft, zog es mit einem Ruck aus der Hose und versuchte dann, seine Arme hochzuheben, um ihm auch die Ärmel auszuziehen, aber er verlor das Gleichgewicht und fiel hintenüber quer über das Bett.

»Na bravo«, sagte sie schroff, »dann bleiben Sie eben so liegen und gute Nacht auch!«

De Luca hörte das Klappern ihrer Holzpantinen, die sich entfernten, und versuchte, sich aufzurichten. Er wollte nicht mutterseelenallein so liegenbleiben, den Kopf über der Bettkante hängend, in diesem Zimmer, das sich um ihn drehte.

»Francesca« lallte er. »Francesca ...«

Die Tür, die soeben ins Schloß gefallen war, wurde wieder geöffnet. Mit einem Seufzer krabbelte Francesca auf das Bett und kniete sich neben ihn. Sie begann, an einem der Ärmel zu zerren, bis sie ihn ausgezogen hatte, dann sah sie plötzlich hoch und erblickte sich im Spiegel des Schranks neben dem Bett.

»Guck mal!« sagte sie überrascht, mit einer fast kindlichen Überraschung, die sie lächeln ließ, ganz ungezwungen lächeln ließ. Auch De Luca hob den Kopf und sah sich im Spiegel, ein bleiches, unrasiertes Gesicht mit zerzausten Haaren und weit aufgerissenen Augen wie bei einer Eule. Während sie sich betrachtete, drückte die Tedeschina die Brust heraus, strich sich die Bluse über den Hüften glatt, warf den Kopf in den Nacken und drehte sich nach rechts und links.

»Du bist schön«, sagte De Luca ohne Hintergedanken, sie zuckte die Schultern und faßte sich an die kurzen Haare.

»Du bist trotzdem schön«, sagte er, »auch so.«

Sie sah ihn gleichgültig an, und er wurde verlegen, halb betrunken und halb ausgezogen wie er war, einfach lächerlich. Er versuchte, sich das Hemd nun völlig auszuziehen, aber sein ganzes Gewicht lag auf dem falschen Ellbogen. Die Tedeschina lächelte, dann beugte sie sich über ihn und schob ihm einen Arm unter den Rücken, um ihn aufzurichten und ihm auch den zweiten Ärmel auszuziehen. Ihre Bluse war am Ausschnitt aufgeknöpft, und De Luca spürte ihren warmen, intensiven, ein wenig herben Duft und erschauderte mit einem Seufzer. Ihr entging das nicht.

»Für gewisse Dinge scheinst du mir nicht gerade in Form zu sein«, sagte sie hämisch, »außerdem, wenn Carnera das erfährt, bringt er dich um.«

»Jetzt reicht's aber mit diesem Carnera!«

De Luca fuhr so ruckartig hoch, daß ihm kurz die Luft wegblieb. Er schob sich auf dem Bett hoch bis zum Kopfkissen, bis er mit den Schultern am Kopfende des Bettes lehnte. Sie blieb, wo sie war, und betrachtete ihn, auf die Arme gestützt, die Knie abgewinkelt.

»Er wollte nicht, daß ich hier oben bei dir bleibe«, sagte sie. »Als du umgekippt bist, hat er dich raufgetragen, aufs Bett geworfen und dann die Tür wieder zugemacht. Aber ich bin trotzdem gekommen.«

»Danke. Und weshalb bist du zurückgekommen?«

Die Tedeschina zuckte die Achseln. »Deshalb. Ich mach das, was mir gefällt. Und mit wem es mir gefällt.«

»Auch mit den Deutschen.«

»Mit wem ich gerade Lust habe ... mich hat noch keiner gekauft. Einmal hat er mir ein Geschenk gemacht ...«

»Der Deutsche?«

Sie streckte ein Bein vor und versetzte ihm mit dem Fuß derb einen Stoß. »Nicht der Deutsche ... Carnera. Aber ich hab's in den Fluß geworfen. Ich will mich nicht binden, ich bin frei.«

»Gut so, Francesca«, seufzte De Luca müde und lehnte den Kopf an das Kopfteil des Bettes, »gut so, Francesca. Du weißt wenigstens, wer du bist und was du willst. Ich dagegen, ich weiß nicht einmal mehr das. Ich weiß überhaupt nichts mehr. Nicht einmal, ob ich morgen noch am Leben bin.« Er schloß die Augen und dachte, daß er so vielleicht würde einschlafen können, aber sie bewegte sich, und das Bettlaken raschelte, sie kroch nah zu ihm heran, so nah, daß er ihren frischen Atem an seinem Ohr spürte.

»Geh weg, bitte«, murmelte er und drückte den Kopf gegen die Schulter, um nicht dieses ständige Kitzeln zu spüren, das ihm einen Schauer nach dem anderen über den Rücken jagte.

»Ich mach das, was ich will«, sagte die Tedeschina. Sie legte ihm die flache Hand auf die Brust, eine kalte, rauhe Liebkosung, die Hand glitt hinunter zu seinem Bauch, sein Atem beschleunigte sich, er zitterte, als hätte er Fieber.

»Bitte«, murmelte De Luca mit geschlossenen Augen, »bitte, Francesca, bitte ... ich bin schmutzig und müde und verzweifelt, ich habe seit zwei Tagen nichts mehr gegessen und zittere wie Espenlaub ... und außerdem gefalle ich dir überhaupt nicht. Warum nur? Warum?«

»Darum«, sagte sie. Sie nahm seine eine Hand und führte sie zwischen den offenen Knöpfen unter ihre Bluse, dann nahm sie die andere und drückte sie zwischen ihre glatten, jungen Schenkel. De Luca öffnete die Augen und stöhnte leise auf. Er knetete den warmen Stoff ihrer Hose, drehte ihr Gesicht zu seinem und versuchte, sie auf den Mund zu küssen, doch sie entwand sich ihm blitzschnell. Sie drückte ihn aufs Bett, öffnete seine Hose und griff nach ihm, so daß er laut aufstöhnte. Dann streifte sie ihre eigene Hose ab und schleuderte sie mit einem Tritt von sich. Sie setzte sich rittlings auf ihn, und während er noch »Francesca, o Gott, Francesca« murmelte, begann sie sich schnell auf ihm zu bewegen, starrte mit vorgerecktem Kinn aus ihren kalten, bösen Augen auf ihn herab, starrte ihn unentwegt an.

7

Nicht Leonardi war an diesem Morgen gekommen, um ihn abzuholen, sondern einer seiner Polizisten, ein dünner junger Mann mit verträumtem Blick, der ihn vor dem Rathaus absetzte. De Luca hatte das Gebäude betreten und war nach wenigen Schritten im Flur stehengeblieben, weil er nicht wußte, wohin er sich wenden sollte, bis Savioli, der Bürgermeister, mit der Brille in der Hand aus einer der Türen getreten war. Er putzte gerade mit einem Taschentuch die Brillengläser, und erst als er damit fertig war, bemerkte er De Luca.

»Oh, guten Morgen, Ingegnere ... Wie fühlen Sie sich?«

»Gut«, sagte De Luca, auch wenn das gar nicht stimmte. »Ich suche Brigadiere Leonardi ...«

Savioli mußte unwillkürlich lächeln, was er zu unterdrücken versuchte, indem er die Lippen schürzte und die Augen halb zuklappte. De Luca entging das keineswegs, und er fühlte sich unwohl.

»Da entlang«, sagte der Bürgermeister und zeigte auf die Tür, durch die er soeben getreten war, dann streckte er ihm schnell die Hand hin. »Ich will Ihnen nicht Ihre Zeit stehlen«, sagte er halblaut, während er ihm die Hand schüttelte, »aber ich kann Ihnen versichern, daß ich auf Ihrer Seite stehe und schon immer gestanden habe. Meine Hochachtung!«

De Luca nickte verwirrt und ging den Flur hinunter, während Savioli ihm noch eine Weile nachblickte. De Luca hatte kein Wort von dem verstanden, was der Bürgermeister zu ihm gesagt hatte, aber er hatte einen gehörigen Schreck bekommen. Er öffnete die Tür zu Leonardis Büro, ohne anzuklopfen. Leonardi hob den Kopf von einer Reihe Papiere, die vor ihm ausgebreitet auf dem Schreibtisch lagen.

»Ich habe gerade den Bürgermeister getroffen, der ...«, begann De Luca, aber Leonardi unterbrach ihn mit säuerlicher Miene.

»Ausgezeichnet, Ingegnere! Wirklich ausgezeichnet!«

De Luca runzelte die Stirn. »Wie bitte?« fragte er.

»Hervorragende Idee, es mit der Tedeschina zu treiben, Kompliment! Carnera wird begeistert sein! Ich lasse Sie nur eine Minute allein, und schon gibt es ein einziges Durcheinander, Sie besaufen sich, Sie fallen vom Stuhl ...«

»Woher wissen Sie das?«

»Machen Sie sich nicht lächerlich ... es waren doch alle dabei, in der Osteria!«

»Nein, ich meine das mit Francesca ... mit der Tedeschina.«

»Sie selbst hat es mir erzählt, heute morgen. Das

weiß jetzt sicherlich schon die ganze Stadt. Glauben
Sie etwa, sie ist wegen Ihrer schönen Augen zu Ihnen
aufs Zimmer gekommen? Das tut sie doch nur, um
Carnera herauszufordern, zum Trotz, damit er eifersüchtig wird.«

De Luca breitete die Arme aus und ließ sie wieder
fallen. Er war so überrascht und kam sich dermaßen
wie ein Idiot vor, daß er ungewollt lachen mußte.

»Mir scheint, in diesem Dorf wollen mich alle
Leute zu irgend etwas benutzen ...«, murmelte er mit
einem verlegenen Lächeln.

»Lachen Sie nur, lachen Sie nur ...«, sagte Leonardi mit strenger Miene, »denn es ist wirklich zum
Lachen ... Ich weiß ja nicht, wo Sie herkommen, Ingegnere, aber hier in der Romagna ist das Hörnerauf-
setzen seit jeher ein ausreichendes Motiv, sich eine
Gewehrkugel einzufangen, sogar von Leuten, die
friedfertiger sind als Carnera. Was glauben Sie denn,
wie es Tedeschinas deutschem Liebhaber ergangen
ist? Er liegt in einem Brunnen, den die Leute im Dorf
auch nach ihm benannt haben: Pozzo del Tedesco,
Deutschenbrunnen. So, wie die Dinge liegen, ist es
für mich schon schwierig genug, Ihre Haut zu retten,
also vermeiden Sie bitte in Zukunft solche Auftritte.«

De Luca senkte den Kopf, schloß die Augen, ballte
die Fäuste und stieß die Luft aus.

»Tut mir leid«, sagte er, »tut mir wirklich leid ...
Reicht Ihnen das? Was soll ich denn noch tun?«

»Ich will, daß Sie sich setzen und mir dabei helfen,
diesen Fall ein für alle Male zu lösen.«

De Luca öffnete die Augen wieder. »Dann geht es also voran?« fragte er, ungläubig und so erleichtert, daß seine Stimme zitterte.

»Natürlich, wieso denn nicht? Es ist meine Pflicht, über die Geschehnisse eine Untersuchung durchzuführen, und ich mache keinen Rückzieher. Was ist, Ingegnere, weshalb lachen Sie?«

De Luca schüttelte den Kopf und verbarg den Mund hinter der vorgehaltenen Hand. Er fühlte sich dermaßen erleichtert, daß er sich einfach nicht beherrschen konnte.

Er setzte sich hin und sah sich im Zimmer um: ein kahler Raum mit einem Tisch, zwei Stühlen, einer Küchenanrichte, vollgestopft mit Papierkram, und zwei hellen Rechtecken an den Wänden, das eine etwas größer, das andere etwas kleiner, Mussolini und der König, wo die beiden wohl abgeblieben waren. Als er den Blick wieder senkte, begegneten seine Augen denen Leonardis, der ihn finster ansah, und De Lucas Lächeln erlosch.

»Damit wir uns richtig verstehen, Brigadiere«, sagte er, »ich bin jetzt lange genug bei der Kriminalpolizei ... beziehungsweise war ich es lange genug, um zu wissen, wie so etwas läuft. Gerade eben haben Sie von Ihrem Bürgermeister politische Rückendeckung erhalten, sonst könnten die Ermittlungen nicht einmal anlaufen. Was haben Sie ihm über mich erzählt? Weiß er, wer ich bin?«

Leonardi schüttelte den Kopf. »Nein«, sagte er. »Er glaubt, Sie sind ein Parteifunktionär aus Bologna, der gekommen ist, um zu sehen, wie die Dinge laufen.«

»Und wie laufen die Dinge?«

Leonardi zuckte die Schultern. »Das haben Sie ja selbst erlebt, Carnera auf der einen Seite und Savioli auf der anderen und dazwischen Bedeschi, der den Vermittler spielt. Sehen Sie, Ingegnere, Carnera ist bei uns ein Mythos, er ist ein Held, und zwar einer mit einem riesengroßen H. Der hat im Krieg Sachen gemacht ... mein Gott, die von der Brigata Nera aus Bologna haben ihn geschnappt und zwei Tage gefoltert, aber er – nichts, kein Sterbenswörtchen ... Und das ist noch nicht alles. Kaum haben sie einen Augenblick nicht aufgepaßt, hat er gleich zwei von ihnen umgebracht und ist mit ihren Waffen auf und davon! Carnera ist wirklich ein Mythos, aber im Laufe der Zeit ist er ein unbequemer Mythos geworden, der nicht abtreten will, und Savioli wäre es gar nicht einmal so unrecht, wenn Carnera bei den Ermittlungen ein paar Federn lassen müßte.«

»Und Ihnen? Wäre es Ihnen denn unrecht?«

Leonardi runzelte die Stirn und wandte den Blick ab.

»Carnera ist Partisan und Kommunist«, sagte er leise, »und auch ich bin Partisan und Kommunist. Ich hoffe, nein, ich bin mir sogar ganz sicher, daß es nicht soweit kommen wird.«

De Luca seufzte. Er rutschte auf dem Stuhl nach vorn, streckte die Beine aus und verschränkte die

Hände hinter dem Nacken. Zu seinem Verdruß hörte man dabei die Halswirbel knacken.

»Wie ich die Sache sehe«, sagte er und blickte zur Decke, während Leonardi sich vorbeugte und auf den Schreibtisch lehnte, »besteht kein Zweifel, daß die Guerras wegen dieser Brosche umgebracht worden sind und daß sie sie von jemandem bekommen haben, der an der Aktion gegen den Grafen teilgenommen hat. Also von Pietrino Zauli, von diesem Baroncini oder von Carnera. Bitte unterbrechen Sie mich nicht.«

Leonardi hatte nur ein wenig den Mund geöffnet, doch er klappte ihn sofort wieder zu und unterdrückte ein Seufzen.

»Mal abgesehen davon«, fuhr De Luca fort, »daß wir nicht wissen, was zum Teufel dieser Baroncini mit der Geschichte zu tun hat und weshalb er an dem Abend eigentlich nicht dabei sein sollte, dann aber doch da war ... Kann man sich mit diesem Kerl denn nicht einmal unterhalten? Wo ist er?«

Leonardi breitete die Arme aus. »Er ist nicht mehr hier. Baroncini ist gestern weggefahren, er ist nach Bologna gegangen, aber keiner weiß genau wohin.«

»Na gut ... Lassen wir das einmal außen vor. Die erste Frage lautet in jedem Fall: *Wieso?* Wieso hat Delmo Guerra diese Brosche bekommen? Gab es wirklich nichts, das er getan haben könnte, um sie als Bezahlung zu kassieren? Vermutlich nicht, nicht bei einem Mann wie Delmo.« Leonardi schüttelte den Kopf und sagte noch immer kein Wort. Er schien regelrecht den Atem anzuhalten. »Also müssen wir anders an die Sache herangehen, denn man kann zwar dafür bezahlt werden, daß man etwas tut, aber genausogut auch dafür, daß man etwas *nicht tut*. Zum Beispiel etwas weitererzählen, das man weiß. Wir Ingegneri nennen so etwas *Erpressung*.«

Leonardi machte den Mund auf, brachte jedoch nur ein rauhes Krächzen hervor. Er räusperte sich, stand auf und drehte kopfschüttelnd eine Runde um den Schreibtisch.

»Was ist, paßt es nicht?« fragte De Luca.

»Und wie es paßt! In Bologna oder in Mailand, aber doch nicht hier! Ich meine, was hätte ein Tier wie Delmo denn schon verschweigen sollen?«

»Daß er beispielsweise, als er abends zur Jagd ging, gesehen hat, wie …« De Luca hielt inne, runzelte die Stirn, und Leonardi nickte nachdrücklich.

»Genau! Daß er gesehen hat, wie sie den Grafen liquidiert haben … Aber Ingegnere, das wußten wir doch alle, auch wenn niemand darüber gesprochen hat. Das wußte sogar ich, als Polizist … und ich denke gar nicht daran, Carnera, Pietrino oder Baroncini zu verhaften, weil sie so ein Schwein von Spion abgemurkst haben, im Gegenteil.«

»Schon gut, aber wenn er die Carabinieri informiert hätte …«

»Das letzte Mal, daß zwei Carabinieri sich hier in der Gegend haben blicken lassen, war bei einem Tanzfest am ersten Mai. Wir haben ihnen die Waffen abgenommen und sie wieder nach Hause geschickt.

Sehen Sie meine Pistole? Das ist ein Geschenk der Carabinieri. Nein, Ingegnere, die einzigen, die hier respektiert werden, sind die Alliierten, aber die sitzen in Bologna und interessieren sich Gott sei Dank nur für ihren eigenen Kram. Es wird noch eine ganze Weile dauern, bis die Carabinieri Leuten wie Pietrino und Baroncini angst machen können!«

»Oder Carnera.«

Leonardi zuckte die Schultern. »Warten wir's ab.«

»Gut, warten wir's ab. Hören Sie, da fällt mir noch ein anderes gutes Motiv für eine Erpressung ein ... Guerra wußte, daß jemand sich das Zeug vom Grafen in die eigene Tasche gesteckt hatte, und er wollte auch etwas abhaben. Also haben sie ihm eine Brosche gegeben, damit er den Mund hält, und dann haben sie ihn umgebracht.«

»Ja, durchaus möglich ...«

»Na endlich ...«

»Aber nicht Carnera! Dafür würde ich meine Hand ins Feuer legen!«

»Du liebe Güte ... ist dieser Mann etwa ein Heiliger?«

Leonardi ließ die Faust auf den Schreibtisch sausen, die Knöchel schlugen hart auf das Holz. »Kein Heiliger, aber ein Held, Ingegnere, das habe ich Ihnen doch schon gesagt. Carnera würde sich nie und nimmer eine einzige Lira des CLN in die eigene Tasche stecken, und ebensowenig würde er das bei anderen durchgehen lassen ...« Er hielt inne, schwieg einen Moment lang, dann drehte er sich um und tauchte mit zwei Schritten so überraschend neben De Luca auf, daß dieser die Augen aufriß und ruckartig den Kopf hob. Und wieder knackten die Halswirbel, die solche raschen Bewegungen nicht mehr gewohnt waren.

»Das wäre wirklich ein Motiv!« Leonardi packte ihn am Ärmel seines Mantels und schüttelte ihn. »Wenn Carnera erfahren hätte, daß Baroncini oder Pietrino oder sonstwer irgend etwas eingesteckt hat, während er oben beim Grafen war, dann hätte er ihn auf der Stelle erledigt ... das hat er schon mal getan! Und das ist es auch, was Guerra nicht ausplaudern sollte!«

»Ja, gut möglich ... dann würden auch einige Details besser ins Bild passen, wie beispielsweise Pietrinos Motorrad, das an dem Abend vor dem Haus der Guerras stand. Genug jedenfalls, um ihn zu verhaften ...«

»Um ihn zu verhaften?« Leonardi hörte jetzt auf, sich aufgeregt die Hände zu reiben, und sah De Luca besorgt an. »Ihn allen Ernstes zu verhaften?«

De Luca stand auf und strich den Regenmantel glatt. »Brigadiere, so kann man keine Ermittlungen durchführen, vom Schreibtisch aus, ohne eine einzige Vernehmung oder Hausdurchsuchung. Und wir dürfen auch nicht vergessen, daß dieser Ring immer noch irgendwo herumgeistert, und sollte er tatsächlich bei Pietrino zu Hause auftauchen ...« Er wollte noch hinzufügen, *dann würde das alle unsere Probleme lösen,* aber er sagte es nicht. Leonardi hatte es auch von selbst verstanden, denn er nickte zustimmend.

»Dann holen wir uns eben Pietrino«, sagte er und wandte sich zur Tür. »Mein Gott, das wird nicht einfach werden ...«

Pietrino Zauli war nicht zu Hause. Sie hielten mit dem Jeep mitten auf dem Hof, und Leonardi stieg aus, um zu klopfen, gefolgt von einem Polizisten mit einem Maschinengewehr über der Schulter, aber die Frau, die ihr Gesicht nur kurz in der Tür zeigte, sagte irgend etwas in Dialekt. De Luca verstand nur, daß Pietrino nicht zu Hause war, und eine Sekunde später rannte Leonardi auch schon zum Jeep zurück und sprang hinter das Lenkrad. Er fuhr mit Vollgas los, während der dünne Polizist mit dem verträumten Gesicht noch halb draußen war, und raste davon, ohne ein Wort zu sagen. De Luca klammerte sich am Handgriff des Armaturenbretts fest, um nicht von den Schlaglöchern aus dem Jeep geschleudert zu werden. Als sie ebenso abrupt vor einem langgestreckten Stallgebäude mit einer niedrigen Tür anhielten, sahen sie einen Jungen, der über die Felder angeflitzt kam und durch eine Seitentür in den Stall schlüpfte. Leonardi knallte die Faust aufs Lenkrad.

»Verdammter Mist!« knurrte er. »Sie haben ihn schon gewarnt! Bei den Deutschen haben wir das auch immer so gemacht, ein Junge und ab die Post ... Wir können nur hoffen, daß er noch da ist.«

Sie sprangen aus dem Jeep, und De Luca, der erst

in diesem Moment einen penetranten, schweren Geruch wahrnahm, der ihm sofort auf den Magen schlug und ihn ganz blaß werden ließ, verzog das Gesicht. Plötzlich ertönte aus dem Stall ein spitzer Schrei, dem weitere Schreie folgten, die immer spitzer wurden und immer gellender. De Luca blieb so abrupt stehen, daß Leonardi es bemerkte und ihm eine Hand auf den Arm legte.

»Es sind nur Schweine, Ingegnere«, rief er, um die Schreie zu übertönen, »hier werden Schweine gezüchtet, und die Tiere werden gerade geschlachtet. Macht man das da, wo Sie herkommen, etwa nicht?«

De Luca schluckte und nickte. Er folgte Leonardi bis zur Tür und wartete dort neben ihm, während der junge Polizist in den Stall ging, um nach Pietrino zu suchen. Der ohrenbetäubende Lärm drang in sein Gehirn und breitete sich dort aus, und als die spitzen Schreie ganz plötzlich wieder aufhörten, gefolgt von einer Stille, die ebenso unerträglich war wie der Gestank, der ihn umgab, fühlte De Luca einen starken Druck, der ihm das Blut aus der Nase trieb. Er preßte den Handrücken gegen den Mund, während eine Welle feuchter Wärme über seine Lippen rann, und er taumelte. Er setzte sich auf einen Stein, lehnte den Rücken an den Pfahl eines Lattenzauns und atmete ganz langsam durch den Mund.

»Was ist denn los?«

Pietrino Zauli war ein kleiner Mann mit einer schwarzen Baskenmütze, die er in die Stirn gezogen hatte, und einem roten Tuch um den dünnen, runzeligen, sonnenverbrannten Hals. Sein eines Auge war halb geschlossen, eine weiße Narbe reichte vom Lid bis auf die Wange. In der Hand hielt er eine noch blutverschmierte Hippe mit gebogener Spitze. Leonardi schluckte und fuhr sich mit der Zunge über die Lippen.

»Ich muß dich mal ein paar Sachen fragen, Pietrino«, sagte er, »es ist wichtig.«

»Ich hab jetzt zu tun. Komm später wieder.«

»Warst du an dem Tag, als Guerra ermordet wurde, bei ihm?«

»Wieso?«

»Dein Motorrad war an dem Tag bei Delmo auf dem Hof ... Was hast du da gemacht?«

»Wieso?«

Leonardi ballte die Fäuste und schloß eine Sekunde lang die Augen, aber keinen Moment länger.

»Pietrino«, zischte er dann, »wenn du mir hier nicht antworten willst, dann kannst du das in der Kaserne tun, denn ich werde dich verhaften.«

»Ach ja? Bist du jetzt etwa ein Carabiniere?« Pietrino Zauli machte einen Schritt auf ihn zu, und Leonardi wich einen Schritt zurück. Pietrino zeigte mit der Hippe wie mit einem Schwert auf De Luca. »Und wer ist der da? Vielleicht noch ein Carabiniere?«

De Luca verzog das Gesicht, spürte den süßlichen Geschmack von Blut auf seinen Lippen, zog die Nase hoch und sah auf. Hinter einem Fenster des Hauses saß auf dem Fensterbrett ein Mann mit einem Gewehr auf den Knien. Auch Leonardi bemerkte ihn und schloß erneut die Augen, diesmal eine Sekunde länger.

»Kommst du nun freiwillig mit oder nicht?« fragte er. Pietrino schüttelte den Kopf und wischte sich mit dem roten Halstuch über den Schildkrötenhals.

»Weder freiwillig noch unfreiwillig, Guido … Worauf willst du eigentlich hinaus? Wieso mischst du dich da ein? Du weißt doch, wie man bei uns sagt … Wenn du etwas Schwarzes siehst, dann schieß, entweder es ist ein Priester oder ein Carabiniere … und ich sehe schwarz, Guido, sogar sehr schwarz. Paß ja auf.«

»Paß du lieber auf, Pietrino … daß du den Bogen nicht überspannst!« Leonardis Hand zuckte leicht, hielt sich aber von der Pistolentasche fern. Mit der Hand, die die Hippe umklammerte, schob sich Pietrino die Baskenmütze aus der Stirn und stemmte dann die Fäuste in die Hüften.

»Hau ab…«, sagte er, »hau nur ab und spiel den Polizisten, ich bleibe hier und mache Männerarbeit … und was sonst noch dazu gehört. Du willst wissen, wo ich an dem Tag gewesen bin? Ich war bei der Lea, den ganzen Tag lang. Laßt euch doch in den Arsch ficken, du und dein Freund.« Er drehte sich langsam um und ging auf die Tür zu. Leonardi zischte: »Bleib stehen, Pietrino!«, aber Pietrino blieb nicht stehen.

»Ich hab's dreimal mit der Lea gemacht –«, sagte er immer noch mit dem Rücken zu ihnen, hob den

Arm, streckte drei Finger aus und wiederholte: »Dreimal!« Dann war er nicht mehr zu sehen, und die Tür fiel mit einem kurzen Knall zu. Im Stall hob das Geschrei der Schweine wieder an, und De Luca legte stöhnend den Kopf in den Nacken. Leonardi drehte sich um und ging zum Jeep. Der Polizist mit dem verträumten Blick hatte das Maschinengewehr auf dem Sitz liegengelassen und war schon seit einer Weile weggegangen, quer durch die Felder, die Hände in den Hosentaschen.

8

»Nasenbluten ... wie ein kleines Kind! Sind Sie sich wirklich ganz sicher, daß Sie früher mal Polizist waren?« Leonardis Tonfall war bissig, was seine Stimme gleichzeitig schrill und rauh klingen ließ.

De Luca saß stocksteif da und versuchte, die Stöße des Jeeps abzufedern. Er hatte probeweise den Kopf hinten angelehnt, doch der war bei jedem Schlagloch hart gegen den Sitz geknallt.

»Wenn Sie es unbedingt an mir auslassen wollen, nur zu ... ich kann nichts daran ändern.«

»O ja, das sehe ich, daß Sie nichts ändern können. Nasenbluten ... Haben Sie etwa noch nie jemand so schreien hören wie ein abgestochenes Schwein, als Sie noch bei Ihren Freunden waren?«

»Wer ist diese Lea?«

»Wer? Ach ja, Lea ... Das ist Pietrinos Freundin, sie arbeitet in der Kooperative ... Wieso?«

»Weil Pietrino gesagt hat, daß er an dem besagten Tag mit ihr zusammen war, und ich habe den Eindruck, daß er sich seiner Sache viel zu sicher ist, um sich prophylaktisch ein Alibi zu besorgen. Wenn wir es schaffen, bei ihr zu sein, bevor er sie warnen kann, erwischen wir ihn vielleicht bei einem Widerspruch. Vorausgesetzt, er ist unser Mann ...«

De Luca konnte den Satz nicht beenden. Leonardi trat aufs Gaspedal, als sie gerade mitten in einem Schlagloch waren, und der Jeep machte plötzlich einen Satz nach vorn, kippte ein wenig zur Seite und wäre fast von der Straße abgekommen.

»Wie soll ich sie denn danach fragen?« Leonardi hatte schon ein Bein draußen, als er noch einmal innehielt und verlegen in die geschlossene Hand hustete. »Wenn ich zu ihr sage: ›Ist Pietrino an dem Tag, als Guerra ermordet wurde, bei dir gewesen?‹, dann riecht sie den Braten und sagt ›ja‹, das ist völlig klar. Und dann?«

De Luca strich sich über das Kinn und dachte nach, dann zuckte er die Achseln.

»Sagen Sie zu ihr, daß Sie gar nicht wußten, daß sie nicht mehr mit Pietrino zusammen ist.«

»Wieso nicht mehr mit ihm zusammen ist?«

»Nun, das ist mehr oder weniger das, was diese Lea Ihnen erzählen wird. Und Sie fügen dann hinzu, daß Sie Pietrino ausgerechnet an diesem Tag mit einer anderen gesehen haben, und dann beobachten Sie ihre Reaktion. Entweder sagt sie, daß das unmöglich ist, weil er bei ihr war, oder sie wird wütend, und dann hat Pietrino gelogen und ist vielleicht unser Mann.«

»Genau!« Leonardi schlug ihm mit der flachen Hand kräftig auf die Schulter und sprang aus dem

Jeep. De Luca blieb sitzen und verkroch sich, von einem Kälteschauer geschüttelt, in seinen Mantel. Es war ein seltsamer Morgen, die Sonne kam und ging, und obwohl am Himmel keine einzige Wolke zu sehen war, sah es aus, als würde es jeden Augenblick anfangen zu regnen. Pietrino Zauli ... De Luca sagte den Namen ein paarmal halblaut, nur die Lippen bewegend, vor sich hin und schüttelte dann den Kopf. Wer weiß, dachte er, wer weiß ...

Etwas berührte ihn am Arm, und er schrak so ruckartig hoch, daß er sich ein Knie am Armaturenbrett stieß.

»O Gott, entschuldigen Sie bitte! Ich habe Sie erschreckt ...« Veniero Bedeschi zog die Hand zurück, als hätte er sich verbrannt, dann lächelte er, und sein weißes Oberlippenbärtchen verzog sich zu einem schmalen Strich.

»Wie geht es Ihnen heute, Ingegnere?« fragte er. »Sie sehen noch etwas blaß aus. Kommen Sie, ich lade Sie zu einem Glas Wein ein ... Aber nein, ich habe ja selbst erlebt, daß Ihnen das nicht bekommt. Dann gehen wir eben zum Barbier, der macht einen Kaffeelikör, der selbst Tote zum Leben erweckt ... Es ist nur ein Katzensprung, Ingegnere, machen Sie mir die Freude ...«

Er streckte einen Arm nach De Luca aus, der den Kopf schüttelte und die Hand auf den Magen legte, doch schon faßte Bedeschi ihn am Ellbogen und zog ihn vom Sitz. De Luca glitt aus dem Jeep und verfing sich mit dem Mantel im Kotflügel.

»Ich warte auf den Brigadiere«, sagte er und wies mit dem Daumen zur Eingangstür der Kooperative, »es ist wegen Dokumenten, eine eilige Sache …«

»Keine Sorge, Ihren Brigadiere können wir von der Ladentür aus sehen … Kommen Sie.«

De Luca ließ sich gehorsam von ihm unterhaken. Allein die Vorstellung von einem Glas Kaffeelikör ließ seinen leeren Magen schmerzhaft rumoren und war so unwiderstehlich, daß er sich sehr beherrschen mußte, um nicht seinerseits Bedeschi ungeduldig anzutreiben. Sie betraten den Barbierladen, einen engen, schlauchartigen Raum mit einem Spiegel an der Wand und drei Holzstühlen davor. Ein kleiner Mann in einem weißen Kittel lehnte an einem Waschbecken und zog sich gerade mit dem Kamm einen schnurgeraden Scheitel oberhalb des Ohrs, um dann ein Büschel langer Haare über seinen kahlen Schädel zu legen.

»Setzen Sie sich, Ingegnere … Übrigens, wenn Sie schon einmal hier sind, weshalb lassen Sie sich nicht gleich rasieren? Marino ist ein ausgezeichneter Barbier, wissen Sie …«

De Luca strich sich instinktiv über die Wangen und schüttelte den Kopf: »Nein, danke.« Er hätte durchaus eine Rasur vertragen können, und der Bart, der ihn am Hals kratzte, störte ihn schon seit ein paar Tagen, aber da war die verlockende Aussicht auf diesen Likör, und er befürchtete, der Schnaps könnte sich in Luft auflösen. Er hätte ihn nicht einmal gegen ein Bad mit Lavendelöl eingetauscht.

Bedeschi schien seine Gedanken zu lesen.

»Gib uns doch einen Schluck von diesem Zeug, das du selbst braust, Marino! Der Ingegnere braucht dringend etwas, das ihn wieder auf die Beine bringt ...«

De Luca lächelte. Er setzte sich und vergrub die Hände in den Manteltaschen. Er warf einen Blick in den Spiegel, drehte den Kopf jedoch augenblicklich wieder weg, denn er sah wirklich aus wie ein Landstreicher. An seiner Lippe klebte sogar ein bißchen geronnenes Blut, das er verstohlen mit dem Fingernagel wegkratzte. Bedeschi hingegen betrachtete sich unverhohlen mit zufriedener Miene im Spiegel und strich sich die weißen Haare nach hinten.

»Die Zeit geht an uns allen nicht spurlos vorüber, Ingegnere«, sagte er, »auch wenn sie bei unsereinem vielleicht ein paar Spuren mehr hinterlassen hat. Wie alt schätzen Sie mich beispielsweise? Keine Scheu, heraus mit der Sprache ...«

De Luca legte die Stirn in Falten. »Fünfzig?« schlug er vor und ging dabei in erster Linie nach den weißen Haaren.

»Zweiundvierzig. Aber eigentlich haben Sie recht, denn ich war ein Jahr in Deutschland, und das zählt für zehn. Sie schätze ich hingegen eher auf fünfunddreißig, sechsunddreißig ... liege ich richtig?«

»Mehr oder weniger«, sagte De Luca.

»Aber die Jahre, die hinter uns liegen, zählen nicht, es zählen nur die Jahre, die noch kommen. Was interessiert Sie mehr, Ingegnere, die Vergangenheit oder die Zukunft?«

De Luca sah hoch und merkte, daß Bedeschi ihn aufmerksam und mit einem breiten Lächeln unter dem weißen Strich des Oberlippenbärtchens im Spiegel beobachtete.

»Kommt ganz drauf an«, sagte er.

»Kommt worauf an?«

»Auf die Zukunft.«

Marino hatte den Laden durch die Hintertür wieder betreten und kam jetzt durch einen Vorhang aus vergilbten Schilfrohrstäbchen, die mit einem hohlen Klacken gegeneinanderschlugen. Er hatte drei Gläser in der Hand und eine verkorkte schwarze Flasche unter dem Arm. De Luca leckte sich die Lippen.

»Jetzt will ich Ihnen mal etwas erzählen, Ingegnere«, sagte Bedeschi, nahm Marino die Flasche ab und goß zwei Finger breit Likör in eines der Gläser. »1944 bin ich bei einer Riesenrazzia geschnappt worden, und sie haben mich in ein Konzentrationslager gesteckt. Niemals zuvor in meinem Leben hatte ich so großen Hunger, und es gab nichts zu essen, gar nichts … Ich wog fünfundvierzig Kilo, als die Inder uns befreit haben, und abends haben sie uns eine Schüssel gekochten Reis gebracht. Sie werden lachen, Ingegnere – von Zeit zu Zeit lasse ich mir von meiner Frau genau diesen Reis kochen und in so einer Schüssel servieren, um den Geschmack von damals wiederzufinden … Und wissen Sie auch, was das bedeutet? Daß man die häßlichen Dinge der Vergangenheit vergessen und nur die schönen in Erinnerung behalten soll.«

De Luca mußte lächeln.

»Wenn man das nur könnte.« Er streckte einen Arm vor und griff nach dem Glas, das Bedeschi ihm reichte.

»Man kann, Ingegnere, man kann ... Man braucht einfach nur in die Zukunft zu blicken. Unser Marino zum Beispiel ... hier im Laden war er nur der Laufbursche, der Barbier war ein anderer, ein zwielichtiger Kerl, der sich immer mit denen von der Brigata Nera herumtrieb. Eines Tages sind zwei Unbekannte aufgetaucht und haben den Barbier erschossen, genau in dem Moment, als Marino den Laden schließen wollte.«

Marino nickte eifrig, und eine Strähne seiner wenigen Haare fiel ihm in die Stirn.

»Einer hat die Pistole auf meine Schulter gelegt, während er auf ihn geschossen hat ... zweimal, *bum, bum*!«

»Genau. Unser Marino war drei Tage auf dem einen Ohr taub, und eine Woche lang haben ihm die Beine gezittert, aber dann war alles ausgestanden. Und jetzt hat er neue Sessel für den Laden bestellt und macht diesen Likör, der ein Wunder der Schöpfung ist. Was meinen Sie, Ingegnere, ist dieses Zeug hier nicht tausendmal besser als all die häßlichen Dinge von früher, die man am besten vergessen sollte?«

»Weshalb erzählen Sie mir das alles?« fragte De Luca mit rauher Stimme. Während Bedeschi redete, hatte er einen Schluck von dem Likör getrunken, und von dem bitteren Kaffeegeschmack war seine Zunge ganz belegt. Durch den Alkohol fühlte er sich jedoch leichter und wacher, und es kam ihm so vor, als hätte er riesige Augen, so daß auch er nun einen Blick in den Spiegel wagte.

»Zukunft bedeutet Wiederaufbau, und das sind Themen, die einen Ingegnere wie Sie interessieren dürften. Für Sant'Alberto gibt es große Pläne, wissen Sie. Einige Firmen sind aus dem Nichts entstanden und entwickeln sich bereits jetzt sehr vielversprechend. Nehmen Sie beispielsweise Baroncini.«

»Baroncini?« De Luca sah nun Bedeschi an, während dieser sehr interessiert irgend etwas in seinem Glas betrachtete.

»Genau, Baroncini. Er hat den Engländern zwei Lastwagen abgekauft und ein Transportunternehmen auf die Beine gestellt, das das halbe Dorf mit Arbeit versorgen wird.«

»Da muß er ja sehr reich gewesen sein, dieser Baroncini ... Zwei Lastwagen kosten einen Batzen Geld.«

»Nein, reich war er nicht ... aber einfallsreich, außerdem hat er Geld aufgetrieben. Die Sache ist ganz einfach, Ingegnere, Baroncini als armer Mann gehört der Vergangenheit an, und Baroncini als Unternehmer, der vielen Leuten Wohlstand bringen wird, ist die Zukunft.«

»Und Baroncini, der die ersten Gelder für seine Investitionen auftreibt, gehört ebenfalls der Vergangenheit an.«

Bedeschi lächelte und sah von seinem Glas auf.

»Ausgezeichnet, Ingegnere! Man merkt, daß Sie ein gebildeter Mann sind! Da, sehen Sie … der Brigadiere kommt gerade aus der Kooperative …«

De Luca wollte aufstehen, aber Marino hielt ihn zurück und zog mit einer schnellen Handbewegung einen Kamm aus seiner Kitteltasche.

»Moment mal, Ingegnere … Meinetwegen lassen Sie sich ruhig einen Bart wachsen, auch wenn Ihnen das nicht steht, aber mir soll keiner nachsagen, daß jemand so ungekämmt meinen Laden verläßt!«

Leonardi stand mit besorgter Miene auf dem Trittbrett des Jeeps, hielt sich mit einer Hand am Sitz fest und sah sich suchend um. De Luca gab ihm ein Zeichen mit dem Arm und ging eilig, fast im Laufschritt, zu ihm hinüber. Er fühlte sich beschwingt.

»Ich war beim Barbier«, sagte er ein wenig atemlos. »Er wollte mich unbedingt noch mit diesem Zeug einsprühen, und das duftet dermaßen … Was ist?«

Leonardi wirkte verärgert, zornig. Neben ihm stand eine nicht besonders große, kräftige Frau mit hohen Backenknochen in einem breitflächigen Gesicht.

»Jetzt erzähl ihm noch mal, was du mir schon erzählt hast, Lea«, sagte Leonardi und faßte sie an der Schulter.

»Es stimmt gar nicht, daß Pietrino es dreimal gemacht hat. Nach dem erstenmal ist er eingeschlafen wie ein Stein.«

»Mein Gott, Lea, nun mal los!« Leonardi faßte sie erneut an der Schulter und schüttelte sie diesmal ein wenig. »Erzähl ihm alles haargenau so, wie du es mir auch erzählt hast, und zwar ohne Faxen! Das ist der Ingegnere!«

Die Frau zuckte die Achseln und nickte, als wäre damit ohnehin schon alles gesagt. Sie faßte in ihr geblümtes Kleid und zog den Unterrockträger hoch.

»An dem Tag, von dem Sie reden, war Pietrino mit mir zusammen, und deshalb kann es gar nicht sein, daß man ihn mit einer anderen Frau gesehen hat. Und das ist für ihn auch besser so, denn sonst hätte ich ihm gleich sein zweites Auge ausgekratzt. Aber welche Frau will schon einen wie Pietrino, der so häßlich ist? Nur eine wie ich ...«

»Wie lange war er an dem Tag mit Ihnen zusammen?« De Luca stützte sich mit dem Ellbogen auf den Kotflügel, beugte sich vor und sah die Frau, die einen Schritt zurücktrat, aufmerksam an.

»Wer ist denn hier der Brigadiere, er oder du?« sagte sie.

»Wie lange war Pietrino Zauli an dem Tag mit Ihnen zusammen?«

»Ziemlich lange ... er hat mich abgeholt, und wir sind zusammen zum Fluß runter, an eine Stelle, die er kennt, eine Jagdhütte. Wir waren bestimmt eine halbe Stunde unterwegs.«

»Mit dem Motorrad dauert es nur zehn Minuten«, sagte Leonardi, »aber ...«

»Aber er war nicht mit dem Motorrad gekommen, das hab ich dir doch schon gesagt ... Er hat mich auf dem Fahrrad mitgenommen, auf der Fahrradstange, ich sehe zwar aus wie ein Leichtgewicht, aber ...«

De Luca hob die Hand und unterbrach sie.

»Wie lange seid ihr am Fluß geblieben?«

»Den ganzen Nachmittag. Dann ist Pietrino eingeschlafen, und dann sind wir zum Essen nach Villa gefahren, und auf dem Rückweg war er betrunken, und wir sind auch noch im Graben gelandet. Alles nur wegen meinem Bruder.«

»Ihrem Bruder?«

»Ja, Gianni.« Die Frau zog den anderen Unterrockträger hoch und zupfte an ihrem Kleid. »Er will nicht, daß ich mich mit Pietrino treffe, wegen dieser Sache mit dem Schwarzmarkt. Pietrino hat zwar vor keinem Angst, aber ich ...«

»Pietrino Zauli handelt auf dem Schwarzmarkt?« fragte De Luca erstaunt. Leonardi schüttelte den Kopf und hob die Stimme, um die Frau, die gerade antworten wollte, zum Schweigen zu bringen.

»Nein, Ingegnere, so einer ist er nicht. Er hat sich nur eines Abends Giannis Lieferwagen ausgeliehen, den mit Holzvergaser, und ihn erst am nächsten Tag zurückgebracht.«

»Na schön, aber was soll diese Geschichte mit dem Schwarzmarkt?«

Diesmal war die Frau schneller. »Es war doch gar nicht Pietrino, der sich den Lieferwagen ausgeliehen

hat ... Es war Carnera, am Abend vorher, Pietrino
hat ihn nur zurückgebracht, und das Auto war voller
Blut. Gianni ist aber nicht deshalb so wütend geworden, denn wenn es sich gerade ergibt, bringt auch er
das geschlachtete Vieh weg ... es war nur so, daß Pietrino sich mal wieder ziemlich blöd angestellt hat,
und da hat Gianni ...«

De Luca löste sich vom Kotflügel und nickte zerstreut. Er kletterte auf der Fahrerseite in den Jeep
und winkelte die Beine an, um an der Gangschaltung
vorbei auf die andere Seite zu rutschen. Leonardi gab
der Frau die Hand und stieg dann ebenfalls ein.

»Damit ist alles geplatzt«, sagte er finster.

De Luca fuhr zusammen.

»Wie bitte?«

»Pietrino hat ein Alibi, das wir sogar überprüfen
können. Er hat die Familie Guerra nicht umgebracht.«

»Ja, natürlich, das liegt auf der Hand. Aber das
meinte ich gar nicht, mir geht gerade etwas ganz anderes durch den Kopf. Der Lieferwagen ... sie haben
ihn gar nicht für den Transport von Tieren benutzt,
stimmt's? Ich wette, der Abend, an dem sie ihn benutzt haben, war der siebte Mai ...«

Leonardi seufzte tief. »Der Abend, an dem der
Graf, ja ... Aber was macht das für einen Unterschied? Die Sache ist doch geklärt, oder?«

»Schon, aber irgend etwas an der Geschichte
kommt mir merkwürdig vor ... Weshalb hat Carnera
den Grafen nicht in den Fiat geladen, was viel einfa-

cher gewesen wäre? Zugegeben, in einem Topolino sitzt man etwas beengt, aber weshalb mußte er extra hierher kommen, um sich den Lieferwagen auszuleihen? Und dann ist da noch die Sache mit Pietrinos Motorrad ... Dieses rote Motorrad, das ohne eine Menschenseele quer durch die Romagna kurvt, irritiert mich immer mehr ... Weshalb hat er an dem Abend, als er mit dem Fahrrad unterwegs war, nicht das Motorrad genommen? Wem hatte er es geliehen? Verleiht er sein Motorrad sonst auch?«

Leonardi trommelte nervös auf dem Lenkrad herum. »Man müßte ihn danach fragen. Aber dann kriegen Sie nur wieder Nasenbluten.«

»Lassen wir das. Nehmen wir uns lieber einmal diesen anderen Punkt vor ... Baroncini. Über Nacht wird dieser Herr auf einmal reich und kauft sich zwei Lastwagen.«

Leonardi drehte sich überrascht zu ihm hin. »Woher wissen Sie das nun schon wieder?«

»Ich bin ein Ingegnere, haben Sie das etwa vergessen? Sie selbst aber haben schon vorher von der Sache gewußt und sie mit keinem Wort erwähnt ... Wann hat er diese Lastwagen gekauft? Und womit hat er sie bezahlt? Mit Bargeld oder mit etwas anderem? Einem Ring zum Beispiel ... Setzen Sie sich mit den Engländern in Verbindung und sehen Sie zu, daß Sie es herausfinden.«

Leonardi lächelte mit einem Kopfschütteln. »Zu Befehl, Ingegnere. Und Sie? Soll ich Sie irgendwo absetzen?«

De Luca nickte entschlossen. »Ja, bringen Sie mich bitte nach Hause ... das heißt, in die Osteria. Ich habe endlich wieder Hunger.«

9

Als De Luca vor der Osteria aus dem Jeep sprang, fiel ihm plötzlich ein, daß um diese Uhrzeit sicherlich der Bürgermeister und Carnera und all die anderen Leute in der Gaststube hockten, und während er ums Haus herum ging, um die Hintertür zu nehmen, kam ein dünner Junge in einem gestreiften Unterhemd um die Ecke gerannt und prallte mit ihm zusammen. Der Junge taumelte zwei, drei Schritte zurück, sah ängstlich zu ihm hoch, winkelte dann schnell den knochigen Ellbogen ab und führte die Hand zum militärischen Gruß an die Stirn. De Luca lächelte überrascht, rieb sich das Knie und konnte gar nichts sagen, so schnell war der Junge wieder verschwunden. De Luca bog um die Hausecke, blieb aber augenblicklich stehen, als er einen rauhen, erstickten Schrei hörte. Mitten auf dem Hof stand die Tedeschina und hatte ein Huhn an den Beinen gepackt, das mit dem Kopf nach unten hing, zappelte und in einem letzten Aufzucken mit den Flügeln schlug. Sie hob den Kopf und sah ihn an, ihr Blick war hart wie immer.

»Was ist, halten Sie das nicht aus?«

De Luca wollte widersprechen, obwohl es stimmte, er hielt so etwas wirklich nicht besonders gut aus. Mitten auf dem Hof stand ein Stuhl, die Tedeschina setzte sich hin, legte sich das Huhn auf die Knie und fing an, es zu rupfen.

»Manchmal hält man es leichter aus, zuzusehen, wie ein Mensch getötet wird«, sagte De Luca. Die Tedeschina zuckte die Achseln und sah ihn gleichgültig an.

»Ich habe schon tote Hühner und tote Menschen gesehen, mir macht beides nichts aus«, sagte sie. De Luca nickte. Er sah ihr eine Weile dabei zu, wie sie mit raschen Handgriffen die Federn ausrupfte, dann griff er sich eine leere Obstkiste, drehte sie um, stellte sie neben das Mädchen und nahm vorsichtig darauf Platz. Ein anderes Huhn trippelte mit einem argwöhnischen Gackern herbei und beäugte ihn von der Seite.

»Ich mag das Landleben nicht«, sagte De Luca. »Als ich klein war, haben meine Eltern mich jeden Sonntag mitgenommen aufs Land, und ich wußte nie, was ich da sollte. Wenn ich hinter den Hühnern herlief, wurde ich ausgeschimpft, weil ich dann ganz verschwitzt war. Am Kaminfeuer bekam ich Kopfschmerzen, und ich wußte nicht, wie man es anstellt, über die gepflügten Felder zu laufen. Ich weiß bis heute nicht, wie man das macht.«

Die Tedeschina schlenkerte mit der Hand, um die Federn abzuschütteln, die an ihren Fingern klebten.

»Das sieht man, daß Sie ein Stadtmensch sind«, sagte sie zu De Lucas Verwunderung, denn er war davon ausgegangen, daß sie gar nicht zugehört hatte. »Obwohl Sie im Moment eher aussehen wie ein Zigeuner.«

»Aber einen kleinen Rest an Würde habe ich mir trotzdem bewahrt ... Gerade eben hat mich ein Junge militärisch gegrüßt.«

Die Tedeschina sah ihn an und lächelte, und es war ein listiges, komplizenhaftes Lächeln.

»Ich weiß genau, wer du bist«, sagte sie. De Luca fuhr zusammen, und die Kiste knackte.

»Wer bin ich denn?« fragte er. Die Tedeschina nickte.

»Ich weiß es, alle wissen es.« Sie warf ihm einen raschen Blick zu, ihre schwarzen Augen blitzten auf. »Du bist ein Carabiniere.«

De Luca machte den Mund auf, aber heraus kam nur ein Stöhnen, das gleichermaßen Überraschung und Erleichterung ausdrückte.

»Ich? Wie kommst du denn darauf ... Nein, ich bin kein Carabiniere ... Wirklich nicht. Ich ... ich bin ein Ingegnere, ehrlich ...«

Die Tedeschina nickte und zeigte erneut ihr listiges Lächeln, dann rutschte sie ein Stück auf dem Holzstuhl nach vorn, lehnte sich zurück und legte die Beine auf De Lucas Knie. De Luca schluckte, er fühlte sich unbehaglich und wurde ganz starr. Wieder dehnte sich dieses schwere, weiche, feuchte Gefühl in ihm aus, und es tat ihm beinahe weh. Durch den Stoff seiner Hose spürte er die Hitze ihrer Haut. Er merkte, daß seine Hände zitterten.

»Ach, es ist gar nicht wichtig, wer ich bin«, sagte er mit rauher Stimme, »ich weiß es ja selbst nicht mal mehr.« Er hob die Hand, zögerte kurz und berührte dann mit dem Finger ganz leicht die helle Narbe auf ihrem Knie. Sie ließ es eine Weile geschehen, doch dann fuhr sie ihn plötzlich an: »Faß mich nicht an!« und strampelte mit den Beinen. De Luca wurde rot und zog die Hand weg.

»Ich mag keine Carabinieri«, sagte sie gleichgültig, »außerdem bist du viel zu dünn. Und du hast keine Narben. Carnera sagt, ein Mann ist kein richtiger Mann, wenn er nicht Narben vom Krieg vorzuweisen hat.«

De Luca breitete die Arme aus. »Da sieht man mal wieder, daß ich kein Mann bin. Ich wette, Carnera hat jede Menge Narben am Körper.«

»Ja, sehr viele.«

»Gut, schön für ihn … Aber ich war ja auch nicht im Krieg, jedenfalls nicht an der Front, als Soldat … autsch!«

Die Tedeschina hatte ihre Beine so schnell weggezogen, daß sie mit einer der Holzpantinen, die er jetzt in der Hand hielt, gegen sein Knie gestoßen war. Sie war aufgesprungen und suchte hastig ihre Schürzentaschen ab.

»Pietrinos Motorrad!« sagte sie.

»Das Motorrad?« fragte De Luca. In dem Moment hörte auch er das ungleichmäßige Geknatter eines

Motorrads auf der anderen Seite des Hauses. Die Tedeschina zog ein dunkles Kopftuch hervor.

»Ja, das Motorrad! Es gehört zwar Pietrino, aber normalerweise benutzt es Carnera. Wenn er mich so sieht, bringt er mich um … Er war es, der mir die Haare so kurz geschnitten hat, und jetzt will er, daß ich ein Kopftuch umbinde!« Sie faltete es zu einem Dreieck und hatte es schon über die Stirn gelegt, zog es dann jedoch schnell wieder herunter und stopfte es in die Schürzentasche.

»Aber ich binde es nicht um!« sagte sie und warf den Kopf in den Nacken. Sie setzte sich wieder hin, legte das Huhn auf die Knie und rupfte energisch die letzten Federn aus. De Luca war still sitzengeblieben, hin und her gerissen zwischen dem momentanen Geschehen und einem undeutlichen Gedanken, der in ihm aufgeblitzt und nach dem Schlag gegen das Knie im Nu verschwunden war. Die lähmende Angst, die ihm den Atem stocken ließ, verwirrte ihn restlos, als er Carnera erblickte, der energisch quer über den Hof auf sie zu stapfte.

»Bind dir das Kopftuch um!« knurrte Carnera, und die Tedeschina beugte sich noch tiefer über das Huhn und suchte die gelbliche Haut mit den Fingern nach einer nicht mehr existenten Feder ab. Carnera schob den Unterkiefer vor, und De Luca sah, wie sich die Halssehnen unter der gebräunten Haut spannten.

»Bind dir sofort das Kopftuch um!« wiederholte er. »Mit den Haaren siehst du zum Lachen aus!«

»Ich kenn jemand, der mich auch so schön findet!«
sagte die Tedeschina und hob den Kopf. Sie wollte
ihm die Zunge herausstrecken, aber Carnera packte
mit seiner riesigen Hand ihre Wangen, zog sie vom
Stuhl hoch und schüttelte sie, während sie seinen
Arm umklammerte und ihn zu treten versuchte, bis
es ihr schließlich gelang, sich seinem Griff zu entwin-
den, seitlich an ihm vorbeizuschlüpfen und ins Haus
zu flüchten.

De Luca hatte sich nicht vom Fleck gerührt, war
noch nicht einmal von der Obstkiste aufgestanden
und hielt immer noch die Holzpantine in der Hand
wie ein Narr. Carnera atmete schwer und ballte die
Fäuste, bevor er sich ihm zuwandte.

»Ich bin ja nicht verrückt, Ingegnere«, sagte er.
»Savioli und sein Klüngel würden Millionen dafür
zahlen, daß ich eine Dummheit mache, aber ich weiß
genau, daß das jetzt weder der richtige Moment noch
der richtige Ort ist, um einen Carabiniere umzubringen. Und das ist auch der einzige Grund, weshalb du
noch am Leben bist, Ingegnere.« Er betonte das *gn*
mit einem bösen Grinsen. De Luca stand auf, aber
Carnera legte ihm eine Hand auf die Schulter und
drückte ihn wieder auf die Kiste.

»Was habt ihr nur vor, du und dieser dämliche
Guido? Was glaubt ihr denn, wen ihr hier eigentlich
vertretet? Das Gesetz? Welches Gesetz? Das Gesetz
bestimme ich, und ich weiß besser als ihr, was Gerechtigkeit ist. Das kannst du Guido ausrichten,
wenn er seine Haut retten will ... Und was dich an-

geht – du wirst aus Sant'Alberto sowieso nicht mehr lebend herauskommen. Du bist jetzt schon ein toter Mann, Ingegnere.«

De Luca schluckte mühsam, denn er mußte den Kopf in den Nacken legen, um Carnera anzusehen. Carnera hob einen Finger und zielte damit auf sein Gesicht.

»Ich hab dich gewarnt«, stieß er zwischen den Zähnen hervor. »Ich hab dich gewarnt.«

Francesca war allein in der Küche, und kaum hatte sie ihn erblickt, ließ sie das Messer, mit dem sie gerade das Huhn zerlegte, auf das Holzbrett sausen und teilte mit einem glatten Schnitt den Hühnerkopf vom gerupften Hals ab.

»Du bist ein Feigling«, stieß sie hervor.

De Luca setzte sich vor den Kamin, stützte die Ellbogen auf die Knie und den Kopf in die Hände. Dieser Geruch nach Fleisch und Blut drehte ihm den Magen um.

»Nein«, sagte er. »Ich bin kein Feigling, aber ich habe Angst, wahnsinnige Angst. Das ist etwas anderes.«

»Du kotzt mich an! Du bist ein Feigling, und du kotzt mich an!«

De Luca seufzte. »Na gut, dann bin ich eben ein Feigling, aber jetzt muß ich einen Weg finden, um meine Haut zu retten, und vielleicht weiß ich auch schon wie … Du hast mir da vorhin was erzählt …«

»Dir erzähl ich überhaupt nichts mehr!« Erneut

ließ sie das Messer auf das Brett sausen, so daß De Luca erschrocken zusammenzuckte und instinktiv die Augen schloß.

»Hör zu, Francesca«, sagte er leise, »du kannst mich nennen, wie du willst, Feigling, Bastard, Faschist, Schwuchtel, aber ich habe da eine Idee im Kopf, und das ist im Moment das einzige, was mich interessiert. Du hast gesagt, daß Carnera ein richtiger Mann ist, weil er Narben vom Krieg hat. Wo sind denn diese Narben?«

Die Tedeschina runzelte die Stirn. Die Absurdität der Frage besänftigte sie, sie lehnte sich an den Tisch und sah ihn einen Augenblick lang an, das Messer in der Hand, ein Bein angewinkelt und den nackten Fuß hinter das Knie des anderen Beins geklemmt.

»Wieso?«

»Wo sind diese Narben?«

»Überall ... an der Schulter, auf dem Rücken ... er hat auch Schnitte am Bauch, von oben nach unten, von damals, als die Faschisten ihn in Bologna geschnappt hatten. Aber wieso ...?«

»Da ist noch etwas ... das ist mir plötzlich eingefallen, als du dir das Kopftuch umbinden wolltest, irgendeine Assoziation. Die Angst läßt mich intensiver nachdenken, wie man sieht. Erinnerst du dich noch an die Nacht, als wir ... als du zu mir gesagt hast, daß du keinem gehörst ...«

»Ich gehöre auch keinem«, wiederholte sie hart, und De Luca nickte und beeilte sich, schnell weiterzureden, bevor sie wieder anfing, ihn zu beschimpfen.

»Ja, ich weiß ... aber in dieser Nacht hast du gesagt, daß Carnera dir etwas geschenkt hat. Was hat er dir eigentlich geschenkt?« De Luca stand auf, sie tat einen Schritt zurück und lehnte sich an den Ausguß. Zum erstenmal wirkte ihr Blick verunsichert.

»Warum willst du das wissen?« fragte sie. »Du machst mir angst ... Ich sag es dir nicht.«

De Luca lächelte. »Dann stimmt es also gar nicht, daß er dir etwas geschenkt hat. Carnera ist keiner, der Geschenke macht.«

»Er hat mir aber etwas geschenkt!«

»Wahrscheinlich nur eine Blume ...«

»Nein! Einen Ring, mit einem blauen Stein, so groß ... und ich hab ihn in den Fluß geworfen!«

De Luca schloß die Augen und atmete einmal tief durch, bis seine Lungen ganz leer wurden, sein verkrampfter Magen sich entspannte und die Übelkeit nachließ.

»Ich wußte es«, sagte er. »Danke, Francesca.«

Er drehte sich um und ging aus der Küche. Als er an der Tür war, rief sie ihm noch einmal »Feigling!« hinterher, aber er bemerkte es gar nicht. Und er bemerkte auch nicht, daß er gedankenverloren die Holzpantine in die Manteltasche gesteckt hatte.

10

»Es war Carnera. Das wußten wir beide, und zwar von Anfang an, nur daß wir alles getan haben, um es nicht zur Kenntnis zu nehmen. Aber er war es.«

De Luca stand mitten im Polizeibüro und zitterte fast vor Aufregung. Leonardi hingegen sah ihn ernst an, eine Augenbraue hochgezogen, die Arme auf den Schreibtisch gelegt, die Hände gefaltet wie in der Schule. De Luca wartete auf einen Kommentar, der jedoch ausblieb.

»Also hören Sie zu«, sagte er, hob den Daumen und schwenkte ihn durch die Luft. »Erstens: das Motorrad. Carnera benutzt es häufig, also könnte er und nicht Pietrino an dem bewußten Abend bei den Guerras aufgetaucht sein. Aber das wußten Sie ja längst, auch wenn Sie es mir nicht gesagt haben. Zweitens …«, sein Zeigefinger schnellte in die Höhe und bildete ein V mit dem Daumen, »… als Carnera in Bologna von der Brigata Nera geschnappt wurde, hat er am eigenen Leib eine spezielle Vernehmungsmethode kennengelernt und Delmo Guerra auf genau dieselbe Weise gefoltert, wie die Faschisten ihn.«

»Langsam, Ingegnere, langsam! Zwischen Carnera und den Faschisten gibt es einen gewaltigen Unterschied!«

De Luca nickte. »Ja, sicher ... ich meine ja nur, rein technisch gesehen. Wie auch immer ... Drittens: der Schmuck. Im Haus des Grafen findet Carnera den Schmuck, die Brosche und einen Saphirring, und steckt ihn ein ... Ich weiß schon, ich weiß genau, was Sie jetzt denken!« Leonardi schüttelte den Kopf, und De Luca ging mit ausgestreckten Armen auf ihn zu. »Carnera hätte niemals etwas für sich behalten, er ist ein Held und lebt spartanisch, aber, mein Gott, Leonardi, auch ein Held hat ein Herz! Er hat die Sachen für die Tedeschina eingesteckt, um ihr ein großes Geschenk zu machen, um ihr Herz ein bißchen zu erweichen! Sie werden mir ja wohl zustimmen, daß das Mädchen mit seiner Art einem Mann völlig den Kopf verdrehen kann ...«

Leonardi schüttelte noch immer den Kopf und hob die Hände, als wollte er sich die Ohren zuhalten.

»Das erklärt einzig und allein die Tatsache, daß er den Ring hatte, Ingegnere, aber alles andere noch lange nicht! Ich weiß genau, worauf Sie hinauswollen, das habe sogar ich mittlerweile kapiert ... Guerra hat das mit dem Schmuck mitbekommen, und Carnera hat ihm eines der beiden Schmuckstücke gegeben, damit er den Mund hält, und dann den richtigen Moment abgepaßt, um ihn aus dem Weg zu räumen. Aber das ergibt doch keinen Sinn ...«

De Luca runzelte ärgerlich die Stirn und verschränkte die Arme vor der Brust.

»Sie vergessen immer wieder, wer Carnera ist. Wenn er gewollt hätte, hätte er das Haus des Grafen komplett für sich behalten können, keiner hätte auch nur ein Wort darüber verloren, im äußersten Fall hätte er ein bißchen an Ansehen eingebüßt. Aber das reicht noch lange nicht für eine Erpressung, nicht für Carnera. Wir brauchen ein anderes Motiv, Ingegnere.«

»Glauben Sie nicht, daß jetzt endlich der Moment gekommen ist, um ihn selbst danach zu fragen?«

»Was meinen Sie damit?«

»Ihn zu verhaften. Learco Padovani, Carnera genannt, ist in diesem Fall der Hauptverdächtige, also muß man ihn verhaften und verhören.«

Leonardi stand auf und schob den Stuhl zurück, der über den Boden schrappte. Er ging zum Fenster und sah hinaus, als würde die Unterhaltung ihn nicht mehr interessieren.

»Und wie macht man das?« fragte er, nicht ganz bei der Sache.

»Mit einem ordentlichen Haftbefehl, anders als neulich im Schweinestall. Geben Sie mir vier Männer, und ich nehme die Sache in die Hand. Schließlich haben Sie die volle Unterstützung der politischen Autoritäten und die des Bürgermeisters ... Sie werden doch wohl vier Männer auftreiben können, oder?«

Leonardi hauchte die Fensterscheibe an, zeichnete

mit dem Finger eine Linie und betrachtete sie, bis sie sich im Nu wieder auflöste.

»Eben war Savioli hier«, sagte er, und De Luca stockte der Atem. »Es war, als würde Bedeschi reden ... Wir sind alle Kameraden und Brüder, und die alten Geschichten soll man lieber ruhen lassen ... Eins habe ich immerhin aus ihm herausbekommen: Als er heute morgen an der Mühle vorbeikam, hat irgend jemand mit einer Pistole zweimal auf die Mauer geschossen, die Kugeln sind haarscharf an seiner Nase vorbeigeflogen.«

»Na schön, na schön ...« De Lucas Stimme zitterte, und er legte sich eine Hand auf die Lippen, »aber vielleicht schaffen wir es trotzdem, vielleicht könnten wir versuchen ...«

»Ich werde nicht ganz allein losziehen und Carnera verhaften, Ingegnere, das kann ich nicht, und ich weiß auch gar nicht, ob ich das überhaupt will!«

»Na schön ...« De Luca ballte die Fäuste und schloß die Augen, um sich zu konzentrieren. Er stand immer noch mitten im Zimmer, wie festgewachsen. »Ich kann ja verstehen, daß Ihnen der Graf herzlich egal ist, ein Spion der Faschisten, na schön ... dasselbe gilt für Guerra, einen Dieb und Wilderer ... aber die anderen? Brigadiere, was ist mit den anderen drei Menschen?«

Leonardi hob die Faust und versetzte dem Fensterrahmen einen schnellen Schlag, der die Scheibe zum Vibrieren brachte. »Reden Sie keinen Blödsinn, Ingegnere, ich bitte Sie!« zischte er. »Die Alliierten haben Sant'Alberto zum erstenmal an einem Montag bombardiert, und da ist Markt. Es gab so viele Tote, daß wir sie in Schränken begraben mußten, weil es nicht mehr genug Särge gab, und nun? Sollen wir auch den Alliierten den Prozeß machen? Erzählen Sie mir nichts von unschuldigen Opfern, Ingegnere, die Gerechtigkeit interessiert Sie doch überhaupt nicht, Sie wollen nur Ihre eigene Haut retten ... Carnera wird Sie umbringen, und das ist der einzige Grund, weshalb Sie ihn verhaften wollen.«

»Ja, nein ... ich weiß es nicht.«

De Luca biß die Zähne aufeinander, bis er es in seinem Mund knirschen hörte, dann kam endlich Bewegung in ihn, und er fegte mit dem Arm kurzentschlossen alles herunter, was auf dem Schreibtisch lag.

»Herrgottnochmal, Brigadiere!« knurrte er, während Leonardi sich schlagartig umdrehte, »wir haben den Fall gelöst, wir haben den Mörder, wir haben's geschafft! Und Sie wollen die Sache einfach so fallenlassen? Das geht nicht, das können Sie nicht machen, Sie sind doch ein Polizist!«

»Ingegnere ...«

»Jetzt reicht's aber mit diesem Märchen vom Ingegnere!« De Luca brüllte so laut, daß seine Worte verzerrt im Raum widerhallten. »Ich bin kein Ingegnere! Ich bin ein Kriminalkommissar!« Er keuchte, sein Mund stand einen Moment lang offen, dann klappte er ihn zu. Er schluckte, schloß die Augen und fuhr sich seufzend mit der Hand über das Gesicht. »Ich war ein Kriminalkommissar«, murmelte er leise.

Leonardi warf einen Blick aus dem Fenster und gab einer Frau, die neugierig stehengeblieben war, mit einer ärgerlichen Geste zu verstehen, sie solle verschwinden. Er ging zu seinem Schreibtisch und setzte sich. Er zog eine Schublade auf, lehnte sich auf zwei Stuhlbeinen weit zurück, um tief nach hinten greifen zu können, und raschelte mit der Hand in einem Haufen Papier.

»Sie sind mir herzlich egal, Signor Morandi«, sagte er, »Morandi Giovanni.« Er warf De Luca den Personalausweis hin, der an seinem Bauch abprallte und offen zu Boden fiel.

»Nehmen Sie Ihre Papiere und gehen Sie, verdammt noch mal, wohin Sie wollen.«

11

Er starrte auf die Blätter des Baumes, der am weitesten vom Haus weg stand, und wartete darauf, daß sie schwarz würden. Die Stirn, die an der eisigen Fensterscheibe lehnte, tat ihm allmählich weh, und bei jedem Atemzug wanderte der Rand des angehauchten Flecks bis zu seinen Augen hoch, verschleierte den Hof vor der Osteria und löste sich dann schnell wieder auf, wie beim Übergang von Traum und Wirklichkeit in den amerikanischen Filmen. Zuerst hatte er gedacht, es wäre vielleicht besser, unverzüglich loszugehen, noch bei Tageslicht, um sich nicht zu verlaufen, doch dann hatte er gedacht, es wäre besser, noch eine Weile abzuwarten, mindestens eine Stunde, um im Sonnenuntergang mit den grauen Schatten verschwimmen zu können, und dann: lieber noch eine Stunde, weil es dann dunkler ist, und dann: noch eine, weil er nachts ... Das letzte Blatt des Baumes löste sich in einer undeutlichen dunklen Masse auf, De Luca biß sich auf die Lippen und stieß die Luft aus, so daß sich die ganze Scheibe trübte. Vielleicht, dachte er, sollte ich noch eine Nacht warten und erst im Morgengrauen beim ersten Licht ...

»Ingegnere!«

Die Tedeschina riß hinter ihm die Tür auf, und De Luca zuckte zusammen. Seine Stirn schlug dumpf gegen die Scheibe.

»Ingegnere, sind Sie immer noch hier?! Kommen Sie mit!«

Mit schnellen Schritten durchquerte sie das Zimmer und packte ihn in Höhe des Handgelenks am Ärmel, dabei zog sie ihm den Mantel fast über die Schulter.

»Kommen Sie sofort mit! Carnera ist schon unterwegs! Er will Sie umbringen!«

De Luca erstarrte, und der zu stark gespannte Stoff riß am Rücken ein. Dann wurden seine Knie vor Angst ganz weich, er stolperte hinter der Tedeschina her, die ihn mit sich zog, mit hastigen Schritten und vornübergebeugt, um nicht hinzufallen.

Sie eilten die Treppe hinunter und traten durch die Hintertür auf den Hof. De Luca wollte um die Ecke biegen, aber die Tedeschina ließ ihn nicht los und zerrte ihn wie ein Pferd in die entgegengesetzte Richtung.

»Nicht da lang, so laufen Sie ihnen doch direkt in die Arme! Hier lang!«

Sie schlüpfte aus den Holzpantinen, nahm sie in die Hand und lief auf die Felder zu, die Ellbogen an den Körper gepreßt, bewegte sich gewandt und sicher durch die Dunkelheit und blieb nur stehen, um

»Weiter, Ingegnere!« zu sagen, wenn De Luca, der nur die hellen Schatten ihrer nackten Beine sah, über die Erdschollen stolperte und mit einem dumpfen Geräusch hinfiel. Dann erreichten sie die karge Macchia, von der nichts als die dornigen Umrisse der Büsche und der aufrechte, dunkle Schatten eines Baumes zu erkennen waren. Plötzlich drehte die Tedeschina sich um und zwang De Luca stehenzubleiben, indem sie ihm die Holzpantinen gegen die Brust drückte.

»Da sind wir«, sagte sie, »hier ist es.«

An einem Baum lehnte irgend etwas Dunkles, Rundes, bedeckt von einem Wirrwarr dürrer Zweige. De Lucas Augen gewöhnten sich allmählich an die Dunkelheit, und er sah, daß unter dem Brombeergestrüpp eine Bretterwand versteckt war, mit einem Stock quer davor, der in einem Ring steckte.

»Das ist eine Jagdhütte«, sagte die Tedeschina, »aber die Partisanen haben sie als Versteck benutzt. Los, rein mit dir!«

De Luca zog den Stock aus dem Ring und drückte gegen die Bretterwand, die aufging. Er mußte sich bücken, denn die Hütte war sehr niedrig, die Tedeschina schob ihn zur Seite, weil sie auch mit hinein wollte. Sie rückte eine leere Kiste weg und zog einen mit Blättern getarnten Jutesack hoch. Darunter befand sich ein langes, schwarzes Loch in der Erde.

»Da rein«, sagte sie.

De Luca fröstelte. »Ich? Da soll ich rein?«

»Ja, Sie! Nicht die Hütte ist das Versteck, sondern das Loch … In der Hütte werden sie sofort nach Ihnen suchen!«

Sie schob ihn so energisch auf das Loch zu, daß De Luca fast hineingefallen wäre und über die zwei Stufen der an eine Hühnerleiter erinnernden Holzkonstruktion schlidderte, die hinunter ins Erdreich führte. Die Tedeschina nahm den Jutesack und wollte das Loch damit bedecken, aber De Luca packte ihren zerkratzten Knöchel und hielt sie einen Moment lang fest.

»Danke, Francesca«, sagte er. Sie riß sich los.

»Du bist mir scheißegal«, stieß sie hervor. »Ich mach das nur, um Carnera zur Weißglut zu bringen.«

De Luca kniff die Augen zusammen und bedeckte das Gesicht mit der Hand, denn aus dem Jutesack rieselte eine Handvoll feuchte Erde, die er unangenehmerweise in den Mund bekam, so daß er husten und spucken mußte. Als er die Augen wieder öffnete, stellte er fest, daß um ihn herum völlige Dunkelheit herrschte, und ihm stockte der Atem. Nicht einmal das fahle Mondlicht drang durch die Kiste, die das Loch bedeckte. Er streckte den Arm aus und tastete um sich herum das Erdreich ab, dann zog er die Beine an und setzte sich aufrecht hin, ohne sich anzulehnen, und umfaßte die Knie mit den Armen. Er schlug den Mantelkragen hoch und fröstelte, weil es kalt war und weil er für den Bruchteil einer Sekunde das schauderhafte Bild eines abscheulichen Insekts vor sich gesehen hatte; er verscheuchte das Bild jedoch im nächsten Augenblick, indem er die Stirn auf die Knie legte und die Hände im Nacken verschränkte.

Du lieber Gott, dachte er, was für ein Alptraum, lebendig in einem Loch begraben zu sein, im Dunkeln, umgeben von einer eisigen Stille wie in einem Leichenschauhaus.

Da war nur das schwere, langsame Pfeifen seines Atems und das dumpfe Klopfen seines Herzens, das ihm in den Ohren pochte, die er mit den Armen bedeckte.

Das Rascheln des Stoffs auf der Haut, sobald er die angespannten Muskeln nur leicht bewegte.

Da war das rauhe Knurren seines leeren Magens.

Und dann plötzlich ein Geräusch, das durch die Kiste gedämpft wurde, und noch eins, etwas lauter, dazu ein Surren, ein Flüstern, ein Murmeln, das seinen Herzschlag beschleunigte. De Luca kniff die Augen noch fester zusammen und preßte die Handgelenke auf die Ohren, bis er das Blut in den Adern pulsieren hörte, nur noch das Blut, bis das Flüstern sich in Stimmen verwandelte, in schwere Schritte oben in der Hütte. Das letzte Rumpeln kam von der Kiste, die sein Schlupfloch bedeckt hatte und nun weggezogen wurde. Der Staub aus dem Jutesack rieselte ihm in den Kragen.

»Da ist er!« sagte jemand, während er schon an den Schultern gepackt und hinausgezerrt wurde. Er hielt die Augen die ganze Zeit geschlossen und öffnete sie erst, als er mit dem Rücken gegen einen

Baum prallte und sich an der Rinde festklammern mußte, damit er nicht, in den Mantel gehüllt, abrutschte.

»Sieh mal an, wen wir da haben«, sagte Carnera und leuchtete ihm mit dem gebündelten Strahl einer Taschenlampe ins Gesicht. »Sind Sie beim Trüffelsuchen, Ingegnere?«

De Luca zwinkerte mit den Lidern, weil das Licht ihn blendete. Mit einer Hand schirmte er die Augen ab und sah außer Carnera zwei weitere bewaffnete Männer und etwas abseits, mit einer Petroleumlampe in der Hand, Pietrino Zauli.

»Sie können von sich sagen, daß Sie der einzige sind, der Learco Padovani jemals verarscht hat«, sagte Carnera, »aber Sie werden es nicht mehr herumerzählen können. Haben Sie heute schon die Zeitung gelesen, Ingegnere?«

Carnera trat einen Schritt auf De Luca zu, hielt ihm eine aufgeschlagene Zeitung vor die Nase und richtete den Strahl der Taschenlampe auf die Seite. De Luca kniff die Augen zusammen und entzifferte: DAS URTEIL FÜR DEN SCHLÄCHTER RASSETTO WIRD JEDEN AUGENBLICK ERWARTET, darunter war ein Foto abgebildet, unscharf gedruckt und bei dieser Beleuchtung nur verschwommen zu erkennen. Und am Rand des Lichtkegels, gezeichnet von einem Knick, der mitten durch das Bild lief, stand, die Hände in den Taschen vergraben, in seinem schwarzen Hemd und dem Regenmantel: De Luca.

»Wenn ich bedenke, daß Savioli Sie für ein großes Tier der Partei gehalten hat«, lachte Carnera, »und ich Sie sogar für einen Carabiniere ... Wenn ich daran denke, daß Francesca ...« Er klappte den Mund zu, seine Faust zischte pfeilgerade durch die Luft, traf De Luca mitten auf die Stirn, und der glitt langsam zu Boden.

»Los«, sagte Carnera, »bringen wir ihn weg und tun wir, was wir zu tun haben.«

12

Er erwachte von einem beißenden Geruch, einem säuerlichen, ekelerregenden Geruch, bei dem sich sein Magen zusammenkrampfte. Er versuchte, die Augen zu öffnen, aber das gelang ihm nur zur Hälfte, das zweite Auge blieb halb geschlossen, denn das Augenlid war an der Ecke verklebt, löste sich dann aber mit einem schmerzhaften Ruck und verschleierte ihm die Sicht.

»Das war ein Besoffener, vorgestern abend ... Er hat in die Ecke gekotzt, ich muß es erst noch wegwischen. Aber Sie müssen sich damit zufriedengeben, eine andere Zelle haben wir nicht.«

Leonardi saß im Flur vor der Zelle auf einem Hokker. De Luca hingegen lag, angelehnt an der nackten Wand, auf dem Boden.

»Was ... was mache ich hier?« fragte er.

»Ist das Ihrer Meinung nach eine angemessene Frage aus dem Mund eines Kriminalbeamten? Was macht man in einer Zelle? Sie sind im Gefängnis, Sie sind verhaftet.«

De Luca räusperte sich. Der Gestank war unerträglich, und in seinem Mund sammelte sich eine Menge Spucke, so als müßte auch er sich gleich übergeben. »Warum ich noch am Leben bin, wollte ich damit sagen.«

»Richtig, Sie sind noch am Leben. Gestern abend habe ich einen Blick in die Zeitung geworfen und bin gleich zur Osteria gefahren. Die Tedeschina hat mir erzählt, was passiert war und wo sie Sie versteckt hatte, und ich bin genau in dem Moment gekommen, als die anderen Sie wegtragen wollten. Also habe ich Sie gleich verhaftet und mitgenommen.«

»Und Carnera hatte nichts dagegen?«

»Er hat gesagt, daß ich große Schwierigkeiten bekomme, aber ich hatte das hier bei mir, und da war er still.« Leonardi steckte eine Hand in die Tasche seiner Lederjacke und zog eine schwarze, kleine, runde Handgranate heraus. »Aber das wird nicht lange vorhalten, Ingegnere ... Ich mache zwar lockere Sprüche, aber im Grunde scheiße ich mir vor Angst in die Hose.«

De Luca hob einen Arm und streckte Leonardi die Hand entgegen, der ihn verständnislos ansah.

»Kommen Sie, Brigadiere, helfen Sie mir hoch, ich will hier raus.«

»Also wirklich, Ingegnere, ich ...«

De Luca seufzte. »Brigadiere, Sie sind doch nicht wegen meiner schönen Worte über die Gerechtigkeit dort aufgetaucht, um mich zu verhaften ... Sie haben gemerkt, daß wir mittlerweile beide im gleichen Boot sitzen und daß die einzige Möglichkeit, unsere Haut zu retten, darin besteht, Carnera fertigzumachen. Das weiß ich genausogut wie Sie, also seien Sie unbesorgt, ich laufe schon nicht weg... Wir haben ja beide gesehen, wie zwecklos das ist.«

Leonardi nickte, dann streckte auch er den Arm vor und zog De Luca mit einem kräftigen Ruck von der Wand hoch.

Im Polizeibüro am Ende des Flurs atmete De Luca so lange durch die Nase, bis ihm schwindelig wurde.

»Sie sind voller Blut«, sagte Leonardi. »Wollen Sie ein bißchen Wasser haben?«

De Luca faßte sich an die Stirn und zog eine Grimasse, als er die harte Kruste einer Platzwunde ertastete.

»Darum kümmern wir uns später«, sagte er, »jetzt haben wir etwas Dringenderes zu erledigen.« Er ging um den Schreibtisch herum und ließ sich geistesabwesend auf Leonardis Stuhl fallen, blickte zur Decke und biß sich auf die Innenseite der Unterlippe. Leonardi warf einen entnervten Blick auf den anderen Stuhl, dann seufzte er.

»Ein heißumkämpfter Sommer«, sagte er.

De Luca senkte den Blick. »Wie bitte?«

»Letzte Woche stand ein Kommentar in der *Unità*, in dem der Sommer '44 so bezeichnet wurde, weil gekämpft wurde und die Leute ihr Leben aufs Spiel setzten... Jetzt ist schon der Sommer '45 vorbei, und ich kämpfe immer noch.«

De Luca zuckte gleichgültig die Achseln. »Ich kann mich an keinen einzigen Sommer erinnern, der nicht heißumkämpft war. Und es werden noch viele andere folgen.«

Leonardi runzelte die Stirn und schüttelte den Kopf, dann erblickte er im Küchenschrank auf dem Wust anderer Papiere die aufgeschlagene Zeitung mit dem Foto und lächelte säuerlich.

»Das ist schon eine komische Geschichte«, sagte er. »Ich, Partisan und Kommunist, stehe hier und denke zusammen mit einem Faschisten darüber nach, wie ich einen Genossen einbuchten kann.«

De Luca löste den Blick von der Decke. Er legte die Arme auf den Schreibtisch, vergrub den Kopf zwischen den Schultern, saß mit krummem Rücken da.

»Jetzt reicht's auch mit diesem Märchen vom Faschisten«, sagte er.

»Ach ja? Sind Sie etwa auch ein Partisan, Ingegnere?«

»Nein. Ich bin ein Kriminalbeamter. Ich war ein Kriminalbeamter.« De Luca berührte den Schorf und kratzte ihn langsam mit dem Fingernagel ab. Er seufzte. »Ich hatte zwei Jahre an der Universität hinter mir, dann bewarb ich mich bei der Polizei und wurde genommen. Meine Familie wußte nichts davon, sie wollten, daß ich Anwalt werde, aber ich las Gaboriau, die Erzählungen von Poe, die Rue Morgue ... Ich war der jüngste Inspektor aller Polizeipräsidien Italiens. Der erste Fall, den ich gelöst habe ... Erinnern Sie sich noch an Matera? Oder waren Sie damals noch zu jung?«

»Ich habe später darüber gelesen, in den Zeitungen. Filippo Matera, das Monster von Orvieto.«

»Richtig, sehr gut ... den habe ich geschnappt. Die Sache hat viel Staub aufgewirbelt, jedenfalls nach den wenigen Artikeln zu schließen, die danach in den Zeitungen standen ... Mussolini hat mir höchstpersönlich ein Dankesschreiben geschickt. Dann kam der achte September, der Polizeipräsident hatte sich abgesetzt, und ich blieb übrig, um den Laden zu schmeißen, das ganze Polizeipräsidium, zwei Tage lang, nur ich und ein Polizist und das war's, bis die Deutschen kamen und mit ihnen Rassetto. Auf diese Weise bin ich in einem funktionierenden Büro gelandet und konnte wieder wie ein richtiger Kriminalbeamter arbeiten, wie vorher auch. Gibt es einen Fall zu lösen oder jemand aufzuspüren? Ich löse den Fall, ich finde den Mann. Ich habe nie jemand gefoltert und auch nie gesehen, wie jemand gefoltert wurde ... Glauben Sie mir das etwa nicht? Ach, glauben Sie doch, was Sie wollen. Ich war nicht deshalb bei der Squadra Politica, weil ich ein Faschist gewesen wäre, sondern ich war genauso ein Faschist wie viele andere auch, es war mir völlig egal ...«

»Ja, sicher, Sie haben nur Ihre Pflicht getan.«

»Nein, Leonardi, nicht meine Pflicht ... meinen Beruf! Das ist etwas anderes ...«

»Ja, das ist etwas anderes. Das ist sogar noch schlimmer.«

De Luca verzog das Gesicht, breitete die Arme aus und lehnte sich zurück.

»Na schön. Lassen wir die Bewertung für heute beiseite, das ist jetzt nicht der richtige Moment. Ihre Handgranaten werden unser Leben nicht mehr lange schützen können, also sehen wir lieber zu, wie wir aus der Klemme kommen.«

Er stand auf, vergrub die Hände in den Taschen und fing an, im Zimmer auf und ab zu gehen. Leonardi nutzte den Moment, um sich seinen Stuhl zurückzuerobern.

»In diesem Fall gibt es eine Menge unklarer Punkte«, begann De Luca. »Angefangen bei diesem Baroncini, der nichts mit der Sache zu tun hat, aber ständig überall auftaucht und sich dann aus dem Staub macht, als hätte er irgend etwas ausgefressen. Haben Sie sich die Informationen besorgt, um die ich Sie gebeten hatte?«

»Ja. Er hat die beiden Lastwagen in Lire bezahlt, sofort und in bar. An demselben Tag hat er außerdem ein Stück Land gekauft, das aber nichts wert ist, weil es vermint ist.«

»Irgendeinen Wert wird es schon haben ... Baroncini wirkt nicht gerade so, als würde er das Geld zum Fenster hinauswerfen. In der Nacht, als der Graf ermordet wurde, war Baroncini auch in dem Haus, aber er war nicht mit Carnera gekommen. Baroncini weiß irgend etwas Wichtiges und hat Angst, denn er verschwindet und läßt mir über Bedeschi ausrichten, daß wir die Finger davon lassen sollen. Weshalb? Das ist und bleibt ein Geheimnis. Sehen wir uns also mal Carnera an ... Bitte lassen Sie mich wieder sitzen.«

Leonardi stand instinktiv auf, und De Luca setzte sich. Leonardi öffnete den Mund, um etwas zu sagen, aber De Luca redete bereits weiter.

»Also, Carnera und sein GAP fahren zum Haus des Grafen, um ihn zu liquidieren ... um ihn hinzurichten. Alles ganz regulär, bis auf die Tatsache, daß Carnera sich in einem schwachen Moment dazu hinreißen läßt, die Brosche und den Ring einzustecken. Dann passiert plötzlich irgend etwas, und alle nehmen Reißaus. Was haben sie in diesem Haus entdeckt, das so entsetzlich war? Gespenster? Es muß etwas Großes gewesen sein, denn der Fiat war zu klein, sie brauchten Giannis Lieferwagen ... und vor allem«, De Luca klopfte mit den Knöcheln auf die Tischplatte, »muß dieses Etwas so gefährlich gewesen sein, daß sie Delmo kurzfristig mit der Brosche den Mund stopfen mußten. Wovor kann einer wie Carnera nur Angst haben?«

Leonardi sagte nichts, und De Luca nickte.

»Genau. Es gibt nichts, das Carnera angst machen könnte. Er ist ein Held, doch nicht nur das, er ist ein Held, der die Kräfteverhältnisse sehr genau abzuschätzen vermag, denn sonst hätte er mich gleich umgebracht, neulich auf dem Hof. Und Carnera weiß, daß er hier der Stärkere ist.« De Luca klopfte wieder mit den Knöcheln auf den Tisch, lehnte sich zurück und verschränkte die Arme vor der Brust. Leonardi wartete, bis er es nicht mehr aushielt.

»Und jetzt?«

»Jetzt müssen wir den Grafen finden. Dieses schreckliche Etwas, das Carnera angst macht, liegt zusammen mit ihm unter der Erde.«

Leonardi biß sich auf die Lippen, stützte die Hände in die Hüften, wandte sich zum Fenster und sah hinaus.

»Ich warte, Brigadiere«, sagte De Luca.

»Sehen Sie, Ingegnere, die Sache ist die, daß ich gar nicht weiß, wo der Graf begraben wurde. Es gibt hier so viele Stellen, wo Leute verscharrt sind, am Flußufer, hinter dem Herrenhaus ...«

»Beim Haus des Grafen mit Sicherheit nicht, denn sie brauchten ja ein Transportmittel ... Es muß ein Ort sein, den kaum jemand kennt und wo selten jemand hingeht, der schwer zu erreichen ist und auch weit genug entfernt. Kennen Sie so einen Ort, Brigadiere?«

Leonardi schüttelte den Kopf, blickte unverändert aus dem Fenster, dann klappte sein Mund auf.

»Aber ja, natürlich! Carnera hat einmal einen Deutschen dort begraben! Mein Gott, Ingegnere ... auf dem Feld, das Baroncini gekauft hat!«

13

»Sind Sie ganz sicher, daß die Karte stimmt?«

»Keine Angst, Ingegnere, die hat ein Deserteur uns vermacht, und bisher hat sie immer gestimmt. Gehen Sie lieber hinter mir her.«

De Luca setzte unbeholfen einen Schritt vor den anderen und hielt dabei den Spaten in der Hand wie ein Seiltänzer. Er versank mit den Schuhen in der weichen Erde, die noch feucht war vom Regen des Vortages.

»Wir haben Glück«, sagte Leonardi. »Durch die Minen wird das Gebiet, das wir absuchen müssen, eingeschränkt ... Hier, hinter diesem Graben liegen keine mehr.«

Sie sprangen über den Graben und blieben auf der anderen Seite stehen. Leonardi stieß einen Seufzer der Erleichterung aus, ließ den Spaten und den Pflock zu Boden fallen und legte die Arme auf das Maschinengewehr, das er sich umgehängt hatte. In der Mitte des Feldes befand sich eine kleine Platt-form, das Unkraut wucherte durch die Risse im Ze-ment.

»Das war eine Artilleriestellung mit einer Kanone Kaliber 88«, sagte Leonardi. »Den Baum da haben sie abgesägt, weil er direkt in der Schußlinie stand. Also? Wo fangen wir an? Bald wird es dunkel, Ingegnere.«

De Luca stieg, die Fäuste in die Hüften gestemmt, auf die Plattform und sah sich um. Auch wenn die Minen das Gebiet eingegrenzt hatten, war der Bereich, den sie absuchen mußten, für zwei Leute immer noch viel zu groß.

»Sehen Sie mal da«, sagte Leonardi und zeigte auf einen Haufen aufgeworfener Erde gleich neben der Plattform. »Da hat schon jemand versucht zu graben.«

De Luca nickte. »Baroncini«, sagte er. »Aber ich glaube nicht, daß der Graf so dicht neben der Plattform begraben ist ... Wenn es regnet, läuft das Wasser herunter. Carnera ist alles andere als dumm, den Randbereich können wir also ruhig ausschließen.« Er kniff die Augen halb zusammen, Leonardi hatte recht, das Licht schwand jetzt sehr schnell. »Wenn man etwas verstecken will, auch wenn es für immer ist, dann sucht man sich normalerweise einen Orientierungspunkt ... den abgesägten Baum da. Lassen Sie uns dort anfangen.«

Er sprang von der Plattform und nahm den Pflock, einen Holzstamm, der lang und dünn war wie ein Speer. Er ging zu dem Baumstumpf hinüber und blieb nachdenklich stehen.

»Wie weit reichen die Wurzeln?« fragte er.

»Mindestens bis hier.« Leonardi zog mit dem Stie-

fel einen Strich in der Erde, De Luca stieß den Holz-
pflock hinein und drückte ihn mit beiden Händen
nach unten, so tief er konnte. Leonardi sah ihm dabei
zu, ernst und beunruhigt.

»Ich treibe mich nicht gern da herum, wo die Toten begraben liegen«, sagte er. »Ich finde das widerlich.«

»Die Lebenden machen mir mehr angst«, erwiderte De Luca. Er zog den Pflock heraus, der ein
rundes Loch im Erdreich hinterließ, und setzte dann
ein weiteres Loch neben das erste und noch eins und
noch eins, einmal um den Baumstumpf herum. Er
hatte fast die Runde gemacht, als er stockte, weil der
Pflock, der erst halb in der Erde steckte, vibrierte.

»Da ist etwas.«

»Mein Gott!«

De Luca nahm den Spaten und stieß ihn neben
dem Pflock in die Erde, er grub hastig, aufgeregt und
unterbrach sich nur kurz, um den Mantel auszuziehen und auf den runden Baumstumpf zu werfen.

»Was ist?« sagte er zu Leonardi. »Wollen Sie mir
nicht helfen?«

Leonardi schnitt eine Grimasse und legte das
Maschinengewehr ab. Er griff sich seinen Spaten und
begann ebenfalls zu graben, aber langsamer, mit vor-
sichtigen Spatenstichen, und weiter vom Pflock
entfernt. Es wurde jetzt zunehmend dunkel.

»Nehmen Sie die Taschenlampe und leuchten Sie
mir«, sagte De Luca und unterbrach die Arbeit, um
sich den Schweiß von der Stirn zu wischen. Er zog

jetzt auch sein Jackett aus und krempelte die Hemds-
ärmel hoch, rieb sich dann die Hände, die allmählich
zu schmerzen begannen.

»Sie können ihn ebensogut drei Meter weiter weg
begraben haben ...«, sagte Leonardi, »sie waren zu
zweit und haben möglicherweise die ganze Nacht
hindurch gegraben ... Vielleicht war das, was Sie da
gespürt haben, nur ein Stein oder ein Teil von ...«

»Hier ist es, sehen Sie mal her!«

De Luca hörte auf zu graben und stieß den Spaten
neben dem Rand des Lochs in den Boden. Er bückte
sich, schob die Erde mit den Händen zur Seite und
deckte einen dunklen Stoffzipfel auf.

»Mehr Licht bitte, Brigadiere!«

Er versuchte, mit aller Kraft zu ziehen, und als der
Stoff aus dem Erdreich glitt, verlor er kurz das
Gleichgewicht. Es war ein eingewickeltes Bündel,
das mit einem geflochtenen Band zugeschnürt war.

»Was ist es? Was ist es?«

De Luca stieg aus dem Loch und setzte sich auf
den Baumstumpf. Er löste den Knoten, klopfte die
Erde ab und wickelte das Bündel auf dem Holz aus.

»Es ist ein Schlafrock«, sagte er, »der Schlafrock
des Grafen. Wir haben's geschafft, Brigadiere, wir
haben's geschafft!«

Ein eigenartiges Knistern, das anders klang als das
Rascheln der staubigen Atlasseide, ließ ihn aufmer-
ken. Seine Hand lag auf der Rocktasche, er schob
zwei Finger hinein und zog ein Stück Papier heraus.

»Was ist es?« wiederholte Leonardi, »was ist es?«

De Luca griff nach Leonardis Hand und lenkte den Strahl der Taschenlampe auf das Papier. Es war eine Empfangsbestätigung, zweihunderttausend Lire zugunsten des CLN von Sant'Alberto, gezahlt von Graf Amedeo Pasini.

»Zweihunderttausend?« fragte Leonardi. »Beim CLN sind niemals zweihunderttausend Lire angekommen ... Einige Faschisten haben den CLN im allerletzten Moment noch finanziell unterstützt, um die eigene Haut zu retten, aber abgesehen davon, daß sie trotzdem dran glauben mußten, habe ich von dieser Spende nie etwas gehört ...«

»Sehen Sie mal nach, wer die Bescheinigung unterschrieben hat.«

»O Gott! Baroncini!«

»Daher hatte er also das Geld für die Lastwagen ... und deshalb ist er auch beim Grafen aufgetaucht und hat sich das Stück Land gekauft ... er wollte die Bescheinigung wiederhaben, die der Graf verständlicherweise immer in der Tasche bei sich trug. Wenn Carnera davon erfahren hätte, würde hier jetzt Baroncini unter der Erde liegen. Und das ist auch der Grund, weshalb er sich aus dem Staub gemacht hat.«

De Luca faltete das Blatt zusammen und reichte es Leonardi, dann stand er auf und stieg wieder in das Loch. Er begann erneut zu graben, unterhalb des Abdrucks, den der zusammengerollte Schlafrock hinterlassen hatte, und jedesmal, wenn er einen Widerstand zu spüren glaubte, hielt er inne und kratzte mit dem Rand des Spatens vorsichtig die Erde weg.

Es war Leonardi, der als erster das fahle, im Mondlicht beinahe bläuliche Knie entdeckte. Er stöhnte
leise auf, die Taschenlampe zitterte.

»Oh, mein Gott!«

De Luca ließ den Spaten fallen und fing nun an,
mit den Händen zu buddeln, wie ein Hund, über die
Schulter sah er hoch zu Leonardi.

»Wie sieht's aus, Brigadiere? Wollen Sie nun Kriminalkommissar werden, oder nicht?«

Leonardi ließ sich ebenfalls in das Loch hinunter,
faßte aber nichts an. Mit der Taschenlampe in der
Hand blieb er dort stehen, bis De Luca sich aufrich-
tete und die Hände an der Hose abklopfte.

»Wer ist der da? Ist das der Graf?«

Leonardi warf einen Blick auf das Gesicht, das
zwischen den aufgewühlten Erdmassen halb zum
Vorschein gekommen war. »Ja«, sagte er und unterdrückte einen ersten Brechreiz, »ja, das ist er.«

»Gut. Wie Sie sehen, ist er nackt, und wie Sie ebenfalls erkennen können – es sei denn, der Graf war ein
Mann mit drei Beinen –, liegt unter ihm noch ein
zweiter Körper. Und wenn ich bedenke, was über
den Grafen erzählt wird und daß der andere auch
nackt ist, dann scheint mir, daß die zwei zusammen
im Bett waren. Das ist auch der Grund, weshalb Carnera den Lieferwagen brauchte … Er hat sie alle
beide umgebracht, als er beim Grafen war. Wenn Sie
sich übergeben müssen, Brigadiere, dann tun Sie das
bitte oben … hier unten ist alles schon widerlich genug.«

Leonardi ließ De Luca die Taschenlampe da und kletterte hastig aus dem Loch. Er kniete sich auf den Baumstumpf, beugte sich über den Rand, riß den Mund auf und preßte sich eine Hand auf den Magen. De Luca ließ den gelblichen Strahl der Taschenlampe über den Boden des ausgehobenen Lochs gleiten, über die ineinander verschlungenen, weißen, in der dunklen Erde leuchtenden Körper, die wie aus Marmor wirkten.

»Na schön«, sagte er zu sich selbst, »na schön. Aber etwas fehlt noch, es fehlt diese entsetzliche Sache, die Carnera solche angst gemacht hat.«

Neben einer blonden Haarsträhne blitzte etwas auf, höchstens eine Sekunde lang, genau so lange, wie der Lichtstrahl es erfaßte, und erregte De Lucas Aufmerksamkeit. Da lag doch noch etwas, unter einer Schaufel voll Erde, und De Luca kratzte es mit den Fingern und den Fingernägeln frei, im Dunkeln, denn die Taschenlampe war ihm aus der Hand geglitten.

»O Gott«, murmelte er, als er das Ding in der Hand hielt, und wiederholte: »Mein Gott!«, als er es endlich im Lichtschein betrachtete: »Sissi!«

»Sissi? Der Hund?« sagte Leonardi heiser.

»Nein, o nein!« De Luca konnte wegen des angespannten, hysterischen Lächelns, das sein Gesicht verzerrte, kaum sprechen. »Nein, Brigadiere, nein ...« Er hielt die zerknitterte Jacke einer Uniform hoch, und die Taschenlampe in seiner Hand leuchtete

direkt auf den weißen Streifen mit dem Namen neben den Kragenspiegeln.

»Sissi ist kein Hund ... Sissi ist ein polnischer Offizier!«

14

»Carnera hat sich erschossen, Ingegnere! Kaum hatten wir uns dem Haus genähert, zusammen mit den Carabinieri und den Polen, hat er sich die Pistole unter das Kinn gehalten und abgedrückt.«

De Luca saß auf einem Hocker, den Rücken an die Zellenwand gelehnt, eine Zeitung auf den Knien. Früh am Morgen war eine Frau gekommen, hatte den Fußboden aufgewischt und die Wände mit einem Desinfektionsmittel eingesprüht, das stark nach Alkohol roch. Leonardi verzog angeekelt das Gesicht und riß die Tür auf. Er setzte sich neben De Luca auf das Feldbett.

»Die Polen haben ihren Sissi mitgenommen«, sagte er, »und damit ist die Sache erledigt. Meinen Bericht habe ich in dreifacher Ausfertigung geschrieben, eine Kopie für mich, eine für die Military Police und eine für die Carabinieri ...« Er zog ein zweimal zusammengefaltetes Protokollblatt aus der Tasche seiner Lederjacke. »Ich habe alles aufgeschrieben, Carnera, der zum Grafen fährt, Carnera, der den zweiten Mann umbringt, bevor er merkt, daß es sich um einen polnischen Offizier handelt, Delmo Guerra, der beobachtet, wie er die Leichen auf Baroncinis Grund und Boden vergräbt, und der Carnera mit der einzigen Sache erpreßt, die ihm angst macht, ein Einschreiten der Alliierten, also bezahlt Carnera ihn zunächst und räumt dann die ganze Familie aus dem Weg ... Der Capitano der Military Police hat den Bericht genommen, und dann hat er so gemacht«, Leonardi riß das Blatt der Länge nach entzwei und legte die beiden Stücke aufeinander. »Daraufhin hat der Maresciallo der Carabinieri ›zu Befehl‹ gesagt und so gemacht«, er zerriß das Blatt ein zweites Mal und warf die Papierfetzen in die Luft. Ein Streifen segelte im Kreis herunter und blieb auf seiner Schulter liegen.

»Das ist verständlich«, sagte De Luca. »Die Geschichte ist äußerst peinlich.«

»Genau, und deshalb sind jetzt auch alle zufrieden, Savioli und Bedeschi, die sich Carnera vom Hals geschafft haben ... ebenso wie Baroncini, der aus Bologna zurückgekehrt ist und neue Fenster für die Schule gestiftet hat.«

»Und Sie, Brigadiere? Sind Sie auch zufrieden?«

»Ich weiß es nicht ... ich weiß nicht, ob ich zufrieden bin. Die Carabinieri haben gesagt, daß die Polizei Leute wie mich brauchen kann, aber sie wollten damit nicht sagen, daß ich gut bin ... sondern daß ich vertrauenswürdig bin.« Leonardi schüttelte den Kopf, preßte die Lippen aufeinander, dann zuckte er die Schultern.

»Trotzdem, doch, ich bin zufrieden ... es ist das, was ich wollte. Aber um Carnera tut es mir schon leid.«

De Luca blickte auf seine Hände, berührte mit dem Finger die dicken, glänzenden Blasen auf den Handflächen. Er war es nicht gewohnt zu graben.

»Hier geht es nicht um einen moralischen Schlagabtausch zwischen Gut und Böse, Brigadiere«, sagte er. »Für uns ist Mord nur ein physischer Akt, eine Frage der Verantwortung vor dem Gesetz. Ihr Carnera hat einen großen Fehler gemacht, und für seine Fehler muß man nun einmal bezahlen.« Er merkte, daß Leonardi ihn mit einem eigenartigen Ausdruck im Gesicht ansah, und verspürte Unbehagen.

»Es freut mich, daß Sie die Sache so sehen, Ingegnere«, sagte Leonardi und senkte den Blick. »Denn die Polen sind jetzt zwar fort ... aber die Carabinieri sind immer noch da.«

De Luca klappte den Mund auf, und die Zeitung rutschte ihm von den Knien.

»Mittlerweile wußten doch alle, wer Sie sind«, sagte Leonardi, »ich konnte das nicht mehr verbergen ... und außerdem, mein Gott, Ingegnere ...«

De Luca blickte verwirrt um sich und biß sich auf die Lippen, dann stieß er einen kurzen Seufzer aus, der fast wie ein Stöhnen klang. Die Angst zog ihm den Magen zusammen, er sah zu Boden und schluckte schwer.

»Aber ja ...«, murmelte er, »aber ja, vielleicht ist es besser so ... so kann ich ... alles klären ...«

»Genau ...«, sagte Leonardi, »und genau das ist

jetzt wichtig ... und ein guter Anwalt, eine gute Verteidigung ... Sie werden sehen, alles kommt wieder ins Lot, Ingegnere.«

Sie sahen sich in die Augen, nickten und vermieden es beide, auf die Zeitung zu blicken, die aufgeschlagen auf dem Fußboden lag. Die Schlagzeile lautete: AUSSERORDENTLICHES SCHWURGERICHT: DER KRIMINELLE RASSETTO WIRD ZUM TODE VERURTEILT.

»Ingegnere ...«, sagte Leonardi, »Commissario ...« – aber die Schritte auf dem Flur ließen sie gleichzeitig hochschnellen. Ein Carabiniere in heller Uniform, wie sie auf dem Land üblich war, trat über die Türschwelle, ein zweiter folgte ihm. Er reichte Leonardi ein Blatt Papier.

»Beeilen Sie sich, Brigadiere«, sagte er schroff, »es gefällt mir ganz und gar nicht, wie böse die Leute da draußen uns ansehen ... Da ist eine Verrückte mit kurzen Haaren, die hat uns angespuckt und wollte einen Stein nach uns werfen. Bitte unterschreiben Sie hier ... Ist er das?«

Er zeigte auf De Luca, der starr an der Wand stand, und der zweite Carabiniere machte, die Hand in der Hosentasche, einen Schritt nach vorn. Er packte De Luca an einem Ärmel seines Regenmantels und ließ blitzschnell die Handschellen zuschnappen. De Luca sah Leonardi an, und ein bleiches Lächeln zitterte auf seinen Lippen.

»Das ... das ist mir noch nie passiert ...«, murmelte er.

»Los, gehen wir«, sagte der Carabiniere. Sie packten ihn an den Armen, schoben ihn aus der Zelle, trugen ihn fast hinaus.

»Nicht so grob«, sagte Leonardi und streckte die Hand nach ihm aus, doch sie waren schon draußen. Er blieb allein in der Zelle zurück, das Blatt Papier in der Hand, verwirrt, bis plötzlich ein Ruck durch ihn ging und er in sein Büro hinüberlief.

Er kam gerade noch rechtzeitig, um vom Fenster aus zu sehen, wie sie De Luca in den kleinen Lastwagen mit der heruntergelassenen Plane schubsten und sich aufmerksam und mißtrauisch nach allen Seiten umsahen, das Maschinengewehr im Anschlag.

Carlo Lucarelli
Der rote Sonntag
Ein Fall für Commissario De Luca.
Aus dem Italienischen von Monika
Lustig. 208 Seiten. Serie Piper

Commissario De Luca schlägt
den Mantelkragen hoch. Ein
kühler Wind weht durch das re-
gennasse Bologna. Es ist der
April des Jahres 1948. Nervosi-
tät und die lähmende Spannung
der ersten demokratischen
Wahlen liegen über der Stadt,
als De Luca sich auf den Weg
macht in die Via delle Oche.
Dort soll sich der kommunisti-
sche Bordellhandlanger Ermes
Ricciotti erhängt haben. Die Indizien am Tatort sprechen eine
andere Sprache, doch von ober-
ster Stelle werden De Lucas Ermittlungen im Keim erstickt.
Bis er der »Tripolina«, der
verschlossenen, dunkelhaari-
gen Bordellbesitzerin, näher-
kommt. Mit seinem eigenen fe-
sten Moralkodex bewegt sich
Commissario De Luca in diesem Netz aus Lügen, Betrug
und politischer Machtgier. La-
konie, der scharfe Blick fürs
Milieu und bestechend viel-
schichtige Charaktere zeichnen
die Romane von Carlo Lucarelli aus – und die ganz besondere Atmosphäre ihrer Zeit.

Carlo Fruttero & Franco Lucentini
Der Liebhaber ohne festen Wohnsitz
Roman. Aus dem Italienischen
von Dora Winkler. 319 Seiten.
Serie Piper

Wer ist dieser mysteriöse Mr.
Silvera, der als Reiseleiter fas-
sadensüchtigen Touristen die
Schätze Venedigs näherbringt?
Die römische Prinzessin, im
Auftrag eines Auktionshauses
in der Lagunenstadt, verfällt
umgehend seinem Charme. Als
zwischen der Principessa und
ihrem »Mystery Man« eine
hinreißende Liebesgeschichte
beginnt, benutzt sie ihn auch,
um mit seiner Hilfe das Geheimnis dubioser Händler um
illegale Kunsttransaktionen zu
lüften.

»Unterhaltung auf allerhöch-
stem Niveau. Und noch mehr:
eine lesbare Liebesgeschichte.«
Der Tagesspiegel

SERIE PIPER

Carlo Fruttero & Franco Lucentini

Der Palio der toten Reiter

Roman. Aus dem Italienischen von Burkhart Kroeber. 200 Seiten. Serie Piper

Ein Mailänder Anwaltsehepaar gerät auf einen mysteriösen Landsitz in der Toskana und in eine seltsame Abendrunde. Gesprächsthema ist das bevorstehende Reiterfest in Siena. In derselben Nacht wird ein Toter in der Bibliothek gefunden. Das Autorenduo läßt mit genüßlicher Ironie die Welt der Fernseh- und Konsumwirklichkeit mit uralten kulturellen Ritualen zusammenprallen.

»Fruttero und Lucentini haben mit dem Roman ein gleichermaßen witziges wie tiefsinniges und mitunter auch bitterböses Psychogramm des Durchschnittsitalieners entworfen.«
Tages-Anzeiger

Andrea Camilleri

Die sizilianische Oper

Roman. Aus dem Italienischen von Monika Lustig. 270 Seiten. Serie Piper

Aufruhr im sizilianischen Städtchen Vigàta. Zankapfel ist eine umstrittene Opernaufführung: Gegen allen Protest hat der frischgebackene Präfekt die entsetzlich schlechte Oper eines drittklassigen Komponisten durchgesetzt. Vigàtas Hitzköpfe entfachen ein wunderbar groteskes Spektakel, bei dem nicht nur das neue Opernhaus abbrennt.

»Mit der Leichtigkeit eines Pianisten spielt Camilleri auf der Klaviatur Siziliens und seiner Mentalität. Eine Vielstimmigkeit an Bildern und Sprachen, eine menschliche Komödie in der Tradition Gogols und Pirandellos.«
Corriere della sera

05/1147/01/L   05/1341/01/R

Andrea Camilleri
Jagdsaison
Roman. Aus dem Italienischen von Monika Lustig. 160 Seiten.
Serie Piper

Neun Tote in wenigen Monaten sollten in dem sizilianischen Städtchen Vigàta eigentlich mehr Aufregung verursachen. Doch erst der neue Stadtkommandant aus dem Norden Italiens beginnt an der Zufälligkeit dieser Heimsuchung zu zweifeln. Was geschieht, wenn einer aus Liebe zu fast allem bereit ist, erzählt dieser sinnlich-skurrile Roman aus der Feder eines der erfolgreichsten Schriftsteller Italiens.

»Camilleri erzählt mit spürbarer Lust an überraschenden Wendungen und komischen Situationen von wunderbar plastischen Figuren.«
Frankfurter Rundschau

Karin Fossum
Evas Auge
Roman. Aus dem Norwegischen von Gabriele Haefs. 368 Seiten.
Serie Piper

Könnte sie als Prostituierte ihr Geld verdienen? Für die junge, bislang erfolglose Malerin Eva Magnus stellt sich diese Frage, als sie ihrer Jugendfreundin Maja begegnet. Diese ist der lebensfrohe Beweis dafür, wie man durch Anschaffen zu viel Geld kommt. Eva beginnt ihre Lehre: Durch einen Türspalt läßt Maja sie dabei zusehen, wie sie einen Kunden empfängt. Aber es kommt zu einem Streit, und die Voyeurin im Nebenzimmer bleibt mit der Leiche der Freundin zurück. Der sympathische Kriminalkommissar Sejer, der in dem Mordfall ermittelt, ahnt, daß die junge Künstlerin mehr zu erzählen hat, als sie aussagt, und Eva muß befürchten, daß der Mörder um die Zeugin weiß.
Ein ungemein spannendes Drama um eine junge, alleinerziehende Frau.

»Mit ›Evas Auge‹ liegt weit mehr vor als ein ausgezeichneter Kriminalroman.«
Bayerischer Rundfunk

05/1340/01/L   05/1008/01/R

SERIE PIPER

Karin Fossum

Fremde Blicke

Roman. Aus dem Norwegischen von Gabriele Haefs. 352 Seiten. Serie Piper

Still und schwarz liegt der Schlangenweiher, eingebettet in die Hügel der grünen Fjordlandschaft, als Hauptkommissar Konrad Sejer am Ufer die junge Annie Holland findet. Sie ist ermordet worden, und niemand in dem kleinen norwegischen Dorf kann sich erklären, weshalb. Denn Annie galt als liebenswert und äußerst hilfsbereit. Doch als der wortkarge Konrad Sejer mit Beharrlichkeit und feinem Ohr für die Mißtöne in der Dorfgemeinschaft Annies letzte Wochen rekonstruiert, stellt sich heraus, daß sie sich in dieser Zeit sehr verändert hatte – sie war plötzlich tieftraurig, wankelmütig und launisch geworden. Und dann stößt Sejer auf einen zweiten tragischen Todesfall in der Gemeinde, der erst wenige Monate zurückliegt ...

Karin Fossum

Wer hat Angst vorm bösen Wolf

Roman. Aus dem Norwegischen von Gabriele Haefs. 320 Seiten. Serie Piper

Die norwegische Bestsellerautorin ist für deutsche Leser spätestens seit ihrem Erfolgsroman »Fremde Blicke« kein Geheimtip mehr. Der neue Fall für Kommissar Sejer rankt sich um einen jungen Mann aus der Psychiatrie, der zum wohlfeilen Verdächtigen für einen Mord wird. Ein vielschichtiger Fall, in dem sich das Schicksal dreier hilfloser Täter tragisch verbindet.

»Und wenn auch Kommissar Sejer sich damit abfinden muß, daß manche Rätsel im Leben ungeklärt bleiben, so weiß der Leser zum Schluß mehr. Unter anderem auch, daß Karin Fossum verdammt spannend, furchtlos und poetisch erzählt.«
Norddeutscher Rundfunk

Karin Fossum

Stumme Schreie

Roman. Aus dem Norwegischen von Gabriele Haefs. 318 Seiten. Serie Piper

In dem abgelegenen Flecken Elvestad sieht sich der wortkarge und sensible Kommissar Konrad Sejer mit dem Fall einer grausam zugerichteten Frauenleiche konfrontiert. Niemand kennt die Fremde. Sejers Ermittlungen führen in eine geschlossene Gemeinschaft, die von guten Absichten und zerstörerischem Haß geprägt ist. In meisterhafter Sprache erzählt Karin Fossum vom Mord an der schönen Inderin Poona. Ein poetischer und fesselnder Roman, der zum Besten gehört, was die norwegische Kriminalliteratur zu bieten hat.

»Die Geschichte ist intelligent konstruiert, ohne Klischees, ruhig erzählt und dennoch höchst spannend.«
Norddeutscher Rundfunk

Manuel Vázquez Montalbán

Wenn Tote baden

Ein Pepe-Carvalho-Roman. Aus dem Spanischen von Bernhard Straub. Durchgesehen von Anne Halfmann. 288 Seiten. Serie Piper

Pepe Carvalho, Meisterdetektiv aus Barcelona, kämpfte einst gegen das Franco-Regime. Jetzt kämpft der passionierte Feinschmecker mit seinem Gewicht: Er ist auf Abmagerungskur in der international renommierten Kurklinik Faber & Faber im idyllischen Tal des Río Sangre. Die langweilige Routine des Speiseplans aus Rohkost und Mineralwasser wird jedoch jäh unterbrochen: Im Swimmingpool wird die Leiche einer reichen Amerikanerin gefunden. Als sich noch weitere Tote einstellen, wird Pepe Carvalho aktiv. Inmitten der dekadenten Bourgeoisie Europas, die hier bei Diäten und Schlammbädern hungert, forscht er nach dem Mörder und seinem Motiv.

SERIE PIPER

05/1011/01/L

05/1136/01/R

SERIE PIPER

Manuel Vázquez Montalbán

Die Einsamkeit des Managers

Ein Pepe-Carvalho-Roman. Aus dem Spanischen von Bernhard Straub und Günter Albrecht. Durchgesehen von Anne Halfmann. 240 Seiten. Serie Piper

1975 kehrt Privatdetektiv Pepe Carvalho, Ex-Kommunist und Ex-CIA–Agent, aus dem Exil nach Spanien zurück. General Franco liegt im Sarg, die Demokratie steckt noch in den Kinderschuhen. Da wird ein alter Bekannter von Carvalho ermordet: Jaumá, Manager eines internationalen Konzerns, dessen Leiche man mit einem Damenslip in der Hosentasche gefunden hat. Mord im Milieu, wie die Polizei glaubt? Oder wußte Jaumá einfach zuviel über die geheimen Pläne seines Arbeitgebers? Als Pepe Carvalho eingeschaltet wird und Nachforschungen anstellt, beißt er nicht nur auf Granit, sondern der Konzern tritt ihm auch kräftig auf die Füße.

Elsa Morante

La Storia

Roman. Aus dem Italienischen von Hannelise Hinderberger. 631 Seiten. Serie Piper

Während und nach dem Zweiten Weltkrieg ereignet sich das Schicksal der Lehrerin Ida und ihrer beiden Söhne. Elsa Morante entwirft ein figurenreiches Fresko der Stadt Rom mit den flüchtenden Sippen aus dem Süden, dem Ghetto am Tiber, den Kleinbürgern, Partisanen und Anarchisten. Der Roman war neben Tomasi di Lampedusas »Der Leopard« und Ecos »Der Name der Rose« der größte italienische Bestseller der letzten Jahrzehnte.

»Diese Geschichte ist der ... nein, gewiß nicht ›schönste‹, aber der aufwühlendste, humanste und vielleicht wirklich der größte italienische Roman unserer Zeit.«
Nino Erné in der Welt

Alessandro Baricco
Seide
*Roman. Aus dem Italienischen
von Karin Krieger. 132 Seiten.
Serie Piper*

Der Seidenhändler Hervé Jon-
cour führt mit seiner schönen
Frau Hélène ein beschaulich
stilles Leben. Dies ändert sich,
als er im Herbst 1861 zu einer
langen und beschwerlichen
Reise nach Japan aufbricht,
um Seidenraupen für die Spin-
nereien seiner südfranzösi-
schen Heimat zu kaufen. Dort
gewinnt er die Freundschaft eines japanischen Edelmanns
und begegnet einer rätselhaf-
ten Schönheit, die ihn für alle
Zeit in ihren Bann zieht: ein
wunderschönes Mädchen, gehüllt in einen Seidenschal von
der Farbe des Sonnenunter-
gangs. Auf jeder Japan-Reise,
die er fortan unternimmt,
wächst seine Leidenschaft,
wird seine Sehnsucht unstillba-
rer, nie wird er aber auch nur
die Stimme dieses Mädchens
hören. – In einer schwebenden,
eleganten Prosa erzählt Baricco eine Parabel vom Glück
und seiner Unerreichbarkeit.

Alessandro Baricco
Novecento
*Die Legende vom Ozeanpianisten.
Aus dem Italienischen von Erika
Cristiani. 83 Seiten. Serie Piper*

Auf dem luxuriösen Ozean-
dampfer Virginian, der zu Be-
ginn des Jahrhunderts zwischen der Alten und Neuen
Welt hin- und herpendelt, wird
ein ausgesetztes Baby gefunden, dem die Matrosen den
Namen seines Geburtsjahres
geben: Novecento – 1900. Ein
seltsames Schicksal wird diesem Findelkind beschieden
sein: Novecento wird zeit seines Lebens nicht mehr von
Bord gehen. Als der sagenhafte
Ozeanpianist wird er zur Legende. Er kennt nur seine Musik, die eine magische Anzie-
hung auf alle ausübt, die sie
hören. Bariccos poetische
Sprache in »Seide« und seine
Phantasie in »Land aus Glas«
verbinden sich hier zu einer
wundervollen Geschichte um
Musik, Leidenschaft und die
Macht der Freundschaft.

SERIE
PIPER